우리의 사랑법

우리의 사랑법

초판 1쇄 인쇄 | 2020년 08월 01일
초판 2쇄 인쇄 | 2020년 09월 25일
지은이 | 남영은
펴낸이 | 이승훈
펴낸곳 | 해드림출판사
주 소 | 서울 영등포구 경인로82길 3-4(문래동1가 39)
센터플러스빌딩 1004호(07371)
전 화 | 02-2612-5552
팩 스 | 02-2688-5568
E-mail | jlee5059@hanmail.net

등록번호   제2013-000076
등록일자   2008년 9월 29일

ISBN   979-11-5634-417-9

우리의
사랑법

남영은 수필집

해드림출판사

펴내는 글

삼십사 년간의 공직생활 후에 경험하는 하루 이십사 시간은 온통 나만을 위한 것이었다. 자유의지만으로 그것을 채울 수 있다는 사실은 나를 벅차게 했고, 그리하여 나는 그 벅참에 화답하고 싶었다.

인생이 무엇인지 모르면서 많이 알고 있는 것으로 착각했던, 그리고 갑자기 밀려온 지식과 상념의 범람을 감당하지 못해 마구 뱉어놓고자 했던, 20대의 일별과 치기를 다시 들여다보게 된 것이다. 또한 이름도 없이 다만 피어있는 풀꽃에 내 목소리로 이름을 붙여주고자 했던, 내 지난날을 다시 사랑하게 된 것이다.

거기엔, 오랫동안 잊고 있었던 그래서 이제라도 건져올려주어야 할 영민한 감성과 중후한 외로움이 켜켜이 앉아있었다.

오직 '글'로써 말하는 '글 쓰는 사람'이 되겠다.

참으로 깊은 신열과 참으로 깨끗한 심사와 참으로 버리지 못하는 비련을, 어느 때보다도 찬란한 이 나이에 글로 적겠다.

나의 'Being'을 모아 한 권의 수필집으로 완성한다.

이로써 같은 시대를 살아가는 많은 독자들과 공유할 수 있기를 바란다. 그리고 삶의 공감대를 함께 만들며 생각과 느낌을 나눌 수 있기를 소망한다.

본 작품집은 총 5부로 구성된다.

1부에서는 어린 시절에서부터 청년 시절까지의 추억과 성장을 적었다. 2부는 교사 시절의 일화를 중심으로 한다. 3부에서는 가족에 대한 사랑을, 4부에서는 나 개인의 경험과 생각을 적었다. 그리고 5부는 캄보디아에서의 생활을 적은 글이다.

수필집이 나오기까지 많은 격려와 도움으로 큰 힘이 되어주신 많은 분들께 감사드린다. 그리고 이 글을 읽으시는 모든 분께도 깊이 감사드린다.

2020년 여름
남 영 은

추천사

내가 문단에 갓 얼굴을 내밀었을 때, 대학의 문학 동아리에서 열심히 활동하던 남영은 학생을 만난 적이 있다. 그 후 오랜 세월이 지난 어느 날 문단에 늦깎이로 등단한 남영은 작가를 다시 만났다. 그리고 그의 글을 읽으며 저간의 삶을 반갑게 마주할 수 있었다.

수필의 주체는 작가 자신이다. 남영은 작가의 더할 것도 뺄 것도 없는 정갈한 문장의 행간에는 만나지 못했던 그간의 시간들이 성실하고 깨끗하고 사무치게 녹아있었다. 누구에게나 삶은 녹록하지 않은 것일진대, 그는 슬기롭게 이기고 돌아왔다. 하물며 버킷리스트를 하나하나 실천하는 데 이르러서야 더 말해 무엇하겠는가?

권서각(시인·수필가, 문학박사, 전 한국작가회의 부이사장)

사람에게는 자기 자신을 이야기하고 싶은 욕망이 있다. '삶의 먹먹함'이 켜켜이 쌓여 있을 때는 더더욱 그렇다. 남영은 작가에게는 가슴에 쌓아 두었던 먹먹한 경험들이 너무나 많은데 지금까지는 언어의 파편으로만 가슴을 찔렀다. 이제 이야기로 흘려보내는 그의 감동어린 글을 읽으면서 독자들도 잊고 있었던 자신의 삶을 다시 떠올리기를 바란다.

지난 시간들이 자신을 만든 것 못지않게 우리에게는 '지금 여기'도 중요하고 값지다. 작가의 일련의 글에는 '지금 여기'를 살아가는 따뜻한 이야기가 녹아 있다. 이순의 문턱을 넘으면서 이제는 타인에게 그 따뜻함을 흘려보내고 싶은 마음이 글에 고스란히 들어 있는 것이다. '흘려보냄'으로 인하여 이 세상의 여기저기에 들꽃이 피어났으면 하는 바람이다.

김신중(시인, 중등교장)

남영은 작가의 글은 읽기가 편하다. 자신의 삶을 소곤소곤 이야기하듯 들려준다. 소박하고 진솔하여 정감이 간다. 수필적 사색보다는 개성 있는 생활 철학이 묻어 있어 더욱 흥미롭다. 그만의 문장 표현에는 인간적인 성품이 배어있어 감동이 일어난다. 마치 자서전을 읽는 기분이다. 또한 줄거리가 있는 구성이어서 읽고 난 후에도 오랫동안 여운이 남아 그림으로 그려진다. 그래서 단편소설을 읽는 느낌도 갖게 한다.

남영은 작가의 수필은 멋스럽다. 장인의 손에서 빚어지는 도자기처럼 능수능란하게, 언어의 퍼즐 맞추기가 잘 되어있다고나 할까? 또한 신선하고 영양가 있는 최상의 레시피를 가지고 있다. 그리고 그대로 잘 버무리고 정성껏 요리해서 독자들에게 내 놓는다.

김홍은(문학평론가·시인·수필가,
전 충북대학교 교수, 『푸른솔문학』 발행인)

　남영은 작가는 자신의 'Being'을 모아 한 권의 수필집으로 만들었다고 했다. 'Being'은 삶 그 자체이다. 사람은 이렇게 스스로 자신의 삶을 가꾸고 키워가며 살아가는 것이다.

　남영은 작가의 글은, 마치 겨울이 비워 둔 자연의 여백을 싱그러운 초목으로 채우기 시작하는 봄날과도 같다. 총 5부의 글 모음 속에는 유년의 뜨락, 교사의 뜨락, 가족의 뜨락, 사색의 뜨락, 봉사의 뜨락이 있다. 삶을 아름다운 글로 엮어 만든 뜨락에는 아픔이 있고 연민이 있고 사랑이 있고 꿈이 있다.

　작가는 친구 부부의 가택 '어사이재於斯已齋'에서 2주 동안 머무르며 35년간 놓고 있던 펜을 다시 들게 되었다고 했다. '손톱만큼 작고 노란 꽃에서부터 얼굴만큼 큰 빨간 꽃에 이르기까지 각양각색의 꽃들이 가득하다.'는 '볍씨정원'에서 퍼 올린 남영은 작가의 글은, 읽으면 읽을수록 그리웠던 벗처럼 반갑고 정겹다.

장재현(수필가, 한국수필가협회 이사, 전 중등교장)

남영은 작가의 수필집 『우리의 사랑법』은 고결한 영혼의 보고이다.

　그의 수필을 읽고 있노라면 수필을 '평범한 문장으로 쓰는 비전문성의 장르'라고 말할 수 없다. 온화한 바탕에 약간은 익살스러운 해학과 재치가 수필의 영역을 더욱 확장시키고 있다.

　남영은 작가는 자신을 사랑하는 만큼 자존감이 높다. 그래서 유년의 다양한 경험부터 교사생활, 사랑하는 가족에 대한 생명 경외사상, 그리고 봉사와 사회적 현상에 이르기까지 그의 문학적 영역은 넓혀져 있다. 이로써 작가가 독특한 개성으로 새로움에 도전하면서 문학에 대한 가치를 높이는 데 한몫을 하고 있다고 할 수 있겠다.

　등단 작품을 시작으로 그동안 써온 글들을 쭉 보아오면서, 이처럼 적재적소의 알맞은 단어와 다양한 소재로 능수능란하게 글을 잘 쓰는 사람이 많지 않을 것이라는 생각을 한다.

　장인의 손에서 빚어진 예술품을 감상하듯, 노련한 문장과 섬세함이 돋보이는 좋은 수필집 한 권을 독자들께 강력히 권해 드린다.

카타리나(문학평론가·수필가,

국제PEN한국본부 이사, 『문학 秀』 편집주간)

(가나다 순)

목차

펴내는 글   4

추천사   6

작품 해설   293

1부 성장의 풍경   13

세 가지 기억   15

첫 창작품   23

어린 날에의 단상   30

서울 아이   37

만남에 대한 상념   50

터널 속의 3년   60

문학청년 시절   69

우리의 사랑법   76

2부 교사 시절 이야기   79

교사 초년생   81

위법 행위와 그 수난사   87

지하실 배변 사건   95

휴대전화기 찾기 작전   104

'까사모'에서의 퇴임식   112

'모험놀이상담'의 매력   118

캄보디안 제자들   124

3부 가족 사랑   133

10개월의 역사   135

용감한 아들   144

아버지와 아기 양말   151

아름다운 사람   159

독대와 아리와 멜 그리고 심바   166

4부 나의 정원　　　　　　　　　　　　177

운전면허증 취득 도전기　　　　　　　　179

여행과 Vagabondo　　　　　　　　　　189

'어사이재於斯已齋' 예찬　　　　　　　　194

소향공원의 개大판　　　　　　　　　　201

고마운 분들　　　　　　　　　　　　208

아파트의 독일가문비나무　　　　　　　217

무섬마을과 동전 지갑　　　　　　　　224

연애를 해 보는 건 어떨까　　　　　　231

숲 속에서　　　　　　　　　　　　238

5부 캄보디아에서　　　　　　　　　　243

나의 버킷리스트　　　　　　　　　　245

「좋은나무국제학교」에 가다　　　　　251

한국어 수업　　　　　　　　　　　257

학교 짓기　　　　　　　　　　　　266

부활절 예배와 달란트 잔치　　　　　273

애국자 되기　　　　　　　　　　　280

아, 앙코르와트여　　　　　　　　　286

1부 성장의 풍경

세 가지 기억

첫 창작품

어린 날에의 단상

서울 아이

만남에 대한 상념

터널 속의 3년

문학청년 시절

우리의 사랑법

안면도 가는 길

세 가지 기억

나에게는 아직도 생생하게 떠오르는 세 가지 기억이 있다
그것은 어린 나이의 경험임에도 불구하고 놀라울 정도
로 또렷하여 마치 며칠 전의 일인 듯한 착각까지도 하게
되며, 나이가 들수록 오히려 더욱 선명해진다.

첫 번째 기억

첫 번째의 기억은, 다섯 살 때쯤 마을 한가운데의 공터
에서 벌어진 일이다.

세 살 위의 이웃집 언니를 따라나선 나는 예닐곱 명의
동네 아이들 무리에 끼어 놀게 되었다. 나는 가장 어렸고,
그럼에도 그들의 일원이 되어 함께 놀 수 있다는 것은 큰
자랑스러움이었다. 그리고 지금까지는 경험하지 못한, 누

군가의 상대가 될 수 있는 절호의 기회였다.

동네의 언니 오빠 사이에서 내 이름이 불릴 때마다 작은 가슴은 벅찬 탄성을 질렀다. 가끔씩 들려오는 그 소리는 가족이 불러주는 것과는 분명히 다른 느낌이었다. 술래잡기라는 이름도 낯설지 않았다. 언니들이 몇 가지의 규칙을 알려줄 때는 나도 잘 이해하는 척 고개를 끄덕거렸다. 그것은 두 명이 짝을 이루어 가위바위보로 편을 가른 후에 진 편이 술래가 되어 잡으러 다니는 단순한 잡기 놀이였다.

두 팀의 대장끼리 다시 가위바위보로 겨뤘고 대장 덕에 우리 편은 술래를 면하게 되었다. 나는 신이 났고 이긴 편답게 우쭐거릴 수도 있었다. 우리는 한참을 으쓱거리다가 '시작!' 소리와 함께 드디어 각자의 방향으로 일제히 뛰기 시작했다.

세렝게티 평원의 톰슨가젤도 이토록 공포의 질주를 할까? 어린 나에게 그 놀이는 실제 상황이 되고 말았다. 달리기와 함께 공포가 시작되었다. 잡히면 죽을 것처럼 느껴졌다. 치타를 따돌리는 톰슨가젤에게조차도 방심은 금물이다. 놀이는 놀이일 뿐이건만 나는 인지부조화의 극치에 올라있었다. 앞만 보고 달렸다. 정말 빨리, 다섯 살짜리가 낼 수 있는 최상의 속도로. 잡히면 안 돼. 어리지만 잘 달릴 수 있어.

얼마나 지났을까. 한참을 달리다 가쁜 숨을 진정시킬 겸 뒤를 돌아보게 되었다. 그런데 바로 그때였다. 나보다 훨씬 크고 나이도 많은, 술래 쪽 남자아이가 벌겋게 달궈진 얼굴로 씩씩거리며 나를 향해 달려오는 것이 아닌가? 나는 곧 잡힐 판이었다. 바윗덩어리 같은 남자아이를 본 순간, 아, 그때 나는 정말 무섭고 두려웠다. 온몸에 소름이 쫙 끼치면서 다리가 후들거렸으며 공포가 나의 가슴을 쥐어짰고 머리카락은 곤두섰다. 한순간, 나는 외마디의 비명을 지르며 그 자리에서 고꾸라지고 말았다.

그랬다. 내 생애 최초의 기억은 바로 이 엄청난 사건에 대한 것이었다.

이 일 이후로 나는 자리에 눕게 되었다. 잠들 만하면 소스라치게 놀라 깨는 동시에 몸은 식은땀으로 범벅이 되어 있었고 때로는 고열에 시달리기도 했다. 뒤돌아보던 순간의 무서움과 고꾸라지던 순간의 충격으로 인해 생긴 증상이었다. 나는 아랫목에 자리 잡은 빨간색 솜이불 속에서 온종일 누워있어야만 했다. 유일한 외출은 엄마의 등에 업혀서였다.

충격에서 서서히 벗어나게 된 것은, 두껍고 무거운 솜이불 속에서 견뎌낸 시간들이 꽤 많이 흐른 후부터였다.

두 번째 기억

어린 시절 나의 바닷가는, 길게 뻗은 백사장 위를 날고 있는 갈매기와 하얀 조약돌밭으로 기억된다.

우리 집은 바다에서 그리 멀지 않은 곳에 있었다.

햇살에 달궈진 조약돌 위는 빨래 건조장으로 안성맞춤이었다. 그곳은 습기가 적고 볕이 따가운 계절엔 흠씬 젖은 빨래까지도 바싹 말릴 수 있는 최적의 장소였다. 석양이 물들어가는 정경과 각양각색의 펼쳐진 옷가지가 빚어내는 바닷가는 흡사 잘 그려진 풍경화였다.

여섯 살은 되었으련만, 그 바닷가에서도 나는 여전히 엄마에게 붙어있었다.

누워있는 어린것이 안쓰러웠던지 힘든 일을 하면서도 늘 등에 업고 계셨다. 마음은 마음대로 몸은 몸대로, 엄마는 참으로 힘들었을 것이다. 때론 잠시 떼어 놓을 만도 하건만 항상 업고 무언가를 하시니 나의 어린 눈으로 보기에도 참 안되었었다.

그날따라 햇볕은 따사롭고 햇빛은 눈부셨고 파도는 투명했다.

"엄마, 나, 저 바다에 빠져 죽을까?"

분명히 설상가상이었다. 엄마는 화들짝 놀라고 계셨다.

"왜 그런 말을 해!"

"아구, 이렇게 매일 엄마 고생만 시키니까 그렇지……."

"아냐, 그런 말 하는 거 아냐. 하나도 안 힘들어."

그때 난 죽고 싶다는 말을 했다. 죽는다는 것이 무엇인지는 잘 몰랐지만 죽는 게 좋겠다는 생각은 사실이었다. 엄마에게 너무도 미안해하는 여섯 살짜리의 심각한 진실이었고 진지한 고백이었다.

세 번째 기억

나의 유년기에는 병원의 약품 냄새가 짙게 배어 있다.

일곱 살이었을 것이다. 엄마와 함께 언덕 위에 있는 병원에 다니는 일은 그냥 하루의 일상적인 의식이 되어 있었다.

여느 날처럼 나는 등에 업혀 병원에 갔다. 엄마는 한 손으로 나의 엉덩이 쪽 포대기를 받치고 다른 손으로는 나뭇가지를 붙잡으며 올라가셨다. 그 길은 왜 그리 멀고 험하던지, 오르는 중간중간 엄마는 나무에 기대어 쉬었고, 그때마다 엄마 등에서는 땀 냄새가 진하게 풍겼다. 병원에 들어서면 엄마는 나를 내려놓고 한참 동안이나 숨을 고르셨다.

병원에서는 늘 소독 냄새가 났고 나는 그 냄새를 싫어

하지 않았다. 싫어하기는커녕 오히려 좋아했다고 말하는
게 옳을 것이다. 아니, 그 냄새를 맡고서야 나는 비로소
안심할 수 있었다. 오늘도 병원에 무사히 도착했다는 따
라서 가장 중요한 일과를 수행했다는 안도감이었으리라.
에탄올의 강한 냄새는 나를 낫게 해 주고 건강을 가져다
줄 묘약이었다.

　의사 선생님은 차가운 약솜으로 엉덩이를 문지른 후 언
제나 말없이 '마이신 주사'를 놓았다. 주사바늘이 들어갈
자리가 더는 없을 정도가 된 엉덩이는 온통 멍투성이였
고 촉각은 둔탁하게 무뎌져 있었다.

　엉덩이를 퍼렇게 만들고 바늘 자국을 총총히 남기는 그
독한 마이신 주사를, 그러나 나는 단 한번도 마다하지 않
았다. 주사바늘을 빼고 난 후에 한참 동안이나 남아있는
그 뻐근한 고통에도 나는 단 한번도 울지 않았다. 오히려
바쁘게 일하는 엄마를 병원에 가자고 채근할 정도였다.

　이골이 나도록 맞은 마이신 주사 덕이었을까.

　드디어 나는 차츰차츰 건강을 찾아갔다. 때에 맞춰 초
등학교 입학도 할 수 있었다.

　코를 찌르는 에탄올의 냄새만큼, 마이신 주사의 통증만
큼, 여린 피부에 착색된 퍼런 멍 자국의 그 진함만큼, 어
린 나는 자신의 생각이나 행동에 대해 믿음을 가졌으며

스스로를 응원했다. 그리고 생각 많은 아이로, 제법 참을 성도 있고 의지도 굳은 아이로 커갔다.

이 세 가지 장면은 지금도 여전히 일련의 스토리를 가진 연속된 영상으로 편집되어 있다. 아주 정교하고 선명하게.

이 일들을 나 혼자의 힘으로 기억할 수 있었던 것인지, 아니면 나중에 엄마가 말해 줘서 짜맞춰진 것인지는 잘 모르겠으나, 하나하나의 대화와 장면들은 어렸을 때부터 생생한 울림으로 이미 내 안에 박혀 있다.

엄마의 말처럼 나는 어릴 때부터 매우 청승맞았다. 감당해 내야 했던 상황으로 인해 그런 성격이 길러졌으리라. 그러면서도 어린 속중은, 나 때문에 고생하는 엄마에 대한 미안함을 늘 가지고 있었다. 그리고 작고 연약한 생명과 그것을 감싸고자 하는 보호자 사이를 잇고 있는 질긴 끈을 늘 감지하고 있었다.

이젠 잊어도 될 만큼 오래전 일들인데, 그럼에도 불구하고 지금까지도 생생히 기억하고 있는 것은 어떤 의미를 갖는 것일까?

설령 그것이 기쁘고 자랑스러운 일이 아니라 할지라도 어차피 내 역사의 일부일 수밖에 없는 나의 '사실'일진대,

그렇다면 그 아픔까지도 끌어안아야 할 소중하고 애틋한 나의 '진실'이 아니겠는가. 하물며 애써 지우려 하지 않고 또렷이 간직하고자 했던 어린것의 그 심정이 얼마나 고맙고 기특한가.

이렇게, 세 가지 기억을 시작으로 나의 인생은 펼쳐지고 있었다.

몸이 약해 유난히도 엄마 속을 썩이던 내가 이제 손녀를 보는 나이가 되었다. 지금 생각해 보면, 아픔의 상처와 그로 인한 돌봄이 오히려 나에게 큰 가르침이 되어, 생활 속의 철학으로 작용하게 되었는지도 모르겠다.

또한 엄마에게 그토록 미안해했던 나의 걱정은 엄마 입장에서 보면 오히려 기우였을지 모른다는 생각도 해 본다. 내가 그 자리에 있어 보니 비로소 알게 되는 깨달음이다. 헌신이란 부모의 본성이고 부모와 자식의 관계란 헌신의 다른 이름이다. 그런 관계 속에서 인격을 부여받고 성장하면서 나의 아픔은 희석될 수 있었을 것이다.

그리하여 이제는, 먼발치에 있던 나의 지난날을 오롯이 꺼내 놓을 수 있는 것이리라.

첫 창작품

기억에 남아 있는 것들을 건져 올려 글로 적기 시작한 지가 일 년이 되어 간다. 그렇다. '건져 올리다'라는 말이 맞을 것이다.

마치, 어렸을 적 엄마 심부름으로 동네 우물에 가 물을 퍼 올릴 때, 두레박이 흔들려 물이 넘쳐 나가버리는 일이 없게 하기 위해 주먹이 빨개지도록 힘주어 균형을 맞추며 조심조심 두레박줄을 올리던 때의 그 느낌과 흡사하다.

물 한 방울이라도 흘려버리게 될까 염려하던 어린애의 마음이, 이제는 기억의 한 조각이라도 놓쳐버리게 될까 안타까워하는, 초로에 들어선 작가의 심정으로 이어진다는 생각이 든다.

그 기억 중 소중한 한 조각에는 언제나 '박 선생님'이 계시다.

    나는 안면지서 관사에서 살았다.

    지서 건물 안쪽의 작은 공간에는 '마을문고'가 있었고 마을 사람들에게 자유롭게 개방하고 있었다. 나는 이곳에 마련된 낡은 책들을 즐겨 읽으면서 처음으로 '문학'과 '독서'라는 것을 접하게 되었다.

    어린이 도서 중 대다수는 만화책이었는데 지금도 기억에 남는 내용이 하나 있다. 내 또래의 주인공 여자아이가 헤어진 엄마를 그리워하는 이야기였다. 엄마가 떠나면서 주고 간 빨간 스웨터를 안고 눈물을 흘리는 장면을 읽으면서 나도 눈이 빨개지도록 함께 울었다. 만화책은 낡아서 표지와 앞부분이 떨어져나가 제목을 알 수 없었는데, 뒷부분의 내용을 읽은 후 나는 이 책에 '빨간 스웨터'라는 제목으로 앞표지를 만들어 붙여 주었었다.

    나는 안면초등학교에 다녔고, 2·3학년 때의 담임선생님은 박 선생님이셨다.

    선생님은 섬마을에 있는 유일한 보건진료소의 '박 공의 _{公醫}'라고 불리던 노의사의 딸이었는데, 얼굴이 하얗고 눈이 예뻤던, 도시 분위기의 젊은 분이셨다.

선생님은 나를 무척이나 아껴 주시며 중요한 학급 일을 맡기셨고, 이러한 선생님의 손짓 하나 발걸음 하나는 나에게 최상의 이상형이었다.

내가 맡은 일 중의 하나는 매일의 날씨를 관찰한 후 기록하는 것이었다. 칠판 옆에 부착된 전지에 그날의 기온을 적고 날씨 상황을 내 나름의 한 문장으로 지어 적었다. 선생님은 매일 다른 내용의 글로 적으라고 하셨기 때문에, 날씨의 특징을 어떠한 새로운 문장으로 표현할 것인지를 두고 많이 고민했었다. 어느 가을 갑자기 기온이 떨어져 몸이 오싹해지는 날이 있었는데, 나는 '가을이 되니 팔에 소름이 끼친다.'라는 문장을 적었던 일이 기억난다. 이 일은 '작문'에 관심을 갖게 되고 재능을 키우는 계기가 되어 주었다.

선생님은 아이들에게 일기를 쓰게 하고 하루도 빠짐없이 붉은색 잉크로 답글을 써주셨다. 어느 날은 내 일기의 양보다 길게 써 주셔서 얼마나 고맙고 자랑스러웠는지 모른다. 나는 선생님이 어떤 내용의 답을 써주실지 기대하면서 일기를 썼고 또박또박 적은 새로운 내용을 보여드려 칭찬받으려고 노력했다. 언젠가는 길가 풀숲에서 뱀이 혀를 날름거리는 장면을 보고 '뱀이 욕을 했다.'라는 내용으로 일기를 쓴 적이 있었다. 선생님은 '왜 욕을 했을까요?'라는 글을 달아주셨고, 나는 그 아래에 '사람들이 돌멩이를 던지며 괴롭히니까 욕을 했어요.'라고 적었었다. 일기장은 선생님과 나만의 대화방이었다.

그때, 나는 커서 꼭 선생님이 되어 학생들의 일기에 박 선생님처럼 정성스러운 글을 써주어야겠다고 마음먹었었다.

3학년 가을에 큰 규모의 행사가 있었다.

글쓰기·그림 그리기·노래 부르기 등의 교내대회 개최였다. 선생님은 나에게 우리 반을 대표하여 글쓰기 대회에 나가라고 하셨다. 그리고는 방과 후에 남겨 글 쓰는 법을 가르치셨는데, 매일 한 편의 동시를 쓰게 하고 일일이 첨삭지도를 해주셨다. 빨간 줄과 빨간 글씨로 물든 공책을 나는 보물처럼 소중히 여겼다. 늦어지는 날에는 선생님의 도시락을 나눠 먹기도 하였다. 선생님의 이러한 관심과 지도는 나의 호기심과 자존감을 배가시켜 주었다.

드디어 대회일이 되었다. 우리는 학교 뒤편의 풀밭에 앉아 담당선생님이 주시는 시제를 받았다. 내가 선택한 시제는 '라디오'였다.

라디오는 라디오는 이상도 해요

조그만 통 같은 그 속에서

사람의 말소리가 나오는 걸 보면

라디오는 라디오는 이상도 해요

조그만 통 같은 그 속에서

아름다운 노래가 들리는 걸 보면

라디오는 라디오는 이상도 해요

조그만 통 같은 그 안에는

정말 사람이 들어 있을까요?

-라디오-

　　50년이 훨씬 더 지난 지금에도 조사 하나까지 기억되는, 나의 첫 창작품인 동시 '라디오'의 전문이다. 라디오조차도 흔치 않던 시절, 진솔하고 천진한 어린이의 시각을 보여주는 데뷔작인 것이다.

　　운동장 조회가 있던 날, 나는 전교생 앞에서 상을 받았다. 그리고 학교장상 수상에 이어 교육장상도 받게 되었다는 소식을 선생님께서 전해 주셨을 때, 어린 마음에도 이 모두가 선생님 덕분이라는 기특한 생각을 했다. 교육장상을 받으러 가느라 배를 타고 바다를 건너던 날의 그

상기됨과 떨림, 난생 처음 들어와 본 교육청의 멋진 건물과 넓은 강당, 고학년 언니오빠 틈에 끼어 애국가를 부르던 그 긴장감과 당당함……. 높은 단 위에 서던 순간의 감격은 시골아이의 작은 가슴을 온통 흔들어대고 있었다.

3학년을 미처 다 마치지 못하고 육지의 학교로 전학을 가게 되었을 때 선생님은 내 손을 꼬옥 잡으며 말씀하셨다.

"일기는 매일 써야 해. 책도 많이 읽고. 선생님한테 편지도 자주 하고……."

교문을 나서면서 우리 반 교실 쪽을 자꾸만 돌아보던 나는, 시큰하여 빨개진 콧등만 비벼댔다. 그리고 교실 안의 선생님도 나를 쳐다보고 계실 거라고 생각했다.

이후의 중·고등학교 시절에도 나는 선생님과의 약속을 잘 지켰다. 매일 쓰는 일기는 나의 자서전이고 역사였다. 그리고 취미와 특기란에는 늘 '글쓰기'라고 적었다.

내가 국어교육과에 진학하고 국어과 교사가 되었을 때도 그리고 수필가로 등단하여 이름을 올렸을 때도 제일 먼저 생각났던 분이 바로 박 선생님이셨다. 그동안 연락처를 알고자 여러 차례 시도해 보았지만 쉽지 않았다. 지금은 70대 후반의 기품 있는 어르신이 되셨을 것이다.

안면도는 나의 마음의 고향이다. 그리고 박 선생님은

내 삶의 밑그림을 처음으로 그릴 수 있게 해주신 분이다.

박 선생님의 가르침은 나의 어린 심중 안으로 곱게 들어와 차곡차곡 쌓여갔다. 그리고 성장의 궤도를 타고 돌며 현재의 나라는 더 큰 그림을 그리게 해 주었다.

박 선생님, 그분은 나의 삶에서 가장 진하게 기억되는 고마운 분이시다.

어린 날에의 단상

우리는 누구나 되돌려 가보고 싶은 곳이나 시절을 마음에 담고 산다.

그러나 그곳과 그때는 너무 멀리 떨어져 있거나 너무 오래전의 일이라, 오직 애써 돌이킴으로써만 만날 수 있을 뿐이다. 우리는 이를 가리켜 '고향'과 '추억'이라고 말한다.

초등학생 때 나는 전학을 많이 다녔다. 공무원이던 아버지는 근무지를 자주 옮기셨고 그때마다 트럭에 큰 보따리 작은 보따리를 싣고 이사 다녔던 일이 생각난다.

나는 1학년 끝 무렵인 2월에 안면도로 이사 와서 이듬해 12월까지 두 해에 조금 못 미치는 날을 살았다. 안면도에서의 생활 중에는 그리운 일화가 많다. 지금도 그곳이 고향처럼 느껴지는 이유는 그 추억의 조각조각이 소중함으로 다가오기 때문일 것이다.

지금은 안면대교로 육지와 연결되고 태안해안국립공원과 해수욕장이 조성되면서 유명 관광지로 개발된 곳이지만, 그 당시엔 시골 섬마을에 지나지 않았다.

5년 전, 2월의 퇴직에 이어 3월이 되자마자 나는 제일 먼저 안면도를 찾았다.

이제 오십 년이 더 지났음에도 불구하고 어느 날 문득 마주한 그곳은 정말이지 놀랄 만큼 생생한 기억 안으로 나를 끌어 당겼다. 내가 살던 집과 동네, 한참을 올라가던 교회, 학교 가던 언덕길과 신작로, 그리고 교실 안 풍경……. 이들은 여전히 거기에 있었다. 과거의 모습이나 소리와는 전혀 다른 풍경이었지만, 그러나 내가 기억하고 싶은 모습과 소리만은 그대로 되돌려 주고 있었다.

우리 집 뒤편에는 꽤 넓은 밭이 있었고 그 끝에 화장실이 있었다. 화장실은 늘 무서운 곳이었다. 어느 날 동생이 화장실 문을 미처 닫지 못한 채 쪼그려 앉았는데 바로 앞 풀숲으로 뱀이 기어가고 있었다고 한다. 순간 동생은 뱀이 화장실 안으로 들어올 거라 생각되어 까무러칠 듯 넋

이 나간 채 뛰쳐나오고 말았다. 이때 생긴 트라우마로 인해 뱀은 동생에게 가장 영향력 있는 두려움의 대상이 되었다. 밤에 화장실에 다니는 일은 더욱 끔찍한 일이었다. 그때마다 나는 동생과 함께 움직였고 화장실 앞을 번갈아 지켜야 했다.

3학년 봄쯤일까, 나는 화장실 가는 길 한편에 감나무를 심었었다. 어디선가 얻어온 어린나무를 심고서 빨리 자라기를 기다렸고 그곳을 떠난 한참 동안에도 그 감나무를 궁금해 했었다. 자의로 나 혼자 심은 나무였기에 특별한 의미를 부여한 때문이리라.

집 주변에는 번듯한 건물들이 모여 있었다. 우체국과 면사무소가 있었고 농협도 있었다. 어떤 아이가 '저 농협은 우리나라 돈을 만드는 곳이야.'라고 자신 있게 말하는 통에 나는 그것을 그대로 믿었고 오랫동안 그곳을 신기하고 대단한 곳으로 생각하기도 했다.

그 당시 공책 한 권의 값은 각각 3원과 5원이었다. 잘 사는 집 아이들은 5원짜리 공책을 썼고 그렇지 않은 아이들은 얇은 3원짜리 공책을 사용했다. 나는 일기장만은 언제나 5원짜리 공책으로 샀다. 일기장은 내가 가장 아끼는 물건이었고 한 권 한 권 모아 묶어서 빨리 두꺼워지기를 바라는 마음에서였다.

동네 뒤편의 동산에는 작은 교회가 있었다. 주일학교 예배는 나에게 맞춤교육이었다. 설교내용은 재미있었고 찬송가의 멜로디는 기쁨을 주었다. 당시 엄마는 늘 몸이 아팠기 때문에 나는 엄마를 안 아프게 해 달라고 기도했었다. 성탄절 전날 밤의 잔치에서 우리는 재능을 한껏 뽐냈고 일 년 중 가장 즐거운 시기이기도 했다. 이곳은 내 신앙의 출발지가 되었다.

나는 안면초등학교에 다녔고, 학교는 언덕을 넘어 한참을 가야 했다.

언덕 위에는 작은 연탄공장이 있었다.

하굣길에 보면 젊은 아저씨 혼자서 늘 검은 손을 움직여 연탄을 찍어내고 있었다. 아저씨는 원통 모양의 검정 쇠틀 밑바닥에 왕겨를 얇게 뿌린 다음 삽으로 석탄가루를 가득 붓고 틀의 뚜껑을 덮은 후 온몸에 힘을 실어 흔들고 누르기를 반복하곤 했다. 그런 후 쇠틀을 뒤집어 조심스레 들어내면, 늘 야무진 연탄 한 개가 나와 오도카니 앉아 있었다. 단짝인 향숙이와 나는 쇠틀 앞에 쪼그리고 앉아 연탄의 신기한 탄생 과정을 한참 동안 지켜보곤 했다.

그런데 어느 날부터인가 공장 앞을 지날 때면 죽을 듯이 도망쳐야만 하는 상황이 생기게 되었다. 동네 언니가 우리에게 알려준 비밀정보에 의하면 여기는 매우 무서운 곳이라는 것이었다. 그 이유를 묻는 우리를 위해 언니가 떨리는 손가락으로 조심스레 가리킨 공장 담벼락에는 예전에 못 보았던 글씨가 큼지막하게 쓰여 있었다. 바로 '연애 상담소'! 우리는 그 뜻이 무엇인지 몰랐으나, 머리 푼 처녀귀신이 발목을 잡는 무서운 곳임을 직감했고, 이후로는 공장 문이 열렸든 닫혔든 식은땀을 흘리며 휘달려야만 했다.

학교로 가는, 한겨울의 신작로는 추위로 꽁꽁 얼어있었다. 어느 때는 털신 속에 양말을 세 켤레까지 껴 신는 일도 있었는데, 그때 그 추위 이상을 나는 지금까지도 기억하지 못한다.

한 달에 한 번씩 있는 '저축의 날'에는 학교에서 저축금을 걷었고 아이들은 1인 1통장 갖기를 보람으로 여겼다. 나는 엄마에게 받은 '20원'을 이 길 어딘가에서 잃어버리고 울었던 적이 있다. '크라운산도'나 '십리사탕'은 이 길에서 친구들과 나눠먹던 최고의 간식이었다. 흰색의 십리사탕은 십리 길을 갈 때까지도 녹지 않아 붙여진 이름이다. 어찌나 단단한지 깨물어지지도 않았다.

3학년 담임선생님은 나에게 중요한 학급일을 맡기셨다. 매일의 날씨를 관찰한 후 기온과 날씨 상황을 한 문장으로 지어 칠판 옆 큰 종이에 적는 일이었다.

그런데 우리 교실의 낡은 온도계가 고장 나는 일이 있었다. 온도계가 설치된 유일한 다른 학급은 마침 오빠가 있는 6학년 1반 교실이었다. 나는 상급반에 가야한다는 긴장감과 자랑스러움으로 가슴이 뛰었다. 향숙이를 졸라 함께 교실 앞까지는 갔으나 차마 안으로 들어갈 용기는 없었다. 나를 알아본 오빠 친구가 오빠를 데려왔고 온도계를 봐 줘서 이 어려운 일을 해결할 수가 있었다. 상급반에 갔었다는 사실에 웬지 우쭐하기도 했으나 한편으론 부끄러워 얼굴이 달아올랐었다.

가을에 교내미술대회가 있었다.

1학년인 동생과 나는 대회에 함께 출전하였고, 자유 제목의 풍경화를 그리게 되었다. 동생은 그리기에 소질이 있었다.

대회가 한창 진행되던 때였다. 진지하고 엄숙한 대회장을 거닐던 담당선생님이 문득 동생 옆에 서더니, 큰 소리로

"너의 집 꽃밭에는 불이 났냐?"

하시는 것이었다.

동생의 도화지는 이미 빨간색과 주황색으로 온통 범벅

이 되어 있었다.

교실 안의 아이들은 모두 키득거렸다. 동생은 무안하여 고개를 들지 못했고 나는 창피하여 고개를 들지 못했다.

나는 집으로 오자마자 엄마에게 '항은이가 그림을 이상하게 그려서 내가 창피했다.'고 일렀고, 동생은 한참을 서럽게 울어댔다.

"꽃밭에 빨간 꽃이 너무 많아서 그렇게 그린 건데…… 엉엉, 그럼 그 많은 꽃을 어떻게 하나하나씩 그려? 엉엉엉."

동생은 현재 중등학교에서 미술교과를 가르치고 있다.

나는 안면도 이곳저곳을 거닐면서 이런저런 추억 속으로 깊이 젖어들어 갔다. 그리고 오십여 년 전의 어느 때 나의 발걸음이 닿았을 어디쯤에 한참 동안 서 있었다.

3월의 해는 이미 저물고 있었고, 나는 바다가 보이는 찻집에서 따뜻한 차를 마시며 이른 봄의 한기를 녹였다.

어린 날의 안면도는 마음의 고향이다. 철이 들면서 자아가 형성되고 인간관계가 맺어지던 시기였기에 더욱 그러했으리라. 지금도 그곳이 늘 그리운 것은 그것들에 대한 기억의 조각조각이 소중함으로 다가오기 때문일 것이다.

조각 하나하나가 곱게 짜지고 맞춰지면서 나의 아동기는 이렇게 만들어지고 있었다.

서울 아이

1967년 5월, 초등학교 4학년인 나는 읍 단위에 있는 초등학교를 떠나 면 단위의 초등학교로 전학을 했다.

아버지는 2학년인 동생과 나를 데리고 학교로 갔고 전입신고를 마쳤다. 마침 4학년 아이들은 2부제의 오후반 수업이라 학교 뒤 평퍼짐한 풀밭에 정렬하여 교실에 들어갈 준비를 하고 있었다.

그런데 같은 시각에 전학 온 아이가 나 말고도 한 명 더 있었다. 그 아이는 금방 눈에 띄었다. 한눈에도 범상치 않은 도시 아이였다. 시골 남자아이들은 하나같이 민머리에 책보를 등에 크로스로 둘러 묶는 차림이었는데, 그 아이는 상고머리에 사각모양의 두툼한 갈색가방을 메고 있었던 것이다.

나는 전학 온 첫날부터, 찰진 서울말씨에 얼굴도 하얀 그를 의식하지 않을 수 없었다. 두 명의 새로운 인물이 한날한시에 순박한 시골 아이들 앞에 나타났으니 둘 다 관심의 대상인 건 확실한데, 그 아이는 나와는 비교할 수 없이 세련된 외모와 말투와 행동으로 전교생의 이목을 순식간에 끌게 된 것이다.

나는 지서 관사에서 살았다. 그런데 그 아이는 자신과는 전혀 어울리지 않는, 관사 바로 옆 참으로 낡은 초가에서 살고 있었다. 그 당시엔 추수가 끝나면, 초가지붕의 묵은 볏짚을 걷어내고 새 볏짚을 엮어 만든 이엉을 올렸었다. 그런데 그 집은 오랫동안 그 작업을 하지 않았는지 다른 집의 노란 지붕과는 대조되는 탈색된 회색 지붕을 하고 있어, 이는 어린 나에게도 왠지 안타까움을 자아냈었다.

그러나 그 낡고 초라한 초가와는 관계없이 그 아이는 꽤 똑똑하고 활달했다. 공부도 잘하고 말도 잘하고 얼굴도 잘생겼으며 특히 웅변을 잘하여 당시 도청소재지인 대전에 가서 상도 받아 오는, 그야말로 부족할 게 없는 완벽한 서울 아이였다.

그러나 어딘지 외로워 보이는 아이이기도 했다.

그런 그에게는 사연이 있었다. 서울에서 부모가 모두

경찰관이었는데, 아버지가 폐에 병을 얻어 돌아가시자 엄마와 외아들은 아버지의 고향을 찾아 들어왔고, 오랫동안 비워두었던 친척집을 빌려 기거하게 되었다는 것이다. 더구나 아빠의 병이 엄마에게도 전염되어 엄마는 직장마저도 그만두었다는 것이다.

전직 여경이자 멋쟁이인 그의 엄마는 우리 집에 자주 놀러왔고 자연스레 가까운 이웃이 되었다.

2학기에 접어들었다.

나는 언젠가부터 서울 아이에게 조금씩 마음이 끌리기 시작했다. 우리는 둘 다 공부를 잘했고 그는 학급회장 나는 학급부회장으로 뽑혔다.

그런데 그에게 문제가 하나 있었다. 바로 횡포였다. 여자아이들에게는 유독 짓궂게 구는 것이었다.

고무줄놀이에 정신 팔려 있는 여자아이들 틈을 헤집고 들어와 연필깎이 칼로 고무줄을 끊고 도망가는 일이 허다하게 벌어졌다. 팽팽히 늘이난 고무줄이 끊어지면서 튕겨져 맨종아리를 때리면, 뻘건 줄이 새겨진 따가운 다리를 움켜잡고, 참으로 많은 여자아이들이 잉잉거리며 울곤 했다. 그뿐이랴. 밤톨만한 공깃돌을 모아 '많이공기'를 할 때면, 빙 둘러앉아 놀이에 열중하는 여자아이들 사이를 이번에도 그는 비집고 들어와 발로 공깃돌을 차고 도망가기 일쑤였다. 사방으로 튕겨진 공깃돌은 여자아이들의 얼굴이나 팔을 정통으로 맞추고, 아이들은 치마폭에 또 얼굴을 묻고 엉엉대며 울었다.

그런데 이상한 일이 있었다. 놀고 있는 여자아이들 무리에 내가 끼어있으면 그 아이는 으레 하던 이 난폭한 행동을 하지 않는 것이었다. 여자아이들은 곧 이 비밀스럽고 획기적인 사실을 알아챘다. 그러자 점심시간마다 나를 경쟁하듯 선점하여 자기네 놀이 팀으로 끌어들였고, 이쪽과 저쪽 편을 자유롭게 넘나들며 우대받을 수 있는 깍두기를 시켜주는 것이었다. 그 덕분에 나의 인기는 꽤 오랫동안 지속될 수 있었다.

그런데 어느 날 여자아이들 한 무리가 내게 떼로 몰려오는 일이 벌어졌다. 그의 난폭성에 대한 해결을 요구하며 나에게 책임을 지우는 것이었다.

"걔는 회장이면서 그러면 쓰겠나? 니가 부회장이잖남? 그러니께 더는 못 괴롭히게 니가 알아서 혀봐!"

나는 더는 참을 수 없다는 여자아이들의 울분을 어떤 방법으로 그에게 전달할지를 두고 또 어떻게 설득시켜 그를 바람직한 아이로 개선시킬 것인지를 두고, 책임감과 의무감으로 밤잠을 설쳐야 했다.

한참의 고민 후에 드디어 나는 해결 방법을 고안해 내었다. 그렇다. 아무도 없을 때 '서울 깡패'라고 적은 쪽지를 그의 책상 속에 넣어두는 것이었다. 이걸 보며 서울 아이가 스스로 반성하기를 소망하는 나의 최선책이었다. 직면하거나 실명으로 적을 용기는 조금도 없었다. 생각만으로도 등에서는 땀이 흘렀다. 다음날이었다. 결국 그가 쪽지를 발견했고 내게 와서 다짜고짜 물었다.

"이것, 네가 써서 내 책상에 몰래 넣은 거지? 내가 깡패라고?"

"난 아녀, 아니랑께."

나는 손사래를 쳤다. 잡아뗐었다.

"그래? 이건 분명히 네 글씨야. 그런데 네가 안 썼단 말이야? 그렇다면 어린이회의 때 발표해서 범인을 잡아내겠어."

일은 더 커졌다. 그의 말대로 회의 때 발표하게 되면 여자아이들은 내가 한 일임을 직감할 텐데, 그렇다면 내가 한 일이 아니라고 거짓말을 한 사실까지도 들통 날 판이었다.

드디어 다음 회의가 열리는 날이었다. 나는 또다시 땀을 흘렸고 가슴도 뛰었다. 나는 왜 그 큰일을 저질러 잠자는 사자를 건드렸는지, 그 40분간은 얼마나 길고 두려운 시간이었는지.

아, 그러나 그는 범인을 찾고자 하는 안건을 제시하지 않았다. 더구나 '서울 깡패'라는 쪽지에 대해서도 일절 발설하지 않았다. 나는 열 번도 넘게 안도의 한숨을 쉬었다.

방과 후에 나는 그에게 쭈뼛쭈뼛 다가갔다.

"야, 너 말여. 회의 때 왜 쪽지얘기 안 혔냐?"

"네가 넣었다는 '증거'가 없어서 말 안 했어. 그리고 누가 썼는지 이젠 상관하지 않을 거야. 내가 여자아이들을 괴롭힌 건 사실이니까."

와, 나는 이쯤에서 할 말을 잃었다. 정말이지 그 아이는 어느 누구의 범접도 불가한 '서울 아이'였다. 4학년밖에 안 된 어린이가 '증거'라는 그 어려운 단어를 사용하다니! 저 정도의 논리적이고 수준 높은 언어 활용능력을 소유한 어린이는 전교생 중에는 단 한 명도 없을 터였다.

그때부터 나는, 나 같은 시골 여자아이는 감히 쳐다볼 수도 없고 관심을 두어서는 안 될 다른 세상 아이로 그를 인정할 수밖에 없었다. 거짓말을 해야 했던 나로서는 미안한 일이긴 했으나, 어쨌든 그 이후로 그가 여자아이들을 괴롭히는 일은 뚝 끊겼다. 참 고마운 일이었다. 이 일로 인해 여자아이들 틈에서 나는 더욱 당당해졌다.

환경미화심사를 며칠 앞둔 때였다. 우리는 방과 후에도 남아서 선생님을 도와 학급 게시판을 이리저리 꾸미고 있었다.

어느 날 저녁 무렵에 그 아이가 집으로 나를 찾아왔다. 그리고는 한참을 머뭇거리다 허리춤에 감췄던 무언가를 내놓더니 가지라는 말만 남기고 달아나는 것이었다. 얼떨결에 받아든 것은 신기하고 아름다운 물건이었다. 색색으로 반짝이는 술 묶음이었다. 난생 처음 보는 이런 물건을 내게 주다니, 이렇게 귀한 것을 어디서 구했을까? 역시 서울 아이는 다르구나. 지금 생각하면, 학교체육대회 때 사용하는 응원도구 같은 물건이었다.

다음날 학교에 가니 난리가 나 있었다. 환경미화 장식품으로 사용하려고 옆 반 선생님이 도시에서 어렵게 구해온 오색의 술 뭉치가 송두리째 없어졌다는 것이다.

나는 끝내 입을 열지 않았다. 열 수 없었다. 수업이 끝나자마자 죽을 듯이 집으로 달려온 나는 아무도 발견할 수 없도록, 벽장 속의 더욱 깊숙한 구석에 그 귀중품을 숨겨야만 했다.

나는 참으로 오랫동안 그의 행동을 되뇌었다. 그 아이는 왜 그걸 몰래까지 가져다가 내게 주었을까? 더구나 선생님의 물건이 아닌가? 왜 하필 나일까? 정말이지 왜 그랬을까?

그러나 나는 그에게 그걸 묻지 못했다. 그럴 용기가 없어서였다.

가을은 깊어갔다.

우리 교실 바로 뒷마당에서는 학교 언니가 늘 급식 빵을 쪄냈다. 가마솥 위의 나무 빵틀에서는 하얗고 뽀얀 김이 몽글몽글 올랐고 이 때문에 군침은 한없이 돌았다. 세상에 그것만큼 맛있는 음식은 없었다.

우리는 격일로 점심식사 대용의 빵을 받았다. 옥수수로 만든 빵은 우리를 얼마나 달콤히 유혹했던가?

어느 날 점심시간이었다. 무너진 해미읍성을 넘어 집으로 밥을 먹으러 가는데, 저만치에서 어떤 남자아이가 다가오고 있었다. 그였다. 나를 기다렸던 것일까?

그런데 웃옷 앞자락에서 조심스레 무언가를 꺼내어 내게 건네더니 쏜살같이 달아나버리는 것이었다. 신문지에 고이 싼 샛노란 급식빵이었다. 옥수수가루에 우유가 버물어져 만들어내는 구수한 향기와 겹겹의 신문지와 체온이 지켜낸 온기를 느끼는 순간, 그리고 그가 나에게 무언가를 또 주었다는 사실을 알게 되는 순간, 나의 손끝에서는 경련이 일고 다리에서는 힘이 풀리고 있었다. 술 뭉치로 인한 충격이 채 가시지 않은 나는 한참 동안 정신을 잃은 듯 그곳에 서 있을 수밖에 없었다.

그는 그 귀한 것을 왜 또 내게 주었을까? 그리로 지난다는 사실을 알고는 숨어 기다리면서까지 왜 내게 그것을 주었을까? 정말 왜 그랬을까?

그러나 나는 끝내 그 이유를 물어보지 못했다. 그럴 용기가 없어서였다.

5학년이 되었다.

나는 인근 지역에 있는 태안초등학교로 다시 전학을 가게 되었다. 전에도 그랬듯이 이사하는 것이 싫었고 친구들과 헤어지는 것은 더욱 싫었다.

이사하던 날, 이삿짐 트럭의 조수석에 앉아 생각했다. 짐도 다 실었으니 곧 트럭이 떠날 텐데, 혹시 그 아이가 점심시간을 틈타 나를 보러 오진 않을까? 지금 헤어지면 언제 볼 수 있을까? 잘 있으라는 말도 못했는데. 그러고 한참이 지나서였다. 아, 그런데 과연, 그가 저 멀리서부터 헐떡거리며 온 힘을 다해 달려오는 게 아닌가. 나는 얼른 반쯤 열린 트럭 창문 밖으로 몸을 내밀었다.

"안녕……. 잘 가."

창문 저쪽에서, 그가 서울 아이답게 세련된 인사말을

건넸다. 그리고 영화에서나 볼 법하게 손까지 살래살래 흔드는 것이었다.

"잘 있으랑께."

나는 시골 아이였다. 울컥대는 목소리가 떨리고 있었다. 이것이 내가 할 수 있는 최상의 작별인사였다. 나도 한번 손을 살래살래 흔들어보고 싶었으나, 서울 아이들이나 할 법한 그 간지러운 행동을 도저히 실행에 옮길 수는 없었다.

시간은 흘러갔고 중학교 1학년이 되었다. 나는 5학년 때 떠나온 그곳을 늘 그리워했다. 그리고 가끔 그를 생각했다. 그도 중학생일 테고 그 멋진 상고머리를 빡빡 밀었을 것이었다.

겨울방학이 되었다. 나는 엄마를 졸라 결국에는 허락을 받아냈다. 드디어 해미에 갈 수 있게 된 것이다. 나와 친했던 윤숙이와 은숙이가 손님이 온 기념이라며 라면을 끓여주었다. 나는 그 아이의 집을 방문해 보자고 친구들을 졸랐다. 가슴이 뛰었다. 지금까지 아무에게도 말 못한 가슴이 뛰었다.

우리는 여전히 초라한 초가 앞에 섰다. 그를 불렀고 이윽고 문이 열렸다. 그러나 그는 놀라고 쑥스러운 표정으로 방문 안에서 나오지도 못하고 손만 비벼대는 것이었다. 중학생이었다. 얼굴에 여드름이 나고 머리는 빡빡 깎은 중학교 1학년 남학생이었다. 이제 여학생과는 내외하기 시작하여 얼굴도 들지 못하는 그와, 말 한마디 나누지 못한 채 나는 두 번째의 헤어짐을 가졌다.

아, 그 후로 세월은 정말이지 많이도 흘러갔고 나도 이제 어른이 되었다.

1981년 가을이었다. 우리 집은 아버지의 퇴직과 함께 서울로 올라왔고 나는 졸업 후 경기도의 한 고등학교 교사가 되었다.

어느 날 퇴근을 해오니, 아직도 예의 그 시골에 살고 계시는 친척분이 와계셨다.

그런데 이 얼마나 오랜만에 들어보는 반가운 이름인가? 며칠 전 친척분이 해미읍성 앞길에서, 그곳의 고등학교를 졸업한 후 서울에 다시 올라가 살다가 마침 일이 있어 다니러 온, 어른이 된 '그 서울 아이'를 만났고 그가 나의 안부를 묻더라는 것이다. 그래서 우리 집 전화번호를 알려주셨고, 그 아이는 내게 꼭 전화하겠다고 했다는 것이다.

그랬다. 정말 반가웠다. 어떻게 이런 일이 있을 수 있는

가. 나는 흥분을 가라앉히며 며칠 동안이나 그의 전화를 기다렸다. 정말 많이 기다렸다. 어떻게 변했을까, 어떻게 살고 있을까. 퇴근해 오면, 낮에 내게 걸려온 전화가 있었는지 일일이 챙겼다. 열흘쯤 지난 어느 날, 드디어 아버지가 말씀하셨다.

"너 4학년 때 옆집에 살던, 그 똑똑했던 남자아이 기억나지? 서울에서 이사 왔던 아이 말이야. 걔가 낮에 전화했더라. 그런데 고등학교 2학년 때 어머니가 병으로 돌아가셨고, 학교 졸업 후 서울로 다시 올라와 지금은 직장에 다니면서 야간대학에 다닌다고 하더라. 어린 나이에 아버지를 잃고 고향으로 내려오더니 엄마마저 잃어 고아가 되다니……. 지금은 친척들과의 연락도 거의 없고 혼자 살고 있다니 참 딱하게 되었어."

"다른 얘기는 안 했어요? 제 안부는 안 물었어요?"

"아니, 다른 말은 안 했어. 뭔가를 말하려고는 하더라만 머뭇거리다가 그냥 끊었어. 다시 전화하겠다고 하더라."

그는 왜 나에 대해 묻지 않았을까? 왜 그 후로 다시 전화하지 않았을까? 한번쯤은 만나 봐도 좋지 않았을까?

급식빵도 주고 색색의 반짝이술도 주고 작별인사까지 주고받았는데, 그리고 나는 중학생이 되어서도 그를 가끔 생각했고 먼 길을 달려가기까지 했는데, 왜 그는 나에 대해 한마디도 묻지 않고 전화기를 내려놓았을까?

　나는 지금까지도 그에게 그걸 묻지 못했다.

　그를 만나지 못해서였다.

만남에 대한 상념

초등학교 시절과 마찬가지로 중학교에 올라와서도 나는 전학을 많이 다녔다. 1학년을 마친 후 다른 읍지역의 학교로 전출하였고, 2학년 첫날에 낯선 친구들 앞에서 언제나처럼 전입 인사를 하게 되었다.

이 학교는 중·고등학교가 한 울타리 안에 있었다. 내가 속한 6반은 기존의 남학생반 외에 새로 증설된 여학생반 한 개 학급이었으며 따라서 특별반 대접을 받고 있었다. 입학고사를 치르고 들어온 이들은 이 지역의 여중생 중 공부 잘하고 똑똑한 선발집단이었던 것이다.

전입한 첫날부터 급우들의 이목이 내게 집중되는 게 확실해 보였다.

그도 그럴 것이, 지역 특성상 유동 인구나 전출입 학생이 거의 없을 뿐더러 한 개 학급이라 반 편성 없이 그대로 진급하는 상황이어서, 전입생의 등장은 순박한 소녀들 사이에서는 당연히 관심거리가 될 터이기 때문이었다.

이곳은 그제나 이제나 여전히 '충남의 알프스'라 불리는 곳이었다. 콩밭 매는 아낙네의 베적삼이 흠뻑 젖고 산새 소리가 어린 가슴을 태우는, 칠갑산 산마루가 올려다 보이는 산촌 지역이었다. 그만큼 맑은 정기와 수려한 산수를 자랑한다.

담임선생님은 젊은 남자 선생님으로 영어를 가르치셨다. 사춘기 여중생의 눈에 참 멋진 분이셨다. 우리 반 62명의 학생 한 명 한 명에게 관심을 가져주셨고 열정과 수용적인 태도로 학급을 운영하셨다. 친구들은 그런 선생님을 신뢰하고 따랐다.

수업시간마다 보여주시던, 선생님의 그 고급스런 제스처를 나는 지금도 잊을 수 없다. 그것은 흘러내리는 머리카락을 오른손으로 넘김과 동시에 얼굴을 오른쪽으로 40도 위쪽으로 30도 정도 틀었다가 되돌리는 독특한 습관이었다. 우리는 선생님의 그런 행동을 볼 때마다 너무 멋있어 죽는 줄 알았다. 어떤 애들은 한 시간에 몇 번이나 머리카락을 넘기는지 세어 보기도 하였고 세다가 놓쳤다

고 아쉬워하기도 하였다. 그럴 경우, 수업내용은 당연히
머리에 들어오지 않을 터였다.

음성언어가 아닌 동작언어를 '비언어적 표현'이라고 한
다. 교사가 의미전달을 위해 수업 중에 보여주는 표정이
나 자세나 몸짓 등은 비언어적 표현이다. 그런데 선생님
의 이 행동은 학습 내용을 전달하는 데는 아무 도움이 되
지 않는 따라서 비언어적 표현의 범주에도 속하지 못하
는 한낱 불필요한 버릇일 뿐이었다. 아니 오히려, 예민한
사춘기 여중생의 학습활동을 당연히 저해하는 요소에 지
나지 않을 터였다.

그러나 공부를 방해하든 말든, 그게 무슨 대수람. 어쨌
거나 선생님의 머리 넘기는 모습이 멋있어서 선생님을
좋아하고 잘 따르게 된다면 그것보다 더 바람직한 일이
뭐가 있단 말인가. 선생님을 좋아하다 보면 잘 보이고 싶
을 것이고, 잘 보이고 싶으면 성실한 행동을 하게 될 것이
다. 그렇다면 학생에게 있어 성실한 행동 중 으뜸은 무엇
이겠는가. 공부를 열심히 하는 것 아닌가. 실제로 선생님
이 좋아서 열심히 공부하는 학생들이 있었고 그중의 하
나는 단연코 바로 나였다.

3월 하순의 영어수업 시간, 'family'에 대해 배우던 때였다.
선생님께서는 학생들에게, 영어로 물을 테니 영어로 대

답하라고 하시는 것이었다. 영어 회화는 지금이야 지극히 일반적인 교수·학습 내용이지만 그때 당시에는 결코 흔치 않은 수업이기도 했다. 아니, 영어로 말하라니. 무슨 말을? 억지로 일으켜진 한 명 한 명은 선생님의 입 안에서 굴러 나오는 질문 내용이 무슨 뜻인지 몰라 고개를 푹 숙인 채 코를 책상에 박고 있었다. 듣기를 못 하니 말하기는 엄두도 나지 않을 터였다. 드디어 차례가 되자 나도 쭈뼛쭈뼛 일어났다. 그리고 곧 이마를 박을 준비를 하고 있었다.

"How many brothers and sisters do you have?"

선생님이 물으셨다. 아, 저 정도는 알아들을 수 있겠다.

"I have two brothers and three sisters."

나는 대답했다.

순간, 아이들은 일제히 고개를 들기 시작했다. 아니, 선생님과의 대화가 가능하다니, 그것도 영어로 말이다. 도대체 무슨 말이기에 알아듣기도 하고 대답도 한단 말인가? 더구나 얼마 전에 전학 온 아이 아닌가.

그러나 그것은 사실 별것 아닌 일이었다. 머리카락을 넘기는 모습이 멋진 남자 선생님을 나는 좋아했을 뿐이고, 좋아하는 선생님께 잘 보이기 위해 영어교과서를 달달 외웠을 뿐이었다. 그 이후로도 나는 영어를 잘하는 전

입생으로 남기 위해, 교복 주머니에 단어장을 넣고 다니
는 부담감을 안아야만 했다.

우리는 선생님 댁에 자주 놀러갔다. 사모님은 선생님과
똑같이 다정다감한 분이셨고, 남편의 첫 제자 된 우리를
반기며 예뻐해 주셨다. 선생님은 대학 졸업과 함께 곧 결
혼했고 첫 발령지로 이곳에 오신 것이었다.

당시의 유행가요인 최안순 씨의 '산까치야'는 사춘기
소녀들의 봉오리 진 감성을 자극하고 터뜨렸다.

산까치야 산까치야 어디로 날아가니
네가 울면 우리 임이 오신다는데
너마저 울다 저 산 너머 날아 가면은
우리 임은 언제 오나 너라도 내 곁에 있어 다오

가냘프고 청초한 미성과 간곡하고 아련한 노랫말은 사
춘기 여중생들을 참 많이도 울렸다. 한숙이는 노래를 잘
했다. 그를 비롯한 우리는 쉬는 시간이든 점심시간이든
삼삼오오 모여 '산까치야'를 불렀다. 이 노래를 부르면 왠
지 가슴이 설레고 쓰리기도 했으며 무엇인지 모를 것들
이 그리워져서, 코끝이 시큰해지고 나중엔 한 방울 눈물

이 맺히기도 하였다. 나는 이 노래를 들으면서, 매일 밤 붉은색 잉크로 일기를 썼다. 잉크에서는 꽃향기가 났다. 봉숭아 꽃잎을 찧어서 만든 잉크였다.

반장인 향란이는 참 모범적인 친구였다.

늘 잔잔히 웃고 키도 컸다. 일반적인 여중생과는 달리 재잘거리지도 수선스럽지도 않았다. 나는 그 애를 고등학생쯤 되는 언니 같다고 생각했었다. 우리는 늘 앞서거니 뒤서거니 하며 성적에서 경쟁했지만 서로 상대방을 존중했다. 시험기간 동안, 집에 가면 농사일을 도와야 해서 공부하기가 어렵다고 하는 친구와 우리 집에서 함께 자며 공부한 적도 있다. 이튿날 치른 시험의 답을 맞추어 보며 함께 환호성을 지르거나 아쉬워하기도 했다.

과수원집 딸인 친구가 있었다.

키가 큰 그 친구는 키 작은 내가 동생 같다며 자주 집에 초대했고 알 굵은 자두며 사과를 한 소쿠리씩 내어오곤 했다. 무슨 일이었는지 말다툼을 한 며칠 후, 그는 '익어가는 자두를 보니 네 생각이 난다.'며 화해의 편지를 책상 속에 넣어놓기도 하였다. 작아서 못 입게 되었다며 준 하복 윗옷을 나는 늘 다려 입으며 아꼈다. 자습시간에 뒷문으로 빠져나가 계단 아래에 숨어 소곤대던 밀담은 얼마나 짜릿하고 재미있었는지! 나는 지금도 그 친구가 많이 그립다.

카메라가 흔하지 않던 시절, 소풍을 가면 사진사 아저씨가 늘 따라왔고, 이날은 친구들과 마음껏 사진을 찍을 수 있는 유일한 날이기도 했다. 인물 좋은 여학생은 간혹 남자친구를 사귀는 경우도 있었는데, 빵집에서 남학생을 만난 이야기를 자기들끼리 소곤대며 키득거리면, 우리는 그 사연이 궁금해 엿듣고 싶을 때도 있었다. 지역의 유일한 극장에서는 가끔 '청소년 관람 가'인 영화를 상영하였고, 이날의 단체관람은 우리에겐 큰 이벤트였다. 토요일 수업이 끝나면 친구네 집으로 몰려가 수다를 떨었고 부모님은 딸 친구들이 왔다며 먹을 것을 푸짐히도 내어 주시곤 했다.

어른이 되어가는 힘든 과정을 동시대에 겪는 우리로서는 서로에게 따뜻한 아군이었다. 생각과 감정의 수준이나 모양이 비슷했으며 따라서 공감대가 즉석에서 형성되던 아름답고 섬세한 시절이었다.

3학년 여름방학을 앞두고 나는 다른 지역의 여중으로 또다시 전학을 가야 했다.

일 년 반 전 낯선 표정으로 전입 인사를 하던 때처럼,

이번엔 울먹이며 전출 인사를 했다. 나는 그때 참 많이 울었다. 교문까지 따라 나온 친구들을 뒤로하며 울었고 혼자 올라탄 시외버스 안에서도 울었다. 초등학교 때부터 수없이 전학을 다녔지만 이때만큼 헤어짐이 아쉬웠던 적은 없었다. 인간관계를 배우고 사고를 쌓아가고 새로운 감성을 경험하게 되는 나이인 여중 3학년생이었기 때문이리라.

아, 이렇게 추억할 수 있는 일들이란 게 어느 때 어느 시절 이야기인가.

셀 수도 없는 참으로 많은 세월이 가 버렸다. 46년인가 보다. 46년이라니. 이는 도대체 얼마만큼의 시간이란 말인가. 이렇게 많은 날을 우리가 살아왔단 말인가. 그러면서 지난날의 어떤 일은 추억할 수도 있단 말인가.

그런데.

나는 오늘 꿈 같은 사건을 경험했다.

46년 전 그때의 그 친구들을 다시 만난 것이다.

이 기적은 정말 우연히 왔다. 구독하던 월간지에 신간 서적을 소개하는 면이 있었는데, 소개 책자 중에, 작가가 현지에서 겪는 일상을 토대로 일본의 정취에 대해 쓴 책이 있었다. 그런데 저자 소개 내용을 읽는 순간, 그가 어쩌면 46년 전 언니 같았던 그 반장친구가 아닐까 하는 생각이 불현듯 스치는 것이었다. 오직 저자의 이름과 출생연도만으로.

직감은 맞았고 수소문 끝에 연락이 닿았다. 나는 오늘 그를 비롯한 열 명의 친구들과 자리를 함께한 것이다.

처음엔 아무도 알아볼 수 없었다. 그런데 이름을 들으니 신기하게도, 중학생 때의 얼굴이 떠오르고, 어느 한 특징 이를테면 말투나 몸짓이나 일화 등이 문득문득 꼬리를 물고 일어나면서 결국엔 과거의 얼굴이 현재의 모습과 자연스레 연결되는 것이었다. 참 반갑고 고마운 일이었다. 그리고 신기했다. 우리는 그 어릴 적으로 돌아가 기억을 되살리고 추억에 젖으면서 몇 시간 동안 일어설 줄 몰랐다. '살다 보니 이렇게 만나는구나.'를 연신 되뇌었다. 각자의 위치에서 각자의 삶을 걷다가 오늘 이곳에서 다시 만난 것이다.

나는 친구들과 다시 만날 것을 기약하고 아쉬움 속에서 돌아섰다.

그런데 집에 와서도 마치 꿈을 꾸고 있는 듯이 정신을 못 차리고 있다. '46년의 세월'이 주는 충격 때문이리라.

한동안 나에겐, 인간의 이별과 만남에 부여되는 '우연
성'이나 '필연성'에 대한 고찰이 필요하다. 또한 '삶'이나
'인생'의 의미에 대한 근엄한 사고도 필요하다.

이로 인해 나는 상념에 젖게 될 것이다. 깊이, 오랫동안.

터널 속의 3년

「총동문 송년의 밤」이 12월 5일 소공동 롯데호텔에서 성대히 열렸다.

총동문회답게 600여 명의 여고 동창들이 참석하여 의미 있는 프로그램을 통해 다시 한번 우의를 다진 것이다. 나의 졸업기수가 28기이므로, 참석한 선배들은 60대를 훨씬 넘어 7~80대에 이르는 연륜을 보여주었다.

이어서 새해 1월에는 「다이나믹 28기 신년회」를 가졌다. 40여 명의 동기들이 참석하여, 신년 인사와 식사 및 일 년간의 행사 계획 등을 나누며 즐겼다.

고등학교를 졸업한 지 벌써 40년이 지났다.

나의 모교는 1922년 구제 '고등여학교'로 설립되었

다가, 1946년에 '경성 제2공립고등여학교'로 개교한 후 1951년에 '수도여자고등학교'로 개칭되어 현재에 이르고 있다. 2016년에 개교 70주년 기념행사를 거행하였으니, 한국 여성교육의 역사를 보여주는 산증인이라 하겠다.

나는 이곳에 1973년에 입학하여 1976년에 졸업하였다.

교화인 백합의 외형을 본뜬 교표는 우리의 자랑거리였다. 교훈인 '슬기롭고 아름답고 참되어라'를 나는 지금도 기억하고 있다. 이전에는 제1고녀인 경기여고와 더불어 제2고녀로 불렸다는 모교에 대한 애교심은 가히 그 도를 넘었었다. 특히 우리 기수까지는 입학시험을 통해 진학한 세대였으므로 더욱 그러하였던 것이다.

그러나 위와 같은 사실에도 불구하고 나의 고등학교 시절은, '살아감과 학업'이 주는 힘겨움의 무게로 인해 지금까지도 별로 추억하고 싶지 않은, 터널 속처럼 어두웠던 3년간으로 남아 있다.

충남의 읍 지역에서 중학교를 다닌 나는, 부모님의 뜻과 나의 의지에 따라 서울의 고등학교로 유학하고자 하였다.

중학 3학년 2학기 때 전학한 곳은 내가 바라는 학교 분위기가 아니었으므로 나는 거의 독학을 하다시피 하며 오로지 공부에만 열중했다. 서울의 고등학교에 진학하는 것이 나의 목표였기 때문이다.

그 당시 공부를 좀 한다는 학생들에겐 자습서 겸 문제집으로 '완전정복'이 압권이었다. 'ㅇㅇ출판사'에서 펴낸 과목별 시리즈의 파란색 표지에 그려진, 말에 올라탄 나폴레옹의 기상을 보면서 나도 서울의 고등학교로 진학하겠다는 결심을 다지곤 했다.

당시의 우리 집엔 선풍기가 없었다. 한여름의 더위를 이기는 방법은 오로지 깊은 우물물을 퍼 담은 대야에 발을 담그는 것이었다. 시간 가는 줄 모르고 그렇게 공부하다 보면, 대야의 물은 이미 미지근해지고 발은 허옇게 퉁퉁 불어 있곤 했다.

입학 정보가 전혀 없는 상황에서 나는, 서울의 한 여고에 재직하시던 이모부께서 매월 보내주시는 모의고사 문항을 혼자 시간을 정하여 풀고 채점하면서 성적을 가늠하였다. 이것이 내가 받을 수 있는 최선의 진학지도였다. 어쨌든 나는 열심히 공부하였고, 서울에 있는 학교로 진학하게 된 것이다.

나는 입학과 더불어 서울 사람들과 비슷해지기 위해 부

단히 노력했다.

우선 사투리를 버렸고 급우들의 세련된 행동을 눈여겨 관찰하며 따라 했다. 친구들과 외식도 하였고 남산에 올라가 야경도 즐겼으며 덕수궁 돌담길도 걸었다. 학교 근처 빵집에서 모임도 가졌다. 그리고 남산도서관에서 운영하던, 남녀고교생의 문학 동아리인 '물망초' 회원이 되면서 문학인으로서의 걸음도 내디뎠다.

이렇게 나의 서울생활은 화려하게 시작되었다. 적어도 1학년 여름방학 이전까지는 분명히 그랬다.

그렇게 서울 사람이 되기 위한 노력으로 괄목할 만한 발전을 가져온 한 학기를 보낸 후, 여름방학이 되자마자 나는 시골에 내려왔다. 그리고는 한 학기 동안 부모 없이 헤쳐나간 서울생활의 고달픔을 보상받으려는 듯, 나는 온종일 빈둥거렸고 방학 내내 퍼질러 있었다. 그렇게 한 달을 보냈다. 그러다가 개학을 앞둔 어느 날, 홀로 장항선 기차를 타고 자랑스럽고 당당하게 귀경했다. 앞으로의 더욱 멋진 서울생활을 꿈꾸며.

그런데 개학일 청소시간이었다. 우리는 여느 때처럼, 규정대로 흰 바탕에 파란 천을 덧댄 머릿수건과 앞치마를 갖추고 빙 둘러 쪼그리고 앉아 교실바닥을 왁스걸레로 반질거리게 윤을 내고 있었다. 그때 우의가 내게 물었다.

"너는 방학 때 어느 학원에 다녔어?"

"학원? 무슨 학원?"

정말이지 나는 몰랐다. 방학 동안에는 학교 대신 학원에 다녀야 한다는 당연한 사실을 몰랐었다. 서울 아이들은 1학년 여름방학 기간 중에 종로에 있는 학원의 강당 크기의 교실에서, '공통수학'을 마무리한 후 '수학정석'과 '성문종합영어'의 1차 통독까지 마친다는 당연한 법칙을 나는 전혀 모르고 있었던 것이다.

순간, 나는 망치로 머리를 얻어맞는 느낌이었다. 도대체 이게 무슨 상황이란 말인가? 어떻게 이런 사태가 있을 수 있단 말인가?

분명히 그때부터였다. 나의 서울생활 부적응은 이렇게 시작되었다. 아니, 이미 진행되고 있던 학습 부적응을 이때서야 겨우 깨닫게 되었다는 것이 옳은 말일 것이다.

곧바로 참고서와 자습서도 사고 학원에도 가 보았지만 이미 저조해진 수학능력은 점점 뒤처지고 있었다. 엎친데 덮친 격이라니, '물망초' 회원인 한 학년 위 선배는 내 눈에 어찌나 그리도 멋있던지. 그는 강신재의 소설 '젊은 느티나무'의 주인공을 닮았다고 생각했었다. 늘 비누냄새가 나던 그 멋진 '현규' 말이다.

2학년 중반이 지나면서 보호자처럼 돌봐주던 오빠가 군에 입대하게 되었다. 후암동 언덕길을 헐떡거리며 올라가면 나의 자취방이 있었는데, 나는 거기서 혼자 살아야만 했다. 말이 서울 유학이지 소녀가장의 생활과 무엇이 다를 것인가?

연탄불이 꺼져서 혹은 늦게 일어나는 바람에 아침밥을 짓지 못하여, 굶은 채 등교하고 당연히 도시락도 가져오지 못하는 날이 허다하였다. 그럴 때면 친구 정란이는 내게 도시락의 반을 나눠주곤 했다. 식생활조차도 해결되지 못하는 상황에서 무슨 공부라는 것이 가능했겠는가? 그러나 결코 끈을 놓을 수 없는 나로서는 또 얼마나 힘겹게 이기지 못하는 싸움을 벌였겠는가?

어느 날 시골에서 아버지가 올라오셨고, 담임선생님을 만나러 학교에 나오셨다. 나의 안내로 교무실에서 선생님을 만난 아버지는 자랑스럽다는 듯 나를 칭찬하시는 것이었다.

"우리 아이는 일 분도 헛되이 쓰지 않아요. 무엇을 하든 열심히 하는 아이입니다."

"그래요? 그런데 성적이 왜 이럴까요?"

나는 두 분 앞에서 고개를 들지 못했다. 선생님의 말뜻을 알아차리지 못한 아버지는 서울의 고등학교에서 부모와 떨어진 가운데 부적응 중인 나를, 시골에서 부모의 보살핌 아래 공부 잘하던 나로 착각하시는 게 분명했다.

3학년이 되었다.

이번에는 여동생이 서울의 고등학교로 진학하여 올라오게 되면서 청파동의 방 두 개 있는 집으로 이사하여 살게 되었다. 고1인 동생은 고3인 나의 보호자가 되었다. 밥도 짓고 빨래도 도맡아 했다. 나는 오로지 공부만 하면 되었다.

그러나 그 공부라는 것이 마음대로 되는 게 아니었다. 그동안 너무 멀리 와 있었던 것이다.

나는 다시 시작하겠다는 새로운 결심으로 학교 앞 독서실의 정기이용권을 끊었다. 이제부터라도 밤새워 공부하면 되겠지 했으나 체력이 받쳐주지 않았다. 나는 이내 엎드렸고 함께 갔던 진미는 밤새 나를 깨우다가 포기하고 혼자 공부하곤 했다.

당시 우리는 대학입시를 위해 예비고사와 본고사를 치렀다.

수학과 과학은 나를 더욱 힘들게 했다.

중반기쯤 치른 모의고사의 물리 시험에서였다. 나는 13개 문항 중 13개를 모두 틀리는 청천벽력을 경험하고야 말았다. 절망감보다는 부끄러움이 먼저 왔다. 혹시나 수업시간에 물리선생님이 '이 반에 13개 모두 틀린 학생이 있다.'고 말씀하시면 어쩌나 하는 생각에 안절부절못하다가 선생님을 찾아갔다.

"선생님, 제가 이번 모의고사에서 13개 모두 틀렸어요. 그런데 선생님이 수업시간에 저를 지적하실까 봐 걱정되어 이렇게 찾아왔어요. 수업시간에 제 얘기는 하지 말아 주세요. 부탁드려요."

"아니야. 선생님은 그런 소리 안 해. 걱정하지 마."

당돌하지만 어쨌거나 이 가엾은 수험생의 처진 어깨를 다독이던 물리선생님을 나는 지금도 기억한다.

3학년 늦가을, 예비고사를 치렀다. 성적이 좋을 리 없었다. 대학 원서를 제출하였고 본고사에 임했다. 국어과 교사가 나의 꿈이었기 때문에, 사대 국어교육과를 지원하는 것은 이미 정해진 일이었다.

나는 합격하지 못했다. 당연한 일이었다. 처음으로 겪은 불합격의 쓴맛이었다.

재수생활을 했다. 일 년의 재수생활은 삼 년 내내 공부 못하여 허덕이던 나를 어느 정도 만회시켜 주었다. 그리하여 일 년 후에 대학에 드디어 발을 디딜 수 있게 된 것이다.

나는 지금도 가끔, 의도와는 상관없이 이 힘겨웠던 고등학교 시절이 떠오를 때가 있다.

책상 위에는 '수학정석 I'이 공부하기 편리하게 단원별로 분철되어 놓여 있다. 어떤 때는 책이 보이고 어떤 때는 엎드려 자는 모습이 보인다. 한겨울 찬 물에 교복의 흰 깃과 양말을 빨고 있거나 연탄불이 꺼진 냉골에 웅크려 있는 내가 보일 때도 있다. 시험시간에 늦어 달려가나 발이 앞으로 나아가지 않는 경우도 있다. 그중 배고파 허덕이던 모습이 가장 애달프다.

이런 모습은 종종 꿈속에서도 나타날 때가 있다.

흔들리지 않는 꽃이 어디 있겠는가.

아프지 않은 젊음이 어디 있겠는가.

그러나, 고교 3년 동안의 나의 삶은 심히도 흔들리어 걷잡을 수 없었던, 참으로 안쓰러운 시절이었다.

문학청년 시절

나는 고등학교를 서울에서 유학한 후, 대학은 다시 지방으로 내려가야 했다.

공무원으로 계시던 아버지의 퇴임도 얼마 남지 않은 상황이었고 아래로 세 명의 동생이 있었기 때문에 학비가 상대적으로 낮은 국립대학에 입학하고자 한 것이다.

또 당시에는 국립사대 졸업과 함께 중등교사의 자격을 취득함과 동시에 교사 임용의 특전이 있었기 때문에, 서울 유일의 국립대인 서울대에 갈 수 있는 실력을 갖추지 못한 상황이라면, 다른 지역의 국립대 입학은 나에겐 당연한 수순이었다. 따라서 이 대학 입학은 내가 하고 싶은 일을 이루기 위한 가장 견고한 방법이었던 것이다.

나는 입학과 함께 두 곳의 동아리에 가입했다. 그리고 여기에서 학문이 주지 못하는 더 크고 넓은 인생을 배워 나갔다.

「서울향우회」와 「창문학」이 그것이었다.

서울향우회는 서울에서 고등학교를 졸업한 학생들의 모임이었다. 그 당시에는 대학 입학 본고사에 응시할 수 있는 자격을 부여하기 위해 국가에서 실시하는 '예비고사'를 치렀는데, 향우회 회원들은 예비고사 2차 희망지로 이 지역을 선택하여 입학한 학생이 대부분이었다.

나는 위와 같은 현실적인 이유로 이 대학을 택하긴 하였으나 여느 회원들과 마찬가지로 재학 4년 내내 서울을 그리워했기 때문에, 서울향우회는 내게 큰 견인책이 되어주었다.

우리는 단지 서울에서 왔다는 이유 하나만으로도 이곳 출신 학생들은 알지 못하는 동류의식을 갖고 있었다. 서울 특유의 문화, 이를테면 세련감이나 유머나 대중적인 상식 등으로 자신의 존재감을 드러내고 싶어 했고 서로를 인정해 주면서 즐겼다.

그러면서도 한편으로는 4년 동안 열심히 공부하여 반드시 귀경하리라는 각오 또한 굳세었다. 실제로도 학교

생활에 매우 충실히 임했다. 선배들의 경우 졸업 후에는 서울의 직장에 입사하여 4년 만에 다시 안착한 'In Seoul'의 기쁨을 만끽하기도 하였다. 우리는 정기 모임을 통해 그곳 이야기를 나눴으며 우리만의 향수를 공유했다. 「목멱」이라는 단행본 향우회지도 만들었는데, 목멱산은 남산의 옛 이름이었다.

또 다른 동아리인 「창문학」에 나는 깊이 관여하였다.

어렸을 때부터 나는 글쓰기와 책 읽기를 좋아했다. 고교생일 때는 남산도서관에서 매주 토요일 오후에 모이는 문학 동아리 회원이 되어 공부하기도 했다.

창문학 회원들의 문학사랑은 참으로 대단했다. 사랑이라기보다는 열광에 가까웠다.

동아리 지도교수는 국어교육과의 젊은 교수님이었는데, 그분의 문학 세계와 젊음만큼이나 열정 어린 비평은 목마른 학생들에게 많은 채찍이 되었다. 그분은 현재 한국의 영향력 있는 문학평론가로 이름을 올리고 계시다.

동아리 활동 중 두드러진 것은 봄에 개최하는 시화전과 가을에 개최하는 '낙엽제'였다. 낙엽제는 낙엽을 태우면서 시낭송도 하고 문학관도 나누는 행사였다. 지금 생각하면 열 손가락 열 발가락이 오글거릴 청승맞은 행사이었음에도, 당시의 우리는 이를 통해 문학과 인생을 얘기하고자 했다.

나는 그때 낙엽 타는 냄새를 맡으며 박인환의 시 '목마와 숙녀'를 낭송했었다. 댄디보이로 살았다는 박인환의 삶과 '그저 잡지의 표지처럼' 통속적이며 허무하다고 말하는 그의 인생론에 빠져들기도 하였다.

낙엽제의 2부 순서에서는 너도나도 막걸리를 마시고 취하면서 문인 흉내를 냈다. 당시는 다방에 앉아 음악을 듣거나 술집에서 소주나 막걸리를 마시던 풍경이 낭만과 젊음을 위한 입문과정이었고, '대학은 낭만과 열정의 상아탑'이라는 문구가 걸맞던 시절이었다. 문학과 낭만은 연결고리로 끈끈히 이어져 있으니, 그렇다면 우리 문학청년들은 낭만의 중심에서 인생을 외치는 자유인이기도 했다.

회원 중에 술을 지독히도 마시던 남학생이 있었다. 그는 늘 취해 있는 모습이었다. 수업시간에도 잔디광장에서도.

"난 술을 마셔야만 시를 쓸 수 있어. 술은 나와 시를 위해 있는 거야."

나는 무엇이 그토록 그를 힘들게 하는지 그리고 왜 그

토록 술을 마셔야 하는지, 많이 궁금하기는 했으나 진지하게 대화할 수 있는 기회를 갖지는 못했다. 나중에 어디선가 들은 바로는, 그가 그토록 술을 마시는 이유는 그의 선천적인 감성 때문이기도 하고 술 없이는 문학을 논할 수 없다는 그의 문학관 때문이라고도 하였다. 짝사랑 때문이라는 얘기도 있었다.

그는 대학신문사에서 주최하는 신문문학상의 당선작에 늘 자신의 이름을 올리곤 했다. 문학에 대한 열정은 치열했으며 마치 문학을 위해 젊음을 바치고 있는 듯했다. 그는 언젠가 말했다.

"나의 시심은 곧 술에서 비롯되는 거야."

40년이 지난 얼마 전에 나는 우연히 그의 소식을 들을 수 있었다. 일찍이 시인으로 등단했고 지금은 중등교장으로 재직 중이며 독실한 신앙인이 되었다고 했다. 가장이 되어서야 술에서 헤어 나왔고, 술에서 헤어 나왔을 때 신앙을 가지게 된 것이다.

얼마 전 그는 내게 자신의 시집을 보내왔다. 한 편 한 편의 글에는 젊은 시절의 방황이 녹아있었고 나이 든 이후의 신앙을 바탕으로 한 원숙함도 배어 있었다. 나는 그의 시에서 서정주 시인이 말했던 국화와 누님을 보았다. 그만큼 오랜 세월이 흘렀다. 이젠 우리도 거울 앞에 앉아 인생을 뒤돌아봐야 할 그 누님만큼의 나이가 되었다는 의미이리라.

3학년 때의 일이다. 경북에 있는 한 대학에서 '천마문학상' 현상 공모가 있었다. 나는 수필 「사랑·차를 마시며」로 입상하였고 새벽기차를 타고 멀리 시상식에 참석했다. 시상식에서 그 대학의 교수로 재직 중이던 김춘수 시인을 만났다. 시 부문 심사위원이자 시상자로 자리에 함께한 것이다.

나는 그 당시 그분의 시 가운데 '꽃'과 '샤갈의 마을에 내리는 눈'을 좋아했었는데, 정갈한 양복 매무새의 도회적 분위기를 가진 초로의 신사로부터 나오는 반짝이는 인상은 오랫동안 지워지지 않는 선명함을 남겼다. 그 '인상'이란, '꽃'의 존재 의미 위에 샤갈의 마을에 내리는 '눈'의 모습이 클로즈업되어 이뤄내는, 한 편의 아련하고도 투명한 풍경이라고 표현해도 좋을 것이다.

나는 졸업 후 서울로 올라왔다. 아버지의 퇴직 후 우리 집은 서울에 정착하고 있었다. 나는 경기도의 한 고교에 근무하게 되었다. 재직하던 3년 동안 거의 빠짐없이 일기를 썼는데, 지금 읽어보면 한 편의 일기는 한 편의 시적 감성으로 빛난다.

　그러나 4년 차부터는 결혼과 함께 생활인이라는 본격적인 굴레 안으로 들어서야 했고, 문학이거나 감성이거나 하는 것들은 내게 과분한 것으로 거기서 단호히 끝나 버리고 말았다.

　그런 후 어언 35년이라는 긴 세월이 지났다.

　이제 나는 은퇴를 하였다. 그리고 이 여유로운 시각에, 나의 어린 시절부터 다시 들춰내는 작업을 시작하게 되었다. 35년 만에 들여다본 그곳에는, 그동안 까맣게 잊고 있었으나 결코 놓칠 수 없는 나의 역사와 빛나는 인식 같은 것들이 자리하고 있었다. 나는 이제 그것을 추억하며 펜을 들게 된 것이다.

　글을 쓸 수 있다는 것은 얼마나 아름다운 일인가.

　나의 새로운 삶은 글을 읽고 쓰는 일로 다시 시작되고 있는 것이다.

우리의 사랑법

젊은 시절 어느 봄날에, 나는 산에 올랐다.

산 위에 서서 세상을 내려다보며 인간의 모든 것은 비어 있다는 생각을 했다.

초봄의 싸늘한 바람이 나를 어루만졌다. 바람은 내 마음을 알지 못하는 까닭에 부질없이 날아갔지만, 그러나 그것만으로 족했어야 했다.

선명한 산이여.

부드러운 흙이여.

나는 그곳에서 두 그루의 나무를 심었다. 온몸에 흙을 묻히며 그와 나의 두 그루 나무를 심었다. 그리고 봄장갑을 벗어 가지에 정성껏 매었다.

그러면서 나는 되뇌며 고대했다. 어느 기쁜 봄날에 이

곳에 그와 함께 와, 훌쩍 커버린 우리의 나무를 볼 수 있을까.

그리고는 홀로 산에 올랐듯이 홀로 산을 내려왔다.

내려오는 길에는 봄비가 솔솔 몸을 덮었다.

비는

안개처럼

우리의 둘레를 감싸고

우리는 꿈결처럼 그 길을 걸었지

그리고

비 오는 날에는 난초를 샀지

蘭草

亂草

亂心

이었지

세상에서 가장 쓸쓸한 일은 사람을 사랑하는 일이라 하지 않았던가.

사랑할 수 있는 자유란 공허하고 너무도 자유로운 까닭으로 비가 오는 그날은 그토록 공허하였다. 그러나, 어느 봄날에 한번쯤은 불현듯 그와 마주칠 수 있기를 꿈꾸며 봄비 속에서 나는 홀로 산을 내려왔다.

자연은 말하지 않았다. 말없는 자연 속에서, 사랑은 촉감으로 왔고 나는 그 촉감에 눈 떠서 그를 바라보았을 뿐이었다.

그러나 그는 내가 아니며 나 또한 그가 아닌 세상에서, 우리의 만남에 어떤 의미가 있었겠는가. 무엇이 가능했겠는가.

인간은 여리디여린 피조물이고 피조물은 서로를 바라보며 살아간다. 바라보며 살아간다는 것은 손을 잡는다는 것이며 손을 잡음은 정을 줄 수 있다는 것이로되, 그리하여 그는 나에게서 살아있었고 나는 그에게서 살아 있었을 뿐이었다.

사실과 진실 사이의 거리.

우리가 함께했던 날들은 사실이지만 사실 이상으로 진실이고 싶었다.

기다림의 또 한끝 침묵이었다. 그럼으로써만 헤어지고 그럼으로써만 살아가야 했다.

우리는 그렇게 사랑하였다.

그리고 이제, 젊은 날의 우리의 사랑법은 한 편의 글로서만 족한 일이 되고 말았다.

2부 교사 시절 이야기

교사 초년생

위법 행위와 그 수난사

지하실 배변 사건

휴대전화기 찾기 작전

'까사모'에서의 퇴임식

'모험놀이상담'의 매력

캄보디안 제자들

기억

교사 초년생

작년 스승의 날을 며칠 앞둔 어느 날이었다. 1982학년도에 담임을 맡았던 제자로부터 연락이 왔다.

동기들 몇 명과 함께 뵙고자 한다는 것이었다. 나는 그들을 만나 즐거운 시간을 가졌다. 26세의 초년 시절에 담임을 맡았으니, 당시 고1이었던 사춘기 소년들은 이제 50 중반의 중년을 지나고 있다.

나는 초등학생 때부터 교사가 되겠다는 생각을 했었다. 초3때 담임선생님의 영향이었으리라. 가르치는 일이 즐겁고 멋져 보였다.

나는 당시 도봉동에 살았고 근무지는 경기도에 있었다. '철마는 달리고 싶다.'는 경의선 기차를 서울역에서 타고 한 시간 후에 내려 다시 큰길로 20분을 걸으면 돌벽의 우람한 건물이 서 있었다. 그곳이 나의 첫 부임지였다.

이듬해에 처음으로 담임 업무를 맡게 되었고, 갓 고교생이 된 그들과 이 모양 저 모양으로 어우러져 스승과 제자라는 관계를 다져나갔다.

당시엔 신규교사 연수도 담임교사 연수도 없었다. 얼마만큼의 과제를 부과해야 하는지 시험 문항은 어떻게 출제해야 하는지 청소 구역과 인원은 어떤 방법으로 분배해야 하는지, 아무도 가르쳐 주지 않았고 물을 용기도 없었다. 그야말로 맨 땅에 머리 박기였다.

지금 생각해 보면 참으로 어설프고 부족했던 초년생 담임교사를, 그럼에도 학생들은 존중하며 따라 주었다. 같은 학교에 몸담고 있다는 사실만으로도 교사는 스승인 동시에 보호자가 되고 학생은 제자가 되는, 참으로 고맙고 순박하고 정이 넘치던 시절이었다.

나의 담임 반 인원은 60명이었다. 나는 적어도 3월 중반까지는 학생들을 전부 파악하고 상담을 실시하고자 하여, 출퇴근 길 기차 안에서도 사진과 이름을 비교해 가며 열심히 익혔었다. 자식인 양 동생인 양, 그들은 똑같이 귀했고 사랑스러웠다.

사춘기를 지나는 시골 남학생들의 눈에, 대학을 갓 졸업한 도시 출신 여교사들은 어떤 모습이었을까?

퇴근하여 서울행 기차를 타기 위해 종종걸음으로 나서면, 기차역까지 자전거로 모셔드리겠다는 학생들이 거의 매일 교문 밖에서 기다리고 있었다. 소풍이라도 가면, 먼저 사진을 찍으려고 여기저기에서 잡아당겨 순번을 정하는 일도 있었다. 군용트럭을 타고 지나던 인근 부대 군인들이 여교사들을 향해 휘파람을 날리며 '어이 어이~' 하고 콧소리를 지를 때면, 지나던 학생들이 단체로 군인들을 향해 욕을 퍼부으며 항의해 주었고 우리는 천군만마를 얻은 듯 든든해 할 수 있었다.

종하(이하 가명)는 참 성실하고 순박한 반장이었다. 청소시간에 교탁에서 업무를 보고 있을 때면, 아이들을 시켜 '종하가 선생님을 좋아한대요.'라고 전하게 했고 나는 그가 일부러 시킨 일임을 알고 '선생님도 좋아해. 얼마나 성실한 모범생인데……' 하면서 다른 말로 넘기곤 했었다. 어쩌면 나를 그렇게 따르고 도와주던 종하 덕분에, 초년생 교사의 부족함에도 불구하고 담임이라는 중요한 역할을 과오 없이 수행할 수 있었던 것이 아닌가 생각한다.

경수는 늘 웃는 얼굴의 조용하고 배려심이 많은 아이였

다. 그가 급우들의 추천을 받아 교내 모범상을 받은 일이 있었다. 그런 며칠 후 오랫동안 병중에 계셨던, 그의 아버지가 돌아가셨다는 비보가 전해졌다. 나는 반장과 부반장을 동행하고 그의 집을 물어물어 찾아가 문상하였다. 울면서 나를 맞는 어린 상주의 손을 꼬옥 잡았을 때 나의 눈에서도 눈물이 고였었다. 고인의 영정 앞에는 며칠 전 받은 경수의 모범상장이 반듯하게 놓여 있었다.

"병중의 아버지가 경수가 받아온 상장을 보고 얼마나 좋아했는지 몰라요. 더구나 친구들이 추천해서 받게 되었다는 말을 듣고는, '그렇지, 내 아들이 모범생은 모범생이지.'라고 하면서 상장을 읽고 또 읽으셨어요."

남편을 떠나보내는 어머니는, 이제 집안의 기둥으로 커가야 할 어린 아들의 손을 잡고 내게 말했다. 아버지는 장남이 가져온 그 '모범상장' 하나로 인해 조금은 안심하고 눈을 감았을 듯싶었다.

몇몇 학생들의 요청으로 매주 토요일 퇴근 후 학교 근처에 있는 교회에서 함께 성경공부를 한 적이 있었는데, 건강한 믿음을 가졌던 수환은 지금도 신실한 신앙인의 길을 걷고 있다. 공부를 열심히 하던 정규는 의사가 되었고, 신앙심이 강했던 태규는 신부가 되었다. 부지런하던 기하는 블루베리를 재배하고 있다.

교사 뒤편에 사슴장과 우장과 양계장이 있었다. 축산과 학생들이 키우던 가축들은 늘 건강해 보였고 활달했다. 소의 눈은 순하고 맑았으며, 반질대는 털을 가진 사슴들은 쓰다듬는 손길을 마다하지 않았다. 대준은 사슴장 반장이었다. 가정 형편이 어려운 그는 사슴장에서 노력봉사를 하며 받는 근로장학금으로 학교생활을 할 수 있었다. 나는 그의 재능과 근면성을 높이 사, 큰 꿈을 가지고 현재를 이겨나갈 것을 꾸준히 일깨워 주곤 했다. 조언의 영향이었을까? 그가 뒤늦게 대학에 진학하여 학업에 매진하고 있다는 소식을 들었을 때 나는 참 기뻤었다.

나는 재직 기간 34년 동안 12년간 담임교사 업무를 맡았다.

어느 해 어느 학생인들 소중하고 예쁘지 않았으련만, 이때 만났던 고1의 성장기 소년들은 나의 첫 정이었고 첫 고객이었다. 나로 하여금 자긍심을 가질 수 있게 해 준 고마운 제자들이었다. 어수선하고 부족했던 초년교사인 내게서 그들이 보았던 것은 무엇이었을까? 어쩌면 나의 '진심'이 아니었을까? 그리하여 나의 가르침을 잘 따라주었고 나의 보람이 되어 준 것이리라.

요즘 들어서는 더욱, 현 세태를 보여주는 학교 현장의

우울한 이야기를 수시로 접한다. 이럴 때면 교사 초년 시절에 있었던 기억들은 아득한 옛 이야기로만 남을 뿐이다. 하지만 어떠한 경우에라도 우리가 진심만 가지고 있다면, 현재의 우울함은 반드시 극복될 수 있을 것이라는 희망을 가져본다.

오늘 종하로부터 전화가 왔다.

승진하여 동장이 되었고 가장 먼저 선생님께 알려드리고 싶었다는 그의 목소리는 상기되어 있었다. 두 달 전에는 승기로부터 전화가 왔다. 퇴역 후 다른 일을 하고 싶어 구상 중이라고 했다.

나는 나 나름대로 또 그들은 그들 나름대로 각자의 역할과 처지에 따라 교사와 학생이라는 관계 속에서 지냈던 몇 년간의 인연이었다. 그 인연이 지금까지도 긴 끈으로 이어져 오고 있는 것이다.

그리고 이제는, 한 하늘 아래에서 같은 시대를 살아가고 있는 사회 구성원으로 존재하고 있다. 우리는 모두 각자가 선택한 자리에서 각자의 방법대로, 역사 속에 주어진 한 장면을 탄탄하게 일구고 장식하면서 살아가고 있는 것이리라.

위법 행위와 그 수난사

1991년 8월 1일에, 나는 둘째 아이인 예쁜 딸을 당당히 출산했다.

'출산은 여성의 권리이다. 아울러 출산에 관한 한 어떤 불이익도 받아서는 안 된다.' 이는, 저출산 역대 기록을 갈아치우며 인구 절벽을 향하고 있는 우리나라의 현실에서, '출산'에 관한 한 사회가 책임져야 한다는 인식과 함께 더욱 강조되고 있는 사항이라 하겠다.

이와 관련하여 출산을 앞둔 임산부는 직장에서 출산휴가를 보장받는다. 이는 출산 전후의 산모의 건강과 자녀의 발육을 안전하게 지켜주기 위해 제공하는 휴직 기간을 말한다. 현재, 직장여성은 출산 전후를 통하여 90일의 출산휴가를 받을 수 있다.

30여 년 전인, 나의 둘째 아이 출산 당시에는 예정일을 기준으로 전후의 일수를 적절히 배정하여 60일의 휴가를 신청할 수 있었다.

　그런데 방학 중의 출산이 문제였다. 방학 기간 중에 출산을 하게 되면, 방학 기간이 휴가 기간에 포함되어 묻혀 들어가기 때문이었다. 이는 출산이 임박한 여교사에게 못내 아쉽고 아까운 일이기에 때로는 큰 갈등을 유발시키곤 했다.

　이런 상황에 맞물려 '염치없으나 암묵적인 비밀'이 하나 있었다. 방학 중에 출산을 할 경우에는 예정일을 개학일 즈음으로 늦추어 신고함으로써, 방학 연수일과 함께 휴가일 60일을 온채로 사용할 수 있다는 것이었다. 그 방법은 요즘 같은 전산화 시대에는 어림없는, 당시의 오프라인 시절에서나 간혹 가능할 법한 이야기였다.

　당시 나는 의정부시의 한 학교에서 근무하고 있었다. 공교롭게도 나의 출산 예정일인 8월 1일은 여름방학 기간 중이었고 개학일은 8월 26일이었다. 나는 오랜 고민 끝에 이 '염치없으나 암묵적인 비밀'을 요긴하게 이용하고자 마음먹기에 이르렀다. 예정일을 8월 20일쯤으로 늦추어 휴가신청서에 기재함으로써 그만큼의 기간을 더 얻고자 하는 것이었다. 그리하여 60일에 20여 일을 더한 휴가를 마치고 아무 일도 없다는 담담한 표정으로 당당하게 복직할 수 있었던 것이다.

그런데 사건이 터졌다.

출산휴가를 사용한 2년 뒤인 1993년이었다. 다른 지역에서, '때로 발생하는 이러한 암묵적 비밀의 위법성'에 대해 상부기관에 민원을 제기하는 일이 생겼다. 언젠가는 문제가 될 수 있는 조마조마한 사안인 것은 확실했으니 이때가 바로 그때가 된 것이다.

곧 공문이 내려왔다. 위법을 저지른 해당자들이 해당 지역의 교육지원청에 소환되어 조사를 받게 된다는 것이다. 그런데 민원이 제기된 해당연도나 전년도가 아닌, 두 해 전인 1991년의 해당자부터 소급하여 조사할 예정이라는 것이었다.

나는 바로 1991년에 출산하지 않았던가. 아, 나는 태어나 처음으로, 소위 말하여 '공권력에 의한 조사'라는 것을 받기 위해 조사관과 마주앉을 지경에 이르렀다. 그것도 법을 위반한 공직자의 신분으로 말이다.

나는 교육지원청으로 갔다. 그 자리에는 1991년에 출산하고 방학기간을 덤으로 사용하여 부당이득을 취한 몇 명의 여교사가 무거운 표정으로 앉아 있었다. 담당자가 몇 가지 사실을 확인하였고 나는 출생일이 8월 1일로 기재된 주민등록등본을 제출해야만 했다.

얼마 후 해당교사 처분에 관한 공문이 왔다.

'주의'라는 불이익 처분과 함께 면 지역 이하로 내신을 내라는 내용이었고, 1991년에 출산휴가를 받은 교사부터 소급하여 우선적으로 이 벌칙을 적용한다는 것이었다. 나는 참으로 암담했다. 면 지역이라니, 그곳이 대체 어디란 말인가……. 그러나 뭐라 할 말이 있는가? 나는 법을 어기고 부당한 이득을 취한 위법교사가 아닌가?

다음해인 1994년에 나는 먼 곳으로 전출하여 갔다. 포천군의 면 단위 지역에 있는 전체 6학급의 작은 학교였다. 학생들은 순수했고 교사들은 화목했다. 아, 그러나, 나는 이러한 결과로 인해 참으로 절망스러울 수밖에 없었다. 뭐라 말할 수 없이 의기소침해졌고 힘든 상황에 처하고야 말았다.

당시 나는 중계동에서 살았다.

최단 시간의 출근 과정은 이러했다. 집 앞에서 택시를 타고 우선 녹천역으로 갔다. 이어서 녹천역에서 1호선 전철을 타고 의정부역으로 갔고, 의정부역에서 헐레벌떡거리며 한참을 뛰어 의정부시외버스터미널로 가야 했다. 그런 후에야 내촌행 시외버스를 탈 수 있었다. 그리고는 종점 바로 전 정류장에서 하차하여 학교까지 또 걸어 들어갔다. 이로써 나의 출퇴근 조건은 왕복 네다섯 시간 이상이라는 새로운 막을 열게 된 것이다.

눈비 오는 날 택시를 못 잡아 안절부절못하던 일, 한 시간에 한 번 운행하는 버스를 눈앞에서 놓치면 그 놓친 버스가 얼마나 야속했던지. 난방이 안 된 시골버스 안은 또 얼마나 추웠던지. 그럴 때면 나는 시린 발을 녹이기 위해 신발을 벗고 버스의자 위에서 무릎 꿇는 자세로 앉아가야만 했다.

당시 첫째 아이는 초등 4학년이었다. 아침 시간에는 돌봐줄 수 없었기 때문에, 아들은 전날에 교과서를 챙겨 가방을 싸고, 밤 10시쯤에 큰길 건너편에 사는 아이 이모집으로 가서 거기에서 자고 등교하도록 했다.

둘째 아이는 30개월이었다. 딸을 챙기는 건 더 힘든 일이었다. 새벽부터 해야 할 중요한 일은 적어도 네 가지였다. 깨지 않게 옷 입히고 유모차 태우기, 이 작업은 상당한 기술을 요한다. 깨면 우니까. 기저귀 빨거나 개기, 화장하기, 내 도시락 싸기······. 물론 나의 아침식사는 생각도 못했거니와 먹는다 한들 목에 걸려 넘기지도 못했을 것이다.

출근하는 길에 아이 이모 집에 둘째 아이를 데려다 주었다. 어쩌다 깨면 숨이 넘어갈 듯이 울어 젖히는 어린것을 뒤로 하고, 나는 귀를 틀어막으며 택시를 타기 위해 달려야 했다. 근무지가 멀리 있었던 남편은 주말에나 집에 올 수 있었으므로 모든 일은 나 혼자만의 몫이었다.

퇴근하여 두 아이를 집으로 데리고 오면 밤 아홉 시였고 집안일이라는 제2의 일과가 나를 기다리고 있었다. 열두 시 이전에 잠자리에 드는 일은 생각할 수 없었고 다음 날 네 시에는 다시 일어나야 했다.

이런 일과가 시작된 후 처음 한 달 동안은 거의 잠을 이루지 못했다. 우울함에 의한 불면이었으리라. 소탐하여 대실한 나에게 민망했고 위법하여 처벌받는 자신에게 화가 났고, 민원을 제기한 그 누군가도 원망스러웠으며, 불이익 처분이 하필 1991년도에 출산한 교사들에게 먼저 내려졌다는 것에도 의구심이 일었다.

그 사이에 황당한 일이 또 하나 있었다. 1992년과 1993년에 출산일을 변경하여 방학 기간을 덤으로 사용한 해당자에게는 불이익 처분을 내리지 않는 것이었다. 자세한 내막은 알 수 없으나, 시간이 지나면서 그 위법 사안의 위중함이 '그다지 위중하지 않음'으로 탈색되었거나, '일벌백계'라는 말대로 한 번의 처벌로 백 번을 계도했다고 판단한 것이 아니었나 싶은 것이 나의 소견이었다.

이곳에 근무하는 동안 나는 몇 번이나 직장을 그만두려 했고 그런 와중에도 시간은 흘러가고 있었다. 불행인지 다행인지 사표 내는 일을 실행에 옮기지는 못했다. 많은 분들의 만류 때문이었다. 시간이 점차 지나면서부터는 이러한 근무 여건에 그럭저럭 묻혀 가게 되었고, 2년 후 나는 도시로 다시 나올 수 있었다. 지역점수 가산점을 받아 3년의 근무연수로.

그 후 20여 년이 흐른 2012년 봄이었다.

위의 그 학교 근처에 있는 수련원으로 학생을 인솔할 기회가 있었다. 나는 시간을 내어 과거의 그 암담함 속에 있던 학교를 방문해 보고 싶어졌다. 교정의 나무들은 더 울창해져 있었고 건물은 더 깨끗해졌으며 학생들은 여전히 밝았다. 그 힘겨웠던 날들을 회상하며 나는 학교 구석구석을 한참 동안 거닐었다.

이 2년간은 다시는 기억하고 싶지 않은, 나의 일생에서 가장 힘들었던 시기였다. 그런데 아이러니하게도, 하늘은 그때의 고난을 뒤로 하고 '현재의 나'라는 참으로 귀한 상급을 내려주었다. 시간의 풍요로움, 생각과 행동의 여유로움, 회상의 자유로움…….

아니! 상급에 덧입혀 체득한 교훈이 하나 더 있다.

대한민국 국민은 대한민국의 법을 절대로 어겨서는 안된다. 반드시 지켜야 한다. 준법의식은 참으로 중요하다.

지하실 배변 사건

나는 교직생활 중에 학생부장 업무를 8년간 수행했다. 이는 보직교사 19년 중 절반에 가까운 기간이니 꽤 많은 햇수라 하겠다.

예나 지금이나 생활지도를 주 업무로 하는 학생부는 기피 부서 제1호로, 교사들 사이에서는 3D업무의 하나로 통한다. 학생들을 지도하고 돕는 일은 시공을 넘어야 하는 어려운 일이기 때문이다.

'모든 학생이 인간으로서의 존엄과 가치를 실현할 수 있도록 함을 목적으로 한다.'는 '학생인권조례'가 2010년을 기점으로 발표되었다. 이는 참으로 마땅한 내용이었다. 학교 안팎에서는, 학생 존중이라는 기본 권리를 외치는 목소리에 힘이 실렸고 이를 실행으로 옮기는 여러 가지 기틀이 마련되었다. 하지만 예상치 못한 반대급부의 문제점이 속출하였으니, 그 한 예로, 교사들의 교육 행위와 의지는 상상 이상으로 위축됨과 동시에 설 자리가 심히 흔들리기도 하였다.

그럼에도 불구하고 나는 학생부장 업무를 담당하는 동안 이 일을 필요 이상으로 즐겼다.

내게 있어 교직이 천직이라면 학생부 업무는 한 수 위인 성직인 듯했다. 학생 상담이나 교화 업무에 보람을 얻었고 사안 처리도 기꺼이 감당하였다. 지금의 문화와는 조금 다르게 정 많고 붙임성 있던 당시의 학생들은 나를 무서워하면서도 믿어주었고, 주먹질을 하거나 남의 물건에 손대는 일 등은 거의 일어나지 않았다. 적어도 내가 아는 한에서는 그랬다.

그해의 졸업식도 학생과 학부모와 교사들의 보람과 축하 속에서 치러졌다.

식이 끝난 후 교무실로 돌아와 커피를 마시고 있던 중이었다. 한 남학생과 학부모가 나를 찾아왔다. 그였다. 나는 하마터면 못 알아볼 뻔했다. 한 달 후면 고등학생이 되는 그는 이제 훤칠한 청년이 되어가고 있었다.

"와, 참 잘 크고 있네. 졸업하면서 인사하려고 일부러 찾아오다니 참 고맙구나."

나는 손을 꼭 잡아주었다. 그는 아직도 멋쩍다는 표정으로 그저 빙그레 웃기만 했고 그의 부모님은 고마웠다며 연거푸 인사를 했다.

2000학년도 2학기의 일이다. 나는 그해에도 중학교 학생부장 보직을 맡았다.

어느 날이었다. 3층 학생부 교무실로, 행정실의 주무관님이 벌건 얼굴로 씩씩거리며 올라오시는 것이었다. 본관 건물의 발길 뜸한 지하실 한구석에 언젠가부터 배변물이 놓여 있다는 것이었다. 그리고 처음 서너 번 정도는 혼자 말없이 치웠다는 것이다.

학교란 워낙 인구도 많고 별의별 사건들이 일어날 수 있는 곳이니, 학생 중 짓궂은 누군가가 선생님들을 골탕 먹이려고 벌인 일이라는 단순한 생각이 들었다.

'참으로 웃기는 놈이네, 참으로 고약한 놈이네……'

나는 어이없는 이 상황에서 열이 올랐으나 한편으론 키득키득 웃음도 나왔다.

그런데 이런 일은, 발생 순간의 현장을 목격하지 않고서는 해결하기 어려운 사안이었다. 허나 현장 목격이 어디 쉬운 일인가? 그리고 그놈인들 가슴 죄는 이 위험한 행동을 언제까지 지속할 수 있겠나? 그러다 그만두지 않 겠나?

일단은 방송을 통해 안전사고의 위험이 있으니 지하 계 단 쪽은 출입하지 말라는 내용을 학생들에게 강조하여 주의시켰고, 몇몇 학생부 교사들과만 이 배변 사건을 공 유했다. 그런데, 아, 미치겠다. 이 일은 이후로도 두세 번 거푸 일어났고 귀신이 곡을 할 지경에까지 이르게 되었다.

이쯤해선 적극적인 대응책이 필요했다. 관리자와 상의 한 결과, 우선 빠른 시일 내에 계단 입구에 출입 통제문을 설치하기로 했다. 마침 진작부터 필요한 시설물이었기 때문에 서두를 수 있었다.

그런데 문을 설치하기로 계획한 바로 전날이었다.

인터폰이 울렸다. 사안이 또 발생했다는 것이다. 지하 실에서 일을 하다가 자리를 비운 잠깐 사이를 틈타 배변 물이 떡 하니 또 놓여 있다는 것이다. 마침 나는 공강이었 기 때문에 현장으로 급히 뛰어 내려갔다.

아, 과연 그 과감한 결과물은 지하실 한구석을 당당히 자리 잡고 앉아 있었다. 남학생의 것이었다. 대소변의 위 치가 그걸 말해주었다. 그런데 바로 그 옆에, 처리 후 생 각 없이 던져놓은 종이 한 장이 눈에 띄는 것이 아닌가. 여러 번 접힌 그것은 영문과 한글이 번갈아 적힌 공책을 급히 찢어 사용한 것임이 분명했다. 그야말로 '밑 닦은 종이'였다. 나는 그 증거물을 조심조심 펴서 투명비닐봉지에 넣었다. 면장갑을 낀 나의 손에서부터 소름이 돋았다. 그리고는 행정실로 올라가 글씨 부분을 복사했다. 비닐에 넣었다고는 해도 숨기고 싶은 물건이라 민망하여 몰래몰래 가리면서.

교무실로 올라와 영어선생님들을 만났다. 적힌 문장으로 보아 1학년 교과 내용이라고 했다. 마침 교과서 한 단원의 본문을 공책에 적고 해석하도록 한 선생님이 계셨고, 이로써 범인은 해당 선생님이 가르치는 1학년 네 개 학급 안에 있는 남학생으로 축소되었다.

수행평가를 한다는 군색한 변명을 하며 급히 걷어다 준 영어공책이 내 책상에 높이 쌓였다. 200여 권의 공책을 일일이 펴, 뜯기다 남은 종이쪽이 붙어있는지 확인하고 복사본의 글씨체와 비교하기 시작했다. 지금 와서 하는 고백이지만, 그 작업을 하는 몇 시간 내내 나는 땀이 흐르고 눈도 아팠지만 사실 한편으로는 가슴도 설레었다. 이 놈아, 선생님들을 놀려? 이번에는 내가 너를 놀라게 해주리라. 곧!

아, 그런데 이게 웬일이란 말인가. 어느 공책 하나를 펴는 순간, 나의 손에서는 전율이 튀어 오르는 것이었다. 바로 이것이었다. 종이의 뜯겨진 줄 모양은 복사본에 드러난 형태와 똑같았고 해석 부분의 한글 글씨체와 본문의 영어 글씨체도 영락없었다.

몇 달간 계속되었던 얄궂은 수수께끼가 드디어 해결되면서 승전고를 울리는 순간이었다.

나는 해당학생의 담임선생님을 만나 이 사실을 조심스레 말씀드렸다. 그리고 방과 후에 그를 조용히 보내 주시도록 했다. 담임선생님은 믿을 수 없다는 표정이었다. 공책의 주인공은 말썽을 부리기는커녕 온순하고 성실하고 더구나 차분하기까지 한 학생이라는 것이다.

나는 상담 장소에 먼저 가서 그를 기다렸다. 한참을 기다렸다. 내가 더 긴장되는 시간이었다. 드디어 문이 조심스럽게 열렸다. 그리고 곧이어 고개를 푹 떨어뜨린 채 죽을 모양새로 쭈뼛쭈뼛 들어오는 남학생이 있었다. 꼬맹이였다. 아, 이 녀석이 이렇게 허다하게 장난을 치다니, 수많은 선생님들을 대상으로 무려 일곱 번씩이나 행패를 부리다니.

그런데 담임선생님의 말대로 이런 저급한 장난을 칠 인물이 아닌 듯했다. 마주앉은 그는 온몸을 부들부들 떨고 있었다. 나는 그에게 무슨 사연이 있음을 직감했다. 잔뜩 겁먹은 얼굴과 기어들어가는 목소리로 간신히 털어놓은 전말은 이러했다.

초등학교 6학년이 끝나갈 무렵이었다. 갑자기 배가 아파 쉬는 시간에 학교 화장실에서 다급히 용변을 볼 때였다. 그런데 같은 학년의 힘센 남자아이 세 명이 화장실 옆 칸에 숨어 있다가 청소용 바가지에 물을 가득 담아 머리 위로 마구 쏟아 부었다는 것이다. 그는 도망은커녕 일어날 수도 없는 상황에서 이 끔찍한 사건을 순식간에 고스란히 당하고야 만 것이다.

아무에게도 이 사실을 말할 수 없었다. 수치스럽고 무서웠다. 한동안 꿈에서도 그들이 나타나 괴롭혔다. 학교 화장실 가까이에만 가도 식은땀이 흘렀고 다리가 후들거렸다. 시간이 지나면서 집 밖의 화장실은 아예 사용조차 못할 지경에 이르게 되었다. 중학교에 입학하고 나서는, 배를 움켜쥐고 엉덩이에 힘도 주며 참거나 점심시간에 급히 집으로 달려가 해결했다. 그러나 그럴 수 없는 경우엔 다른 방도가 없었다. 결국 아무도 없는 캄캄한 지하실로 내리달려야만 했던 것이다.

힘든 고백이 끝났다.

그의 작은 몸은 서러움과 외로움으로 흐느끼고 있었다.

나는 그에게 다가갔다. 그리고 그의 떨리는 작은 손을 잡아주었다. 아, 미안하구나. 우리가 정말 미안하구나. 너를 좀 더 일찍 찾아낼 걸, 좀 더 일찍 도와줄 걸. 학교생활이 얼마나 힘들었을까? 얼마나 두려웠을까? 배설이라는 가장 기본적인 욕구를 해결할 자유조차 가질 수 없었다는 사실을 어떻게 해석하고 이해할 수 있겠는가?

다음날 그의 어머니가 학교에 오셨다. 면담 후 곧장 아들을 데리고 전문의를 찾아갔고 어머니로부터 전화가 왔다. 약 복용과 병행하여 몇 차례의 상담을 진행하면 상황이 개선될 것이라는 진단 내용을 전했다. 고마운 일이었다.

이로써 몇 달 동안이나 학교를 뒤숭숭하게 만들었던 사건은 다행스러운 결말로 일단락되었다. 그리고 이 비밀스런 사안을 공유했던 몇몇 교사들은 안도의 미소를 지을 수 있었다.

그렇다. 참으로 다행스러운 일이었다.

배변 장소가 학교 지하실이었던 것이 얼마나 다행스러운 일인가. 밑 닦은 종이가 영어공책이었던 것이 얼마나 다행스러운 일인가. 그리고 그를 찾아내어 도울 수 있었던 것이 또 얼마나 다행스러운 일인가.

나는 훌쩍 커버린 그의 손을 힘주어 다시 잡아 주었다. 그리고 부모님이 안겨준 졸업 축하 꽃다발을 들고 벙글대며 교문을 나서는 그를 교무실 유리창 너머로 오랫동안 지켜보며 서 있었다.

그리고 생각했다. 아, 내게 학생생활지도 업무라는 것이 얼마나 보람된 일이냐. 얼마나 고마운 일이냐.

휴대전화기 찾기 작전

벌써 10년도 더 된 일이다.

어느 날, 이 선생님이 급히 나를 찾아오셨다.

어제 수업시간 중에 한 학생의 휴대전화기가 울리는 일이 있었고 학생은 자신의 부주의에 대해 사과했으며, 전화기를 제출한 후 다음날에 돌려받기로 한 일이 있었다고 했다. 그런데 오늘 출근해서 보니 서랍 속에 넣어둔 물건이 없어졌다는 것이다. 참 난감한 일이었다. 어찌 된 일인가. 있던 것이 없어졌다면 누구든 가져갔다는 뜻이다.

나는 이 당혹스러운 일을 이 선생님과 함께 해결해 보기로 했다.

일단은 휴대전화기의 주인인 경수(가명)를 불러 이 황당한 상황을 말해 주었다. 그는 할 말을 잃고 머리만 긁어

댔다.

제3의 누군가가 손을 댔다는 사실에 우리는 불쾌해질 수밖에 없었다. 선생님의 서랍을 열어 물건을 빼내다니, 있을 수 없는 일이다.

어쨌든 찾아야 한다. 어떠한 방법을 동원해서라도 찾아야 한다.

우리는 곧 작전을 세우고 실행에 돌입했다. 그러면서도 악의적 절도 행위의 주인공이 우리가 가르치는 학생만은 제발 아니기를 바라고 또 바랐다.

첫 번째 작전은 '설득 작업'이었다.

도난당한 전화기의 번호로 전화를 걸어 누구를 막론하고 통화만 된다면, 모든 걸 이해하고 용서할 테니 전화기를 돌려줄 것을 간곡히 요청할 심사였다.

'책상 잠금장치를 소홀히 한 선생님께도 책임이 있다고 생각해. 견물생심이라는 말도 있잖아. 책임을 묻지 않을게. 나와 둘만 만나서 대화할 수 있겠어? 비밀은 꼭 지킬게.'

대략 이 정도의 호소력 있는 언변도 연습해 놓았다. 얼마나 겸손하고 호의적인 피해자인가.

나는 경수의 전화번호를 또박또박 눌러 전화를 걸어 보

았다. 다행히도 신호가 갔고 여러 번 울렸다. 가슴이 뛰었다. 전화기가 어딘가에서 살아 있다는 뜻이다. 그러나 상황은 그리 녹록치가 않았다. 신호음이 멈추는가 싶더니 절도자로 의심되는 익명의 상대방이 일방적으로 전화를 끊어버리는 게 아닌가. 그러더니 이후로는 아예 받지도 않거니와 급기야는 전화기를 꺼 놓는 것이었다. 상황이 생각보다 어렵게 되고 있었다.

그러는 사이에 사오일의 시간이 지났다.

안 되겠다. 더 지체해서는 안 되겠다. 우리는 '제2의 작전'을 수행하기에 이르렀다.

경수와 이 선생님이 해당 통신사의 지점을 방문하였다. 법정대리인인 어머니의 신분증도 지참했다. 그리하여 발급받아 온 통신기록지에는 그간의 수발신 통신 내역이 그대로 인쇄되어 있었다. 일시와 통신시간까지도 아주 세밀하게.

옳다! 또한 거기엔 절대적인 중요 단서 한 가지가 확연히 드러나 있었다. 도난 전화기로 수차례의 통화나 문자를 주고받았던 몇 명의 수신인 전화번호였다. 수신인을 통해, 경수의 전화기를 사용한 발신인의 인적사항을 알고자 하는 것이 우리의 계획이었던 것이다.

나는 떨리는 심장을 달래며 얼굴 모르는 수신인에게 전

화를 걸었다. 그런데 이게 무슨 일이람! 웬 초등학교 저학년쯤이나 될 법한 목소리가 전화를 받는 것이었다. 아니, 이런 상황이라면 어린이의 보호자와 통화해야 하나? 순간 나는 멈칫했다. 그러나 한편으론 제3의 학부모에게까지 알려지도록 이 일을 확대하고 싶지는 않았다. 무엇이 최선이란 말인가. 아, 어렵다. 어렵다.

일단은 차분하고 다정한 목소리로 조심스럽게 물었다.

그랬더니 이 고마운 꼬마 수신인은 내게 최적의 정보를 제공하는 것이었다.

"이것은 제 친구 승후(가명) 번호인데요. 며칠 전에 핸드폰 샀다고 매일 전화해서 자랑해요."

승후라니? 승후는 인근 초등학교 2학년 남자아이라는 것이었다. 어찌하여 그가 도난 전화기를 가지고 있다는 말인가? 하긴, 경우의 수가 얼마든지 있을 법하다. 추리는 이러했다.

괘씸한 누군가가 부당하게 취득한 타인 소유의 물품을 이 초등생이 샀든지 얻었거나, 예의 그 괘씸자가 소지할 용기가 없어 버린 것을 초등생이 주웠거나, 아니면 괘씸자가 동생인 초등생과 비밀스런 판을 짰거나……. 적어도 이중의 하나는 진실이렸다.

이쯤 되면 다른 방도가 없었다. 잘못된 일은 바로잡아

야 한다. 해결을 위한 협의체가 필요했다. 이를 공조라고 하던가. 초등학교에 전화하여 승후의 담임선생님을 찾았고, 방과 후에 학교 옆 공원에서 조용히 만났다.

"승후는 그런 행동을 할 아이가 아녜요. 남의 전화기를 가지고 있다는 것부터가 이해되지 않네요. 성실하고 생각도 깊고, 그리고 엄마가 교사이기도 하고⋯⋯."

담임선생님은 난감해 했고 나는 갑자기 목덜미가 선뜻해지는 걸 느꼈다. 거기엔 딱히 뭐라 표현할 수 없는 긴장감이나 불안감이 있었다.

담임선생님이 아이의 부모님과 통화를 시도하였다. 계속 부재중이었다. 세 명의 해결사는 성실하다는 이 어린이의 가정을 방문할 도리밖에 없었다. 이제 안개에 싸여 보이지 않던 전말이 드러나게 될 것이다. 그렇다면 관리 소홀로 학생의 물건을 잃어버리고 밤낮으로 고심하던 이 선생님에게 안식이 찾아올 것이다. 또한 이리저리 굴리느라 복잡해진 내 머릿속에도 휴식이 올 것이다. 더욱이 경수가 수업시간 중에 전화기를 만지작거리는 일은 절대 없을 것이다. 우리가 원하든 원하지 아니하든.

주소를 든 담임선생님이 이끄는 대로 승후의 집을 찾아갔다. 선생님은 조심스레 초인종을 눌렀고 이 선생님과 나는 숨죽이며 뒤로 물러나 있었다. 아이의 엄마가 문을 열어주는 듯했다.

　한참의 대화 후 담임선생님이 이쪽을 향해 손짓했다. 우리는 괜히 죄인이 되는 기분이었다. 어쩌면 평화로운 이 가정에 폭탄을 던져놓는 형국이었다. 쭈뼛거리며 들어가 민망한 표정의 얼굴을 들어 집주인들과 마주하였다. 그 순간이었다.

　"아니, 강 선생님(가명)!"

　"아니, 이 선생님! 남 선생님!"

　나와 이 선생님은 너무 놀라 기절하는 줄 알았다. 거기엔 동료인 강 선생님이 벌건 얼굴로 서 있는 것이었다. 우리가 그토록 찾고자 했던 전화기의 소지자인 승후는 바로 강 선생님의 귀한 막내아들이었던 것이다.

　까무러칠 뻔했던 심정이 어느 정도 차분해지고서야 나는 이 사안의 처음과 끝을 정리할 수 있었다. 어쩌면 가슴 먹먹한 해명이라고 해도 좋을 것이다.

　휴대전화기가 없어지던 날, 강 선생님은 밤 11시가 넘도록 그 넓은 교무실에서 홀로 야근을 해야 했다. 다음날까지 정리해야 할 사업보고서가 있었던 것이다. 마침 남편의 귀가도 늦어져 학원에서 돌아올 2학년짜리 어린 아들을 돌볼 사람이 없자, 엄마는 아들을 학교로 데려왔다.

그리고 적막한 교무실 한가운데에 세워놓고는 한번의 눈길조차 주지 못한 채 컴퓨터 자판기만 열심히 두드려야 했다.

호기심이 많은 아들은 무료함을 잊으려고 교사 책상 위의 물건을 이리저리 둘러보았고 미처 잠기지 못한 이 선생님의 서랍을 열어보게 된 것이다. 그런데 그곳에는 그리도 갖고 싶어 하던 멋진 휴대전화기가 떡하니 자리 잡고 있는 게 아닌가. 그것을 본 순간, 어린 아들의 가슴은 방망이질을 해대기 시작했고, 흘깃 바라본 엄마는 여전히 컴퓨터 자판기만 두드리고 있었다.

며칠 후 강 선생님이 나를 찾아왔다.

어지럽고 복잡한 감정들이 엄마의 얼굴과 목소리에 뒤섞여 있었다.

"그날, 일을 마치고 둘러보니, 승후가 구석의 책상에 엎드려 잠들어 있었어요. 정말이지 정신없는 하루였어요. 잠든 아이를 업다시피 하고 교무실을 나왔죠. 학원가방 안에 전화기가 들어있을 줄은 꿈에도 몰랐어요."

나는 동료에게 할 수 있는 다른 말을 찾지 못하고 고개만 숙인 채 한참을 앉아있어야 했다. 머리는 생각 이상으로 복잡해지기 시작했다.

그것은 지금까지는 가볍게 넘겼던, 부모의 입장에서 행했던 일들에 대한 후회나 반성이라 해도 좋을 것이다.

직장과 가정을 동시에 짊어져야 하는 우리 부모들이란, 자녀들에게 어떤 모습으로 비치고 있으며 어떻게 비쳐야 할까.

우리는 집 밖의 업무와 세상일에 부대껴 때로는 어린 자녀를 홀로 세워두는 부모여야 했고, 이는 변명조차 군색한 현실이 되곤 했다. 그렇다면 나는 강 선생님과 뭐가 달랐을까, 내 아이는 승후와 뭐가 달랐을까.

그러면서도, 제때에 도착하는 택배처럼 정량을 표시하는 저울처럼, 내 아이만은 당연히 잘 자라주어야 한다고 고집하던 그런 부모는 아니었는지. 엄마와 함께 있으려고 온 아이가 외로움과 피로감에 지쳐 차가운 책상에 엎드려 잠든 줄도 모르고 자판기만 여전히 두드리던 그런 부모는 아니었는지.

나는 며칠 동안을 이 먹먹함에서 헤어 나오지 못하고 있었다.

생각해 볼 일이다.

우리 부모들 모두는 이제 곰곰이 생각해 볼 일이다.

'까사모'에서의 퇴임식

나의 은퇴는 매우 갑작스레 결정되었다.

퇴직 무렵, 나를 불편하게 하고 고민하게 만드는 몇 가지 사유가 있었다. 도교육청의 교육행정 운영 방식이나 공무원 연금법 개정 등이 그랬고 그중에서도 목 수술 이후의 건강에 대한 염려와 휴식에 대한 간절함이 더욱 현실적인 문제로 다가오고 있었다.

그리하여 나는 34년의 경력을 뒤로 하고 드디어 2015년 2월에 은퇴하게 되었다. 동시에 그동안 지녀왔던 교육자로서의 자부심을 다지며 아름답게 마무리하고자 했다.

마지막 해에 재직한 곳에서 만난, 내가 좋아하고 서로 힘이 되어주던 '까사모' 동료들이 계셨다. '까사모'란 '까치울중에서 사랑하게 된 교사들의 모임'으로 우리 일곱 명은 타교 전출 이후에도 지속적인 정기모임을 갖고 있던 중이었다. 내가 퇴임한다는 소식을 들은 옛 동료들이 명퇴식을 해 주겠다고 하셨다. 나는 너무도 고맙고 기뻤다.

3월 1일이었다. 모이기로 예정된 장소로 갔다.

미리 준비해 놓은 퇴임식 장소에 들어서는 순간, 나는 놀라지 않을 수 없었다. 식사하는 방을 식장으로 꾸미고 다소 경건한 분위기까지 연출해주시는 그분들의 성의에 나는 입을 다물 수 없었다.

퇴임식은 1, 2부로 나눠 진행되었다. 1부에서는 나의 경력 소개, 축하노래 부르기, 꽃다발 증정 및 답사 순서를 가졌다.

이 선생님께서 나의 경력을 소개해 주셨다. 물론 이것은 내가 작성하여 미리 보내드린 내용이었다. 이 선생님은, 내가 마치 찬사를 받기에 충분한 주인공이라는 착각이 들 정도로 매우 진지하게, 나의 가족관계에서부터 초임 발령지와 이력 등을 발표해 주셨다.

손 선생님은 축하의 꽃다발을 주셨고, 김 선생님은 축송을 최 선생님은 축시를 들려 주셨다. 황 선생님은 현수막을 준비해 주셨고, 전 선생님은 모든 식장 모습을 사진으로 담아주셨다. 예상치 못했던, 선생님들의 성의와 재치로 인해 나는 처음부터 끝까지 감동의 끈을 놓을 수 없었다.

이제 내가 그분들께 화답할 차례가 되었다. 나는 답례로 시를 낭송했다.

시인 이형기가 쓴 「낙화」의 시적 화자는 나의 대변자가 되어 주었다. 가야 할 때가 언제인가를 분명히 알고 가는 이의 뒷모습은 얼마나 아름다운가를, 그리고 봄 한 철 격정을 인내한 나의 사랑이 이제 지고 있음을, 나는 떨리는 목소리로 고백하였다. 시의 구절은 바로 지금이 내가 떠나야 할 때이고 그간의 열정을 마무리할 때임을 말해 주고 있었다.

그리고 감사의 마음을 담아 짧은 편지와 작은 선물을 드렸다.

'그동안 함께 할 수 있어서 참 좋았습니다. 떠나려니 문득 마음이 시큰하여 작은 정성으로 드립니다. 늘 평안하시고 더 좋은 자리에서 뵐 수 있기를 소망합니다.'

그랬다. 이것 외에 무슨 말을 더 할 수 있겠는가?

그리고 2부로 진행된 식사시간에, 나는 미역국이 곱게 차려진 생일상을 받았다. 태어남을 기념하는 미역국을 나는 34년간을 마무리하는 자리에서도 먹었다.

이 과분한 행사를, 이분들의 넘치는 성의를 내가 어찌 잊을 수 있겠는가? 어느 누가 이토록 감사함을 경험할 수 있겠는가?

정말이지 평생을 간직할 고마운 퇴임식이었다.

나는 까사모 선생님들을 한 분 한 분 되뇌어 본다.

손 선생님은 2008년에 같이 부임하여 까치울의 역사를 함께 일군, 정말 순수한 분이시다. 개교 첫해, 밤늦도록 퇴근하지 못하고 일하며 허다한 날을 함께했다.

김 선생님에게는 두 아들이 있다. 마침 두 아들이 재학하는 학교에 나의 동생이 미술교사로 재직 중이었다. 동생이 선생님의 둘째 아들을 예뻐하여 소풍날 용돈을 준 재미있는 일화가 있다. 신앙을 나누고 기도로 동역하는 신우이기도 했다.

전 선생님은 함께 근무했던 4년 동안 퇴근길에 카풀을 해 주셨다. 내 푸념을 마다하지 않고 일일이 응수해 주시던 속 깊은 분이었다.

최 선생님은 또 어떠한가? 그분은, 여중 3학년일 때 문학반 지도교사였던 나를 고맙게 기억해 주는 예쁜 제자이기도 했다. 다람쥐처럼 귀여운 볼을 가진, 그래서 '람

쥐'라는 본인의 별명을 자랑하는 소녀 같은 선생님이었다.

황 선생님이 사 주신 보라색 전기방석을 나는 지금도 간직하고 있다. 목 수술 후 두 달 만에 복직한 나는 감기에 시달리고 있었다. 이를 지켜보시던 선생님이 어느 날 내민 방석은 온 몸을 따뜻하게 감싸 주었었다.

이 선생님은 두 학교에 걸쳐 근무하며 자녀들이 어릴 때부터 알아 온 그래서 집안 사정도 나누는 죽마고우이다. 이런 의미 있는 행사를 계획해 주신 고마운 분이시다. 인간 존중과 정의 구현에 있어서는 그분을 앞설 자가 없으리라.

'므두셀라 증후군'이라는 말이 있다. 과거에 대해 기쁘고 좋은 기억으로만 남겨두려는 현상을 일컫는 말이다.

'므두셀라'는 969살까지 살았던 구약시대의 족장이다. 그는 나이가 많아질수록 과거를 좋은 추억으로만 회상했고 그때로 다시 돌아가고 싶어 했다. 이것에 연유한 용어가 므두셀라 증후군이다.

나의 34년이란 참으로 긴 세월이었다. 그토록 오랜 동안 얼마나 많은 사연들이 있었겠는가? 좋은 일, 나쁜 일, 기뻤던 일, 슬펐던 일, 생각하고 싶은 일, 생각하고 싶지 않은 일 등등.

허다했던 과거를 마무리해야 하는 은퇴의 시점에서 그분들이 내게 베풀어주신 '까사모에서의 퇴임식'은, 나로 하여금 그간의 마음 아파했던 사연들은 다 잊어버리고 좋은 것만 추억할 수 있도록 해 주는 행복호르몬을 안겨주었다. 마치 이스라엘의 족장 므두셀라가 도파민이나 세로토닌으로 인해 과거를 행복으로만 회상할 수 있었던 것처럼.

떠나야 할 때가 언제인가를 분명히 알고 가는 나의 뒷모습이 더욱 아름다울 수 있도록 해 주는, 세상에 둘도 없는 퇴임식이었다. 그분들과 더불어 수많은 격정을 인내했던 나의 '교육'에 대한 사랑은 그렇게 조용히 지고 있었다. 머지않아 열매 맺는 가을을 향하여……

'모험놀이상담'의 매력

내가 '모험놀이상담'을 처음 접한 것은 2013년에 실시한 권역별 연수에서였다.

'부천모험상담교육연구회' 회장인 박 선생님이 진행을 맡았는데, 나는 워크숍이 시작되는 순간부터 이것의 매력에 빠져들고 말았다.

'모험놀이상담(Adventure Based Counseling)'이란, 놀이 활동을 통해 공동과제를 해결하고 성장을 촉진시키고자 하는 집단상담의 일종이다. 대화를 통해 상담효과를 거두는 일반적인 상담과는 달리, '놀이'를 통해 상담효과를 가져오는, 말 그대로 모험적인 놀이 활동인 것이다. 1970년대에 미국에서 학교 교과과정으로 도입되었고 우리나라에는 2000년쯤에 소개되었다.

나는 이것을 본격적으로 배우고자 하는 생각으로, 직무 연수를 이수한 후 2014년부터 연구회 회원으로 등록하여 지금까지 활동하고 있다.

회원들의 열정은 대단하다. 국내에 이미 소개된 활동은 물론 영문본 프로그램까지도 일일이 번역하여 실습에 옮기며, 교사와 학생들을 대상으로 적용함으로써 구성원간의 신뢰 증진에 많은 효과를 거두고 있다.

해를 거듭하며 일선 학교에도 모험놀이상담이 점차 알려지게 되었고, 연구회에 강의 요청이 지속적으로 접수되면서 은퇴로 시간에 구애됨이 없는 나는 그 기회를 많이 갖게 되었다.

내가 선호하는 프로그램은 '눈치껏 제자리 찾기. 그룹 저글링, 위즈뱅, 물방울 태그, 개미집 찾기' 등이다. 어른이나 아이나 던지고 받고 뛰고 잡으며 즐긴다.

강의 후 그들은 매우 놀라워한다. 이렇게 재미있고 의미 있는 상담 프로그램이 있었느냐는 것이다. 이 프로그램을 통해 서먹했던 관계가 친근해지고 서로 이해하게 되어 즐거운 학교를 만들 수 있을 거라 말한다. 그럴 때면 나는 참 흐뭇해진다. 이렇게 좋은 활동을 알게 된 것도 그렇고 더욱이 나의 강의에 많은 사람들이 함께 즐거워한다는 것이 정말 보람되다.

5년간 강의 활동을 하는 중에 가슴 뭉클했던 일화도 많다.

2016년 여름에, 캄보디아의 중학생들을 대상으로 활동을 진행한 적이 있었다. 이들은 한국 교회의 초청으로 3주간 수학여행을 온, 한국인이 세운 학교의 남녀학생 12명이었다.

이 학교는 20대의 젊은 나이에 나와 같은 곳에서 근무했던 박 선생님이, 인천의 한 교회를 통해 캄보디아 씨엠립 지역의 교육선교사로 파송되어 설립하고 운영하는 학교이다.

현지 학생들을 대상으로 시험을 쳐서, 학업 의지가 강하고 실력 있는 학생들을 선발하여 한국어와 한국의 중고교 교과목을 가르치는 소규모의 기숙형 국제중고등학교이다.

한국의 뜻있는 분들의 후원금으로 학비는 물론 숙박과 교복 구입 등 일체의 운영 경비를 충당하고 있다. 이들은 졸업 후 한국 또는 본국의 대학에 진학한다. 기독 신앙에 기반하여, 조국 캄보디아의 발전을 위해 일하는 인재를 양성하고자 하는 것이 이 학교의 비전이다.

내가 학생들을 만난 곳은 서울의 한 고등학교에서였다. 한국의 교육 현장을 보여주기 위해 이날 학생들을 초대한 것이다. 급식실에서 저녁식사를 마친 후 오후 7시부터 9시까지 모험놀이상담을 실시하기로 계획되어 있었다. 나의 연구회 활동 내력에 대해 알고 있는 박 선생님의 배려로 가능한 일이었다.

나는 두 시간 동안 6개 정도의 프로그램을 실시하였다. 학생들은 학교에서 이미 한국어를 확실히 배웠기 때문에 활동을 진행하는 데에 어떤 어려움도 없었다.

실시했던 활동 중에 '내 비밀은'은 많은 것을 생각하도록 한 프로그램이었다.

이 활동은, 자신의 비밀 하나를 적은 종이를 등에 붙이고 도망 다니면서 상대방의 비밀을 알아내어 자신의 또 다른 종이에 적는 활동이다. 그런 후 빙 둘러앉아, 친구들의 비밀에 대해 나눔으로써 상대방을 더욱 잘 이해하게 되는 것이다.

그런데 여학생인 쏘리야(가명)는 자신의 비밀을 '잘 운다.'라고 적었고 이것을 알아내서 적은 한 친구의 요청에 의해, 쏘리야의 그 비밀에 얽힌 사연을 듣게 되었다. 그런데 다른 친구들은 모두 그 비밀에 대해 이미 알고 있다는 듯 고개를 끄덕거리며 경청하는 것이었다.

사연은 이랬다.

이 학교의 교육선교사이자 교장이며 설립자인 박 선생님이 '한국어' 교과를 가르치는데, 어찌나 열심히 가르치며 헌신하는지 수업하시는 모습을 볼 때마다 감동과 안타까움에 눈물이 저절로 흘러내린다는 것이었다. 초등학교 시절의 경험이나 캄보디아 내 다른 학교의 경우를 볼 때 박 선생님 같은 분은 찾아볼 수 없다는 것이었다. 한국이라는 좋은 나라와 가족을 떠나 멀고 덥고 어려운 나라에 와서 오로지 신앙심과 봉사정신만으로 다른 나라 학생들을 위해 헌신하는 것을 볼 때, 쏘리야 자신은 '잘 운다.'라는 비밀을 가질 수밖에 없다고 했다. 또 박 선생님과 다른 한국 선생님들의 은혜에 보답하기 위해 열심히 노력해서 조국에 필요한 사람이 되겠다는 결심도 힘주어 덧붙였다.

나와 다른 학생들은 한참이나 박수를 보내며 쏘리야의 생각을 공감하고 응원하였다.

위의 긴 이야기를 차근차근히 말하는 여학생의 한국어 실력은 정말 대단했다.

이 학교는 중학교 교육 연한 4년 중 'KLC(Korean Language Course)' 과정의 일 년 동안은 오로지 한국어 교과만 교육하고 있었다. 나는 가르치고 또 가르치고 배

우고 또 배워서 익힌 캄보디아 학생들의 한국어 실력에
놀라는 한편, 박 선생님을 비롯한 한국 교사들의 헌신이
얼마나 지대한가를 실감하지 않을 수 없었다. 쏘리야가
울보가 될 수밖에 없는 사실과 친구들조차 그의 비밀을
이미 공유하고 있는 것은 어쩌면 당연한 일이었다.

환경이 다르고 피가 달라도 사람의 생각과 감정은 통한다.
이것은 '진실'이나 '사랑'에서 오는 것이라고 나는 생각
한다. 이로 인해 인간은 살아가는 에너지를 얻는다. 그 에
너지는 다른 곳으로 퍼져나가 다른 사람들을 더욱 진실
하게 그리고 서로 사랑하게 만들어 주는 것이다.
그들은 이러한 사실을 신앙 안에서 배우며 행하고 있었다.

사랑과 진실이라는 심성을 내면으로부터 끌어내어 공
유하고 신뢰하게 하는 것이 바로 '모험놀이상담'의 매력
인 것이다. 이처럼 무한한 에너지를 가져올 수 있는 이 활
동이 많은 개인과 집단에 전파되었으면 좋겠다. 이로써
궁극적인 목적인 '구성원간의 심리적·정신적 성장'이 촉
진되기를 바란다,
앞으로도 모험놀이상담에 대한 나의 애정은 계속될 것
이다.

캄보디안 제자들

「M센터」는 한국에서 일하고 있는 외국인 근로자들을 위해 설립한 이 지역의 예배 공동체이다. 신앙생활뿐만 아니라 문화·의료·교육 등의 지원을 통해 그들의 한국 내 생활을 돕고 있는 기관인 것이다. 이는 한 교회에서 2011년에 설립하여 운영하고 있다.

설립 이래, 베트남·방글라데시·미얀마 등 다양한 국적의 남자 근로자들이 이곳에 와 예배드리고 교육 혜택을 받았다. 현재는 지역 인근의 공장이나 농장에서 일하는 캄보디아 국적의 근로자들을 위주로 센터 프로그램이 운영되고 있으며 두 분의 목회자 외에도 많은 봉사자들이 이들을 돕고 있다.

그들은 매주 토요일과 주일에 센터에 모인다. 타국에서 힘들게 살아가는 가운데 이곳에 와 서로 위안하고 힘이 되어주는 공존과 소통의 관계를 유지하고 있는 것이다.

센터에서는 주일 낮에 예배를 드린다. 진행에는 한국어와 캄보디아어를 번갈아 사용하는데, 한국어에 능한 구성원이 통역을 맡는다. 이들은 모국에 있을 때부터 이미 신앙을 가진 경우도 있지만 한국에 와서 갖게 된 경우가 더 많다.

그들은 시간을 쪼개어 한국문화 체험의 기회도 갖는다.

특히 한국 명절 기간 중에는 며칠간의 여유로운 휴가를 즐길 수 있는데 이럴 때면 다른 센터와 연합하여 선교지 탐방이나 등산과 소풍 등의 문화 행사를 실시한다.

매달 마지막 주에는 의료 서비스가 행해진다. 내과와 치과 전문 의료인으로 구성된 봉사단이 방문하여 이들을 진료하는데, 의료진들은 언제나 친절과 사랑으로 돕고 있다. 평소에는 센터에 오지 않던 근로자들도 이날에는 대거 방문하여 성황을 이루는데 이것 또한 매우 흐뭇한 장면이다.

교육활동으로는 한국어 수업을 실시한다.

한국어 학교는 토요학습반과 일요학습반의 2개 과정으로 운영하되, 한국어 능력 수준에 따라 수준별 학급을 편성하여 운영한다. 외국인의 의사소통능력과 한국문화 이해를 위해 국립국어원에서 제작한 교재를 중심으로 수업을 진행한다.

그중 일요학습반은 초급반과 중급반 및 아카데미반 등 3개 반으로 편성하였다.

이곳의 교사들은 주로 한국어학과를 졸업했거나 전직 교사를 지낸 분들이 대부분이다. 우리는 그들에게 다양한 학습프로그램을 제공하고 평가를 실시하며, 과제 부여 및 교외 현장학습을 통해 질 높은 교육 환경을 제공하고자 노력하였다.

수업일수의 60% 이상을 출석한 학생에게는 학기말에 수료증을 수여하였다. 또 개근상과 정근상도 수여하였는데 주말 근무가 없는 한 학생들은 대부분 수업에 출석하는 열심을 보여주었다. 한 학기를 수료하면 한 단계 위의 반으로 승급하게 되고 교재의 수준도 높아진다.

나는 이곳에서 2016년부터 약 1년 동안 한국어를 가르쳤다.

나의 담당학급은 일요학습반 중 초급반이었다.

비렉(이하 가명), 샤른, 소칸, 싸안, 쏙크럼은 내가 아끼는 캄보디아인 제자였다.

이들은 바쁘고 피곤한 직장생활 중에도 주일에는 센터에 나와 예배드린 후, 세 시부터 다섯 시까지 한국어 공부에 열심을 다했다. 휴식시간 없는 120분 강의 중에도 한 치의 흐트러짐 없이 집중했다.

이들은 한국에 오기 전에 한글 자모 쓰기와 읽기 및 인사말 정도의 기초 회화는 이미 터득했기 때문에 대화가 전혀 통하지 않는 경우는 없었다. 그들 나름대로 되도록이면 한국어를 사용하려고 노력하는 바도 있으며 또한 기본적인 생활습관이 성실했기 때문에 한국어 수업시간은 늘 재미있고 활기가 있었다.

비렉은 가구공장에서 일했는데 학급원 중에서 유일하게 결혼을 했고 세 살짜리 아들이 있는 아빠였다. 그래서인지 늘 점잖았다. 목 건강이 안 좋았는데, 이는 가구 제작과정에서 먼지가 많이 발생하기 때문인 듯했다. 가족관계에 대해 배우는 시간에 그는 아들 사진을 나와 학급원들에게 보여주며 자랑스레 웃었었다. 아빠를 쏙 닮은 귀염둥이였다.

샤른은 키가 크고 멋을 내는 청년이었다. 캄보디아에 두고 온 여자 친구에 대해 얘기할 때는 얼굴에 웃음이 가득했었다. 인근의 농장에서 일했는데, 일정 기간의 체류 후에는 본국으로 돌아가 결혼할 계획을 가지고 있었고 급여를 꼼꼼히 저축하여 집도 장만하겠다는 꿈을 가지고 있었다. 그는 예배에는 별 관심이 없었으나 한국어에는 흥미가 많아 예배 시간이 끝날 무렵에야 멋쩍어하며 나타나는 재미있는 청년이었다.

소칸의 아버지는 캄보디아 현지 목회자이셨다. 경제적인 이유로 교회 건물을 짓지 못해 가정을 일일이 방문하여 예배드리는 환경이었는데, 소칸은 캄보디아에 돌아가는 대로 한국에서 번 돈으로 교회를 지을 계획이라고 말했었다. 그런데 그해 우기에 내린 엄청난 비로 인해 소칸의 집이 마을로부터 고립되었다는 소식이 들려왔다. 자연스레 가정방문예배를 드릴 수가 없게 되었고 이러한 안타까운 소식을 들은 센터 구성원들은 배 한 척 가격인 90만원의 선교비를 모아 배를 사드릴 수 있었다.

싸안은 참으로 야무진 청년이었다. 숙제로 부과하는 교

재 본문 암기를 단 한 번도 놓친 적이 없었고 수업에 결석
하는 일도 없었다. 외국인 및 재외동포의 한국어능력을
평가하는 'TOPIK(한국어능력시험)'이 있는데, 그는 작년
에 200점 만점에서 170점을 받아 'TOPIK Ⅰ'에서 2급을
획득했다. 여자 친구에게 선물로 주겠다며 성적증명서를
챙기던 그는 참 믿음직스러운 청년이었다.

쏙크럼은 늘 웃음을 머금고 있었으며 기타를 잘 치는
청년이었다.

노래도 잘하여 찬양단으로 활약하였다. 우리 반에서 싸
안과 쏙크럼은 한국어 실력이 거의 비슷했는데 모두 일
상적인 대화나 교재 내용 이해도와 받아쓰기에서 두각을
나타내었다. 그런데 4월에 치른 TOPIK 시험에서, 싸안은
170점으로 2급을 획득했으나 쏙클럼은 80점에도 미치지
못하여 등급을 획득하지 못했다. 쏙크럼의 실망스러운
표정을 나는 지금도 잊을 수가 없다.

시험을 잘 치르지 못한 이유에 대해 대화를 하던 중 나
는 쏙크럼이 시험에 대한 두려움이 있다는 것을 알게 되
었다. 시험일 아침부터 안정이 안 되더니 시험지를 받는
순간부터는 떨리기 시작했다는 것이다. 그는 TOPIK 시험
에 대한 기대도 컸고 또 그만큼 열심히 공부했던 터라 부

담감도 컸던 것이다.

나는 일 년의 임기를 마치고 센터 일을 그만두면서 후임으로 오신 선생님께 몇 번이고 쏙크럼을 당부하였다. 다음 시험에서는 꼭 안정제라도 먹어서 평안한 가운데 시험을 치를 수 있도록 도와주시라고, 그래서 그가 그렇게도 바라는 한국어 급수를 획득할 수 있게 해달라고.

내 담당학급보다 위 단계인 중급반과 아카데미반의 리호엉과 뿐록은 3급을, 티위락은 4급의 좋은 점수를 얻어 센터는 축제분위기에 젖기도 했다.

센터에서 공부하는 이들은 모두 이 지역의 공장이나 농장에서 땀 흘리며 일하는 근로자들이었다. 직장이 바쁠 때는 휴무도 없고 야근이 일상이 되는 상황임에도 불구하고 그들은 주경야독하여 그 어렵다는 'TOPIK Ⅱ'의 성적증명서까지도 받아오는 것을 보면서 나는 그들을 응원하고 또 응원하였다.

급수를 획득하고자 하는 이유는 개인마다 달랐다. 그중 몇 명은 한국 체류 기간 이후에는 본국으로 돌아가 캄보디아 내의 한국어 학원에서 한국어 교사가 되고 싶다는 꿈을 가진 학생도 있었다. 캄보디아에는 한국어를 배우고자 하는 사람들이 많다는 이야기도 함께 들었다.

외국인 근로자는 국내 중소기업 제조업 및 농축산업 등의 인력난 해소에 기여하는 바가 크다. 그러나 한편으로는 불법체류 문제와 다문화사회의 갈등 등이 지속적으로 야기되기도 한다.

나는 이러한 현실적인 문제를 떠나 그저 교사와 학생의 관계로 일 년간 이들을 접했다.

이들은 오로지 모국의 열악한 환경과 자신의 빈곤을 극복하겠다는 의지 하나만을 품고, 멀리 타국에 혈혈단신으로 날아와 어려움과 외로움을 견뎌내고 있는 열혈청년들이었다. 이들의 뼈아픈 사연과 인내를 그 누가 가벼이 볼 수 있으랴.

내가 만난 그들은, 잘 사는 나라 한국에서 일하게 된 것을 자랑스러워하며 어려운 과정을 통과한 후에 선택받았음에 대해 고마워하는, 순박하고 건실하고 따뜻한 청년들이었다. 그리고 몇 년간의 힘든 시간을 견디어 내면 자신의 조국으로 돌아가, 가족과 더불어 행복한 삶을 누릴 수 있으리라는 소박한 소망을 가진 우리의 이웃이고 형제들이었다.

캄보디아인 제자들이 지금은 어떻게 지내는지 계약 종료 후 본국으로는 잘 돌아갔는지 몸은 건강한지, 나는 가끔 그들이 궁금해질 때가 있다.

3부 가족 사랑

10개월의 역사

용감한 아들

아버지와 아기 양말

아름다운 사람

독대와 아리와 멜 그리고 심바

너를 바라보다

10개월의 역사

둘째 아이를 가졌다는 진단을 받고서 나는 정말 기뻤다.

이런저런 이유로 해서 자녀는 적어도 둘은 있어야 한다는 것이 그 당시 나의 생각이었고 예쁜 딸을 키우고 싶다는 것이 나의 바람이었기 때문이다. 따라서 건강체가 아니어서 내 몸 하나 돌보거나 가꾸기도 힘든 상황 중에서도, 위와 같은 소신으로 인해 오랫동안의 나의 소망 1순위는 '오로지 둘째, 이왕이면 딸'이었던 것이다.

12월 3일이었다. 퇴근길에 들른 병원에서, 의사는 축하의 말과 함께 몸을 '절대적'으로 조심하라는 조언을 덧붙였다. 그런데 이것은 그저 일상적인 조심이 아니었다. 24시간을 누워있어야 한다는, 그야말로 충격적인 조언이었다. 그도 그럴 것이 이전에 나는 몇 차례의 자연유산을 경험했고 이번에도 습관성 유산의 확률이 높은 상황이었던 것이다.

어둡고 차가워진 초겨울 하늘을 바라보며 나는 많은 생각을 했다. 내 안의 생명을 지키기 위해 열 달 동안 어떻게 행동하고 노력해야 할 것인가?

그리고는 기쁨과 설렘 이후에 다가오는 엄숙함과 경건함을 조심스레 껴안았다.

다음날, 나는 직장의 관리자 및 동료들께 전화를 드려 나의 긴박하고 절실한 상황에 대해 의논하였고 곧 두 달 간의 병가에 들어갔다.

이때부터 시작된 10개월의 역사는 가히 한 권의 책으로는 부족할 것이다.

나는 정말이지 식사 시간과 화장실에 갈 때를 제외한 23시간을 침대에 오롯이 누워있어야만 했다. 침대에서의 작은 뒤척임조차도 허용되지 않았다. 아, 그때 담당의사는 나에게 웃지도 말라고 겁을 주지 않았던가. 배의 흔들림조차도 위험하다는 것이었다. 웃으면 배가 흔들려 여리디여린 자궁에 영향을 미칠 것이며 유산될 수도 있다는 것이었다.

이전의 일상 즉 집과 직장에서 늘 바삐 움직이며 지내

던 생활 리듬을 하루 만에 '얼음!'으로 바꾼다는 것이 얼마나 힘든 것인지를 경험한 적이 없는 분은 일절 말씀하지 마시라.

어쨌거나 나는 절대적이고 모범적인 부동자세로 침대 위를 지켜야만 했다. 머리맡에는 책이나 전화기 등 나의 소일거리들이 진열되었고, 나의 일과는 오로지 입과 손과 생각에서 시작되어 입과 손과 생각으로 끝났다.

다행히 큰아이의 양육은 근처에 사는 동생이 도와주었다.

그런데 자리에 눕게 되자 전혀 예측하지 못했던 일이 벌어지고 있었다. 엎친 데 덮친 격이라니, 처음으로 변비라는 것을 경험하게 된 것이다. 몸의 움직임이 갑자기 없어졌으니 소화력이 떨어지고 그러다 보니 화장실에 가지 않게 되는 것이었다.

정확히 23일간의 질긴 장기전이었다. 그동안 이런저런 방법으로 노력해 보았으나 아무 효과도 없었다. 기다리다 못해 찾아간 병원에서는 변비약 복용은 유산의 원인이 될 수도 있다며 또 겁을 주었다. 변비약을 복용하면 뱃속에서는 갑작스런 움직임이 있을 것이고, 지근거리에 있는 지극히 약한 자궁에 나쁜 영향을 미칠 수도 있다는 설명이었다.

그러나 어찌 하겠는가. 다른 방법이 없지 않은가. 나는 조심조심 변비약을 복용할 수밖에 없었다. 아니나 다를까. 일정 시간이 지나자 뱃속에서는 드디어 서서히 그러면서도 정확하게 변화가 일어나고 있었다. 직장벽 안에서는 수축 작용이 있을 터였다. 부글거림은 밤새 지속되었고 이의 파장과 소리로 인해 나는 깜짝깜짝 놀라며 배를 감싸 안아야만 했다.

이윽고 다음날 화장실에 갔다.

이때 경험한 나만의 사건을 또 누가 알 수 있으랴.

몸속 깊숙한 곳에서 얌전히 쌓여 머무르던 대량의 내용물이 약물의 투입으로 인해 억지 방해를 받게 되면서, 일시에 분출하던 그 위력은 가히 상상할 수 없는 지경을 연출하고야 말았다. 아! '펑'하는 소리와 함께 화장실 거울 위편 높이까지 튕겨져 올라간 내용물의 수많은 파편은, 23일간의 힘겨운 싸움과 인내와 수고를 그대로 표출해 내고 있었다. 거울 위쪽까지 올라가 붙어버리다니, 그때의 나의 놀라움과 당황스러움은 어떠했겠는가?

그럼에도 불구하고 돌연한 이 사건에도 불구하고, 뱃속의 아기는 잘 버텨 주고 있었다. 참으로 고맙고 장한 일이었다.

나는 병가에 이어 육아휴직에 들어갔다. 그리고 여전히 정기진료 외의 외출은커녕 현관에도 못 나가며 세 달째 누워 있어야 했다. 병상 아닌 병상에서 나는 서서히 지쳐 갔다. 더구나 만약에 대한 두려움은 나를 더욱 힘겹게 했다. 그럴 때마다 나는 뱃속의 아기만을 생각했다. 내가 지켜야지 내가 지켜야지…….

3월 5일이 되었다. 그렇게도 기다리던 첫째의 초등학교 입학일이 왔다. 얼마나 고맙고 대견한 일인가. 아들이 어느새 일곱 살이 되어 의젓한 초등학생이 된다는 것은 얼마나 가슴 설레는 일인가. 나는 아들의 훌륭한 보호자가 되어 입학식에 참석하고 싶었다. 그러나 여전히 조심해야 한다는 의사의 진단에 따라 집 발코니까지만 겨우 나가야 했다. 그리고 그곳에 서서, 아이의 이모가 준비해준 멋진 옷을 입고 아빠의 손을 잡은 아들을 내려다보며, 콧등이 시큰해지고 눈가가 뜨거워지는 감동을 내 안으로 들이켜야 했다.

살얼음을 걸어야 하는 힘든 시간은 그렇게 계속 이어져 갔다. 이 여리디여린 생명을 지키기 위해 내가 할 수 있는 다른 일은 거의 없었다.

7개월로 접어들 무렵, 이쯤 되면 조금은 안심할 수도

있을 시기였다. 그런데 어느 날 일이 또 벌어졌다.

갑자기 배가 찢어질 듯 아프기 시작하는 것이었다. 황급히 병원을 찾았다. 그리고 다행히 위기를 넘겼다. 그러나 언제든 조산 등의 가능성이 있다고 했다. 병원에서 해줄 수 있는 특별한 처방은 오로지 부동자세의 절대 안정이었고 나는 의사의 권고에 따라 입원을 해야 했다.

입원해서는 몸의 움직임에 더욱 제한을 받았다. 세안이나 손 씻기 등은 물수건으로 해결했고 식사는 옆으로 누운 자세로만 가능했다. 낮에는 가족들이 교대로 도와주었으나, 밤 시간 대에는 굳이 간병이 필요하지 않아 나 혼자 지내게 되는 상황이었다.

그런데 입원한 지 일주일쯤 지나서였다. 소변을 보기 위해 한밤에 화장실에 가야 하는 상황이 벌어졌다. 그러나 보행은커녕 침대에서 내려오는 일조차 불허된 터라, 나는 다른 때처럼 1인용 변기를 사용할 수밖에 없었다.

소등된 병실에서 부자유한 몸놀림으로 변기를 찾는 일은 쉽지 않았다. 나는 침대에 납작 엎드린 상태에서 팔을 최대한 아래로 뻗어 더듬거렸다. 드디어 준비되어 있던 변기가 잡혔고 나는 그것을 조심조심 들어올리기 시작했다. 그리고 꿀렁거리는 침대 위를 더듬어 안전한 자리를 마련한 후 변기를 바로 놓으려고 애썼다. 그런데 그 순간이었다. 이미 안에 들어있던 내용물의 무게로 인해 변기가 한쪽으로 기울어지면서 나는 변기 속에 들어있던 액체를 내 침상에 왈칵 쏟고야 말았다.

이 황급한 상황, 이 불쌍한 상황.

나는 그때 정말 울고 싶었다. 그동안 참고 견디며 누르고 있던 서러움이나 두려움 같은 것들이 일제히 꾸역꾸역 목줄기를 타고 올라오는 것이었다. 뒤섞인 감정들이 북받쳐 솟아오르고 그 기운으로 인해 목구멍이 엉키면서 꽉꽉 막혀왔다. 그것들은, 엄마가 되고자 하는 나의 외로운 의지를 후려치며 시험하고 있었다.

시간은 그렇게 흘러갔다.

나와 아기의 하루하루는 살얼음처럼 조심스럽고 기도처럼 경건하게 열 달을 향하고 있었다. 그러는 동안에도 나는 한 번 더 입원해야 했다. 배가 찢어지는 듯한 예의 그 증상으로 정신을 잃는 줄 알았고 두 번째의 위기도 어렵게 넘겼다.

8개월에 접어들어 배가 많이 불러졌을 때에야 비로소 제한적인 바깥 활동이 가능하게 되었다. 이제, 등교하는 아들의 손을 잡고 학교 앞 횡단보도까지 데려다줄 수 있었다. 아침의 배웅은 나를 기쁘게 했고 출산용품을 준비하는 짧은 외출은 나를 행복하게 했다. 뱃속에서 힘찬 발길질로 자신을 알리는 귀한 생명을 생각하며 태교에 힘쓰고 자녀를 키우는 모성을 상상했다.

드디어 8월 1일, 수술을 통해 딸을 분만했다. 3kg의 건강하고 예쁜 아기였다. 마취에서 깨어나 출산 소식을 듣는 순간 나는 뜨거운 눈물을 흘려야만 했다.

출산 후 두 달이 지났고 처음으로 예배를 드리러 가던 날이었다. 초가을의 상쾌한 아침 햇살이 교회버스 차창에 스며들었다. 얼마 만에 누리는 평안함인가, 얼마 만에 경험하는 자유로움인가. 이제는 마음대로 움직이며 행동할 수 있다는 사실이 새삼 나를 들뜨게 했다.

그때 버스 안에서 들리던 복음성가를, 울컥하며 올라와 목구멍을 막던 덩어리를, 그리고 그로 인한 목멤을 나는 지금도 잊지 못한다.

사랑은 모든 것 감싸주고
바라고 믿고 참아내며
사랑은 영원토록 변함없네

그랬다. 노랫말처럼, 이는 '사랑'이었기에 가능한 일이었다.

부모는 사랑이다. 그렇기에 나의 외로운 분투가 가능했던 것이다. 이로써 한 살의 딸과 일곱 살의 아들을 양육하는 어머니의 인생은 드디어 시작될 수 있었다.

10개월의 인고 끝에 주어진 축복이고 상급이었다.

용감한 아들

아들은 직장 업무를 위해 어제 베트남으로 출장을 떠났다.

그리고 그 전날에는 일본으로 가는 며느리와 손녀를 배웅하였다. 아들의 출장 기간 두 달 동안 며느리와 손녀는 도쿄에 있는 친정에서 지내게 된다. 아마 이들처럼 시간을 아름답게 분할하고 지혜롭게 편집하여 사용하는 경우도 드물 것이다.

2009년 여름, 아들은 4학년 1학기를 마치고 런던의 한 대학으로 영어공부를 하러 떠났다.

아들이 지내던 학교 기숙사에는 각국에서 온 학생들이 많았고 외국인들끼리 매우 가깝게 지내는 화기애애한 분위기였다고 한다. 그런데 아들이 일 년여의 연수 기간을 마치며 귀국하기 전에 기숙생들과 가졌던 송별 모임에서 눈을 번쩍 뜨게 만드는 한 여학생을 만나게 되었고, 그녀가 먼저 다가와 인사를 했다는 것이다.

"Hi, Are you Japanese?"

"No, I'm Korean."

"May I sit next to you?"

이때 나눈 첫 대화로 인해, 이들은 연인이자 친구이자 부부이며 한 아기의 부모가 되었다.

아들은 공부를 마치고 2010년 6월에 귀국했다.

그런데 처음 1주일 동안은 맥 풀린 멍한 모습이 꼭 정신을 놓은 사람 같아 보이는 것이었다. 나는 시차 부적응인 줄로만 알고 그저 잠자코 있었다. 그런데 그게 아닌 걸 2주가 지나서야 알게 되었다. 바로 그 여학생 때문이었던 것이다.

한국에 오기 전 단 한 번 그것도 무리 가운데서 잠깐 스친 사람을 잊지 못하고 있는 것이었다. 더구나 외국인을. 더구나 멀리 떨어져 있는 사람을. 참으로 무모한 일이 아닌가? 적어도 내 나잇대 부모의 시각으로는 그랬다.

어느 날, 아들이 학교 선배를 만나고 들어오더니 매우 진지하게 말했다. 졸업 후 대학원에 진학하려고 했던 계획을 바꿔 바로 취업하겠다는 것이었다. 그간에는 본인이 원하는 기업에 들어가기 위해 대학원에 진학하여 공부를 더 하고자 생각했던 터였으므로 갑작스런 진로 변경에 나는 조금 뜨악했다.

어쨌든 아들은 4학년 2학기에 복학을 했다. 그리고는 한 학기라는 짧은 시간에, 낮은 학점의 과목을 재수강하여 졸업 평점을 일정 수준으로 올리고, 동시에 취업준비도 하는 고난도 과업을 완수하겠다는 의지를 힘주어 외치는 것이었다.

그 투철한 의지와 사명감을 입으로 시인하고 몸으로 실행한 7월부터 과연 아들은 무섭게 공부하기 시작했다. 2학기에 이수하려 했던 기본 과목 수강 외에 학점 낮은 과목의 재수강 그리고 과제와 영어공부와 취업공부와 그룹 스터디로, 하루 3시간 이상은 눈도 붙이지 못하며 공부하는 것이었다.

다소 걱정이 되면서도, 저 열심에 도무지 적응이 안 되어 놀라워하는 사람은 오히려 나였다. 저런 학업 자세로 일관했다면 스무 살에 하버드 박사가 되었겠다.

그렇게 몇 달이 지난 12월 초, 아들은 모 기업에서 보낸 합격 축하 꽃다발과 편지를 받았다.

그런데 이때 나는 아주 중요한 사실을 하나 알게 되었다. 그가 예의 없던 괴력을 발하여 학업과 취업준비에 전념할 수 있었던 숨은 비밀을. 그 철통 같은 사명감과 피나는 노력의 근원을. 이는 오직 '그 여학생' 때문이었다는 걸 나는 이제야 깨닫게 된 것이다.

아들은 그 여학생을 다시 만나고 싶었던 것이다. 그런데 다시 만나려면 무언가 이루어 보여줘야 할 것이 필요했고 빨리 취업하여 안정된 생활을 다져가야 한다고 생각했던 것이다.

이로부터 둘의 본격적인 사귐은 시작되었다. 그동안에 여학생도 공부를 마치고 본국으로 돌아갔고 일본의 N방송국에서 근무하고 있었다. 쉽게 만나지 못하는 그들은 하루도 거르지 않고 전화 통화를 하며 관계를 유지해 가고 있었다.

그런데 아들이 직장생활을 시작한 지 얼마 안 된 2011년 3월 11일 금요일이었다.

세계의 이목을 집중시키는 뉴스가 일본에서 터져 나왔다. 일본 혼슈의 북동쪽 해안에서 9.0의 강진이 발생했는데, 이로 인해 지진성 해일인 쓰나미가 해안 지역을 휩쓸고 있다는 것이었다. 그리고 그날 밤, 놀란 아들은 걱정이 되어 전화를 걸었는데, 전화를 받던 그녀가 '어어!!' 하며 놀라는 소리를 내더니 쿵하는 둔탁한 소리에 이어 전화가 끊겼다는 것이었다.

아들은 거의 정신을 잃는 지경이 되었다. 당시만 해도 우리나라 사람에게 지진이란 무섭고 황망한 자연재해이긴 했으나 직접 경험하는 기회가 거의 없어 실감하기엔 어려운 막연한 현상이었다. 나는 안절부절못하는 아들을 딱히 뭐라 위로할 방법을 찾을 수 없었다.

뉴스에서는 일본의 지진 상황을 연일 특보로 내보냈다. 엎어진 곳에 덮친 게 또 있었으니, 후쿠시마 원전이 작동을 멈췄고 원자로 과열로 방사능 누출 위험이 있다는 것이었다. 희생자 수색 현장, 급물살에 잠긴 마을과 농경지, 피난 주민들, 사상자들, 본국으로 가고자 하는 외국인들로 인해 아수라장이 된 공항 장면이 하루가 멀다 하고 방송 화면을 채웠다.

아, 그런데 퇴근한 아들이 갑작스런 충격 선언을 하는 것이 아닌가. 19일 토요일에 일본행 비행기를 탈 것이며, 이미 항공기 예약까지 마쳤다는 것이었다. 아니, 일본에 있던 한국인들은 앞 다퉈 귀국하느라 난리가 난 이 마당에, 오히려 역으로 스스로 그것도 기꺼이 그 난국 속으로 들어가겠다는 것이 아닌가. 오로지 여자 친구를 보기 위해, 용감한 기사가 되어 위로하기 위해.

처음에는 설마 하였다. 그러나 내가 무슨 말로 그 의지를 말릴 수 있었으랴.

물론 그가 있는 도쿄는 혼슈와는 거리가 떨어진 곳이긴 했다. 허나, 언제 어디서 여진이 발생할지 모르는 긴박한 상황이 아닌가. 다 큰 아들을 말리지 못하는 엄마의 마음을 누가 알랴. 아들은 그렇게 비행기를 탔다.

오로지 여자 친구 하나만을 위해 바다를 건너 단숨에 달려와 준 용감하고 멋진 남자 친구를 공항에서 맞이하는 그녀의 심정은 어떤 것이었을까? 그들은 기쁨과 눈물로 서로를 안아주었을 것이다. 위로하였을 것이다. 그리고 서로의 마음을 확인하였을 것이다. 그들의 재회는, 하늘이 내린 재난을 극복하고자 하는 인간의 용기와 의지와 사랑에서 비롯된 것이 아니고 무엇이겠는가?

해가 바뀌었다.

2012년 어느 상큼한 가을날에 그들은 결혼했다. 그리고 다음해 봄에는 일본에서 많은 분들의 축복을 받으며 행복하고 아름다운 결혼식을 올렸다.

전해, 아들이 지진과 원전에 대한 두려움을 뚫고 일본으로 달려가지 않았다면 그리하여 떨고 있는 그녀의 어깨를 감싸주지 않았다면, 지금의 이 행복은 상상할 수 없을 터였다.

용감한 자만이 미인을 얻는다 했던가?

그렇다.

용감한 자만이 사랑을 만들고 키운다.

아버지와 아기 양말

아버지,

아버지는 오늘도 서랍 깊숙이에서 그것을 꺼내십니다. 아버지의 가늘고 마른 손에는 국가보훈처에서 수여한 '호국영웅기장'과 '기장증^{記章證}'이 들려 있습니다. '6·25전쟁 정전 60주년'을 기념하여 참전국가유공자에게 수여한 증서와 기념메달이지요.

이제 96세가 되신 아버지에게, 6월은 여전히 힘든 달이고 음력 7월은 여전히 쓰린 달임을 저는 압니다.

하도 많이 들어, 이제는 제 이야기인 듯 선명해진 아버지의 역사를 이렇게 글로 적습니다.

아버지는 24살 엄마는 20살에 결혼하셨지요. 그리고

이듬해 아버지는 경찰관이 되었고 첫딸도 낳았습니다.

그러다가 경찰 복무 3년째이던 1950년에 한국전쟁을 맞았고, 아버지는 곧장 대구로 내려가 경찰전투부대에 합류해야 했습니다.

아버지는 서둘러 처자식을 아버지의 본가로 보낼 채비를 꾸렸지요.

피난 행렬은 이미 시작되고 있었습니다. 시가는 100리 길의 대호지면에 있었고, 서해안 물줄기의 나루터까지 배웅한 후 두 분은 그렇게 헤어져야 했습니다.

첫딸의 이름은 '진숙'이었습니다. 이제 곤지곤지를 시작한 어린 딸은 젊은 아버지를 바라보며 벙글거렸지만, 아버지는 울먹일 수밖에 없었겠지요.

아버지,

아버지의 전쟁은 이렇게 시작되고 있었습니다.

23살의 엄마는 시댁으로 들어왔습니다.

그러나 이곳의 상황은 더욱 좋지 않았습니다. 남편을 대신하여 힘이 되어주어야 할 홀시아버지는 이미 옥고를 치르고 계셨지요. 남한 내 좌익 세력의 동조와 반란에 의해서였습니다.

엄마의 시아버지 즉 저의 할아버지인 '남상혁 지사'는

일제강점기 때의 독립운동가로, 1919년에 충남의 '대호
지 천의장터 4·4독립만세운동'에 앞장서신 분이었습니
다. 이미 3·1운동에도 참여하셨던 '남정 지사', 자수태극
기를 흔든 '남상락 지사', 경성에서 가져온 독립선언서를
낭독한 '남주원 지사'는 모두 할아버지의 일가문중이셨
습니다. 그리고 어려서는 대'호'지면 '도'이리의 남씨 종
중에서 세운 서당인 '도호의숙'에서 함께 수학하신 생도
들이기도 했습니다. 이분들은 격동의 시대를 겪은 굴곡
진 민족사에서 이제는 애국지사로 그 이름을 올리고 계
시지요.

아버지가 일찍이 경찰에 투신한 것은 일본과 좌익의 총
칼 앞에서도 강직했던 할아버지의 영향 때문이었다고 저
는 생각합니다.

엄마는 집안의 어른도 남편도 없는 시댁에서 어린것을
끌어안고 공포를 견뎌야만 했습니다. 온 마을을 장악한
좌익은 하루가 멀다 하고 집 안에 들이닥쳤지요. 경찰인
남편의 근황을 조사한다는 명목이었습니다. 부상당하여
전쟁터에서 돌아온 경찰이나 군인까지도 사상이 다르다
는 이유로 죽임을 당하는 현실이었고, 소식이 끊긴 남편
은 어쩌면 전사했을지도 모를 터였습니다. 그때 문중의

어른들은 엄마에게 협박을 피해 친정으로 가도록 일렀지요.

그리하여 엄마는 다시 짐을 꾸려야 했습니다.

8월 하순 어느 뜨거운 날에 돌도 되지 않은 어린것을 업고 50리 길을 또 떠났습니다. 4년 전에 스무 살의 고운 색시가 가마에 올라 시집가던, 참으로 평화롭기만 하던 길이었지요. 엄마는 땡볕 아래를 종일 걸었고 어린것은 축 늘어져 미동도 하지 않았습니다.

이즈음, 아버지는 경찰전투부대에 편성되어 팔공산전투가 있던 대구에 진을 치고 있었습니다.

이 지역에는 군인과 경찰이 각각 주둔하였는데, 아버지는 팔공산의 사찰인 '파계사'를 본부로 삼고 산꼭대기에서 적들을 방어하고 있었습니다. 산 아래의 전투는 격렬하였지요. 한 차례의 싸움을 치르고 나면 절반의 전우가 없어졌다는 소식도 들렸습니다.

총격이 사그라지면 아버지는 하늘을 올려다보며 어린 딸을 생각했습니다.

"내가 죽으면 안 되지. 살아남아 내 딸을 꼭 봐야지. 곧 돌이 될 테니 지금쯤 걸음마를 시작했겠네."

그렇게 일진일퇴는 계속되었습니다. 그러던 중, 마침내

인천상륙작전이 개시되고 1950년 9월 28일에 서울 탈환의 역사가 있었지요.

그리고 이를 기점으로 아버지의 전쟁도 일단락되었습니다. 아버지는 미군에 합류되어 올라왔고, 근무지였던 원북지서에 복귀할 수 있었지요. 이로써, 살아서 고향땅을 다시 밟을 수 있게 된 것입니다.

서늘한 가을바람이 불어올 즈음이었습니다.

본가로 갔던 아버지는 그길로 아내와 딸을 찾아 처가로 달려왔습니다. 죽은 줄 알았던 남편이 기적으로 살아서 돌아온 것이지요. 총탄에 맞선 장하고 고마운 남편이었습니다.

그렇게 사립문을 밀치고 숨차게 뛰어들어선 아버지의 손에는 작은 광목보따리 하나가 들려 있었습니다. 그러나 마당까지 맨발로 달려 내려온 엄마의 품에는 아기가 없었습니다. 울음을 터뜨리는 아내를 바라보던 아버지는 다리의 힘이 풀리면서 털썩 주저앉았고, 그 위로 보따리도 힘없이 떨어져 내렸습니다.

그 안에는 딸에게 주려고 어렵게 구해온, 연두색과 흰색 줄무늬의 작은 아기 양말이 한 켤레 들어있었지요.

그랬습니다.

외가에 온 날부터, 아기는 호흡이 거칠어지고 온몸이 뜨거워지더니 이내 의식마저 잃고 마는 것이었습니다. 열사병이었겠지요. 아기는 아무것도 모른 채 무섭고 아득한 길로 그렇게 홀로 떠나갔습니다.

그날은 음력 7월 18일이었지요. 아기의 외할아버지가 첫 손녀의 작은 몸을 뒷산의 딱딱한 땅에 묻으셨습니다.

남편의 생사조차 모르는 상황에서 맞닥뜨린 어린것의 주검을 안고 엄마가 서럽게 울었듯이, 이번엔 아버지가 아기 양말을 안고 며칠을 또 처절히 울었습니다.

"진숙아, 진숙아……."

두 분에겐 첫딸이 태어난 '음력 구월 열아흐레'가 일생에서 가장 행복한 날이었듯이, 첫딸을 보낸 '음력 칠월 열여드레'는 일생에서 가장 쓰린 날이 되고 말았습니다.

올해 92세이신 엄마는 요즘 들어 더욱 자주 말씀하십니다.

"아버지가 경찰이라 살았어. 싸우느라 집에 안 와서 살 수 있었어."

이는 고향으로 피신한 많은 젊은이들이 반동분자로 몰려 좌익에게 무참히 죽임을 당한 사실에 근거한, 엄마 나름의 해석이며 믿음이지요. 그리고 보면, 아버지의 '호국

영웅기장'은 아버지가 살아남을 수 있었던 근거인 동시에 아버지 역사의 값진 결과물이라는 생각을 해 봅니다.

엄마는 또 말씀하십니다.

"첫째가 참 예뻤어. 얼굴은 뽀얗고 코는 오뚝하고. 걸음마를 시작하고 말도 배우기 시작했었어. 그리고 너희 아버지가 가져온 아기 양말은 얼마나 고왔는지. 나는 그렇게 예쁜 양말을 그때 처음 봤어. 전쟁 중인데도 어떻게 그런 물건을 구할 수 있었는지……."

전쟁의 고통과 함께 가슴에 묻힌 첫 자식으로 인해 아직도 되뇌는 한과 설움이지요.

인제 연세가 들어 정확한 발음조차 힘든 '음력 구월 열아흐레'와 '음력 칠월 열여드레'는 그렇게 부모님의 역사에서 지울 수 없는 날이 되고 말았습니다.

아버지는 지난번의 가족모임에서 말씀하셨지요.

"내가 죽으면 나라에서 주는 영구용 태극기를 사용해라. 그리고 국립호국원으로 가려고 한다."

아버지,

한국전쟁은 북한군이 남한의 좌익 세력에 합세하여 일으킨 동족상잔의 비극이었습니다.

이 격동의 시대와 민족사의 굴곡을 체험한 이후에도 아

버지는 경찰직에 30년 넘게 몸담으시며, 올곧은 임무 수행과 당당함으로 일관하셨습니다. 이는 전쟁의 현장에서 싸워냈다는 그리하여 이 땅을 지켜냈다는 자부심과 자존감에서 기인한 것이라고 저는 믿고 있습니다.

아버지,

저는 생각합니다.

이와 같은 비극은 이젠 없으며 이러한 책무는 당신들이 목숨을 걸고 지켜준 우리 후대가 짊어질 몫이라는 것을. 그리고 이제 세월이 더 흐른 뒤에는 어느 누가 그 어린것과 빛 고운 양말을 기억해 줄 것인가를.

오늘은 제가 감싸 안아봅니다.

소용돌이 속에서 잃어야 했던, 그러나 기억 속에 온전히 남아 해마다 6월이 되면 더욱 가슴 쓰리게 하는, 두 분의 역사 속에만 남아있는 첫사랑 그 어린것을. 그리고 아버지가 품속에 고이 안고 왔던 그 고운 아기 양말을.

아버지,

오늘 이 글을 아버지께 고이 올려드립니다.

아름다운 사람

   그것은 분명히 환상과도 같았다. 어쩌면 꿈이었을지도 모른다. 일과를 돌아보며 비몽사몽 가운데 하루를 마무리하면서 일어난 일이었다.

   장면은 이러했다.

   그날에도 몇몇 분들이 그의 집을 방문하여 예배를 드리고 있었고 그중에는 이젠 연로하신 이모님 내외분도 계셨다. 한창나이인 그는 병상에 누워있었다. 그때 창문을 통해 부드러운 햇빛이 그와 방문객 사이 한가운데를 비추고 있었다. 참으로 온화한 풍경이었다. 그런 후 방문객들이 돌아갔고, 그가 병상에서 일어나 밝은 표정을 보이며 밖으로 나와 뜰과 마당을 한참 동안 거니는 모습이 보였다. 그러다가 집 앞 계단을 내려와 교회 건물을 향해 걸어가는 모습, 다음으로는 좀 더 멀리 큰길로 나가는 모습, 버스를 타는 모습 그리고 나중에는 비행기를 타고 어디론가 떠나는 모습이 짧은 시간의 흐름을 타고 또렷하게 펼쳐지는 것이었다.

나는 비몽사몽에서 깜짝 놀라 깨어났다. 왜 이런 장면이 내게 보였을까. 이해할 수 없는 내용이었다. 웃는 얼굴과 뒷모습과 비행기라니……. 이모님께 전화를 드렸고 나의 알 수 없는 체험을 조심스럽게 말씀드렸다.

이 일이 있은 다음날이었다. 그는 또다시 입원을 해야 했다. 그리고 그날 이후로는 바깥세상을 볼 수 없었다. 50을 채 넘기지 못한 2015년 여름의 일이었다.

그는 나의 이종사촌 동생이다.

그는 참으로 진실하고 선한 사람이었다.

내가 서울로 올라와 자취를 하며 고등학교에 다니던 3년 내내, 이모 내외분은 부모님과 같은 분이셨다. 낯선 서울 땅에서 학업으로 지칠 때면 나는 으레 이모님 댁을 찾곤 했다. 그때마다 이모는 푸짐한 밥상을 마련해 주셨고 돌아올 때면 먹거리를 한 보따리씩 들려주시곤 했다. 그러면 나는 다시 힘을 얻었고, 이렇게 이모네 집은 내가 기댈 수 있는 따뜻한 곳이 되어 주었다.

그때 나를 반갑게 맞아주고 따르던 세 명의 사촌동생 중 그는 초등학생 맏이였다. 참으로 영민하고 착한 아이였다. 사촌누나를 기다렸다는 듯 상장을 펼쳐 보이고, 즐기는 만화영화 채널을 청소년드라마로 돌려 내게 양보하고, 딱지를 보물처럼 여기며, 여름에는 면 셔츠와 멜빵바지를 즐겨 입던 그였다. 그리고 짙은 눈썹과 하얀 피부의 미소년이었다.

그는 건축설계사 일에 많은 애착을 가지고 있었다. 어렸을 때부터 꿈꿔왔던 일을 하게 되고 거기서 만족감도 맛보며 능력도 인정받았다. 그러는 동안 사랑하는 사람을 만나 결혼을 하고 예쁜 딸도 낳았다. 듬직하고 우애 깊은 장남이었고 온유하고 칭송받는 친구였다. 그랬다. 사랑으로 일군 가정의 가장으로 그리고 사회의 일익에 기여하고 있는 한창나이의 그였다.

그가 퇴근하여 귀가한 어느 날이었다.

갑자기 어지럼증과 피로감이 심하여 병원을 찾게 되었다. 여러 날에 걸친 검사 끝에 알려진 병명은 '재생불량성빈혈'이었다. 골수 안에서 줄기세포를 만들지 못하여 혈액세포가 줄어들면서 생기는 힘든 질환이었다.

불현듯 찾아온 병으로 인해 치료와 입원이 일상이 되면

서 나중에는 직장을 쉬기에 이르렀다. 그와 가족들은 치료에 온 힘을 쏟았다. 그러면서 신기술과 약물로 완벽하지는 않으나 몸의 기능이 조금씩 회복되는가 싶었다. 그러나 결국에는 휘몰아쳐 악화되는 병세에 맞설 기력이 점점 소진되고 있었다. 참으로 어려운 싸움이었다.

4년간의 투병 끝에 그는 하늘나라로 갔다. 온몸을 짓누르던 질고를 뒤로 하고 먼 곳에 있는 평안을 향해 간 것이다. 나는 입관예배 장소에서 그를 만났다. 침상에 반듯하게 누운 그는 오히려 평안한 얼굴을 하고 있었다.

그를 멀리 떠나보내고 돌아오는 날은 온종일 이슬비가 내렸다. 이슬비는 장대비가 되어 남은 사람들의 가슴을 쳤다.

빗속에서 그의 아내는 말했다.

"수혈실에서 보이는 롯데월드타워를 보며, '저기 저 뾰족한 건물이 거의 완성되어가네. 이 방의 전망이 끝내주지?'라고 여러 차례 말했어요. 생각해 보면, 오빠는 늘 그랬어요. 그는 평범한 사물이나 사람들과의 보통의 일상을, 특별한 사물이나 사람들과의 가치 있는 삶으로 바꾸는 힘을 가지고 있었어요. 제가 그렇게 그에게 특별한 사람이 되었고, 그와 같이 했던 시간이 특별한 삶이 된 것이지요."

이제는 잠들어 쉬고 있는 곳에서, 그는 완공된 그 뾰족한 건물과 마주하고 있다.

그가 하늘로 간 지 3년이 지났다.

이모님은 지금도 밤잠을 힘들어 하신다. 자다 깨면 새벽 두세 시인데 약을 먹어도 효과가 없다고 하신다. 부모의 마음을 누가 알랴. 가슴에 묻은 자식에 대한 슬픔과 참담함과 죄책감은 언제 어디서든 가슴을 후비는 것. 세상의 어느 것이 부모와 자식의 관계보다 질기고 강할 것인가.

올여름, 가족과 친구들은 그를 위한 추모집을 내었다.

『1095~우리가 그리워한 날』이다. 제목에서처럼, 3년의 1095일 동안 가족과 친구와 동료들은 그를 그리워하고 있는 것이다.

떠나기 얼마 전에 그가 목사님께 자필로 보낸 편지도 여기에 실려 우리의 마음을 적신다.

"어려서부터 몸이 약했습니다. 학창 시절에도 학교에서 운동장을 마음껏 달려 본 적 없고 뙤약볕 아래 땀 흘리며 농구를 해 본 적도 없습니다. 그러나 나는 지금 행복합니다. 인생에서 가장 잘 한 것 중의 하나가, '사랑하는 아내'를 만나고 귀한 보물인 '딸'을 낳은 일이기 때문입니다."

그의 '사랑하는 아내'는 추모집에서, 자신에게 늘 다정한 오빠로 남아있는 그를 이렇게 회상했다.

"오빠는, 하고 싶은 것은 참 많지만 그럴 시간이 부족하다는 걸 알고 있었다. 그래서인지 그에겐 마술 같은 손맛이 있었다. 사람을 감동시키는 글도 잘 쓰고 그리기와 만들기도 잘 하고, 거기에 요리와 청소까지……. 그랬기에 불행한 상황이 올 수 있다는 사실을 나는 한번도 생각하지 못했나 보다. 영원한 것은 없다는 걸 잘 알면서도 오빠와의 시간들이 영원할 줄 알았다."

그리고 참으로 많은 분들에게 그는 아름다운 사람으로 남아 있다.

"내 아들아, 너는 나의 장자라. 어찌도 그리 아름답고 사랑스러운고."라며 한 편의 시로 말을 거는 아버지. "다음에 너를 만나면 잘 있다 왔노라고 말해주리라."며 애써 마음을 다잡는 어머니. "짧은 기간이지만 내가 아빠와 함께 쌓은 추억은 다른 아이들보다 더 많고 소중하고 값지다."고 믿는 기특한 딸. "의사이면서도 형의 병세에 아무런 도움도 주지 못한 것이 정말 미안했다. 냉면을 먹고 싶다는 형과 함께한 것이 마지막 외식이었다."고 회상하는 남동생. "1주기 추모예배를 위해 찾아간 곳에서 만난 한줌의 흔적만으로도 큰 위안과 의미를 얻고 왔다."라며 위로받는 목사님. "늘 웃는 얼굴로 다른 사람 얘기를 잘 들어주던 뇌섹남인 그는 참 따뜻한 사람이었다."고 추억하는 친구들. "맡겨진 일에 충실했다. 그리고 시간을 내어 목공방에서 목가구를 만드는 일에 온 정성을 쏟았다."고 기억하는 직장 동료들…….

그와의 인연과 추억을 되뇌는 많은 글 속에서, 나는 오늘도 그를 만난다.

사랑으로 만들어 가족들에게 남겨 준 책상이며 의자며 식탁은 오늘도 그 자리에서 그의 향기를 전하고 있다.

사물과 사람에게 값진 의미를 부여하며, 알고 있는 모든 이에게 자신과 공유했던 곳곳을 추억의 장소로 만들어 준 그.

짧게 살았으나 많은 것을 남긴 그.

그는 참으로 아름다운 사람이었다.

독대와 아리와 멜 그리고 심바

'독대'는 생후 두 달쯤 되어 우리 집에 왔다. 딸의 오랜
바람을 이뤄주기 위해 동물병원에서 데려온 아기 시츄였다.

아이들이 어릴 때 TV에서 상영한 만화영화 '장독대'의,
나라 지키는 주인공 이름인 '장독대'를 본떠 '독대'라 이
름 지었다. 용감한 청년장수처럼 건강하게 자라라는 뜻
에서였다.

그러나 독대는 우리 집에 온 지 열흘 만에 무지개다리
를 건넜다. '파보'라는 전염병이었다. 독대는 그 아픈 중
에도 간신간신히 걸어와 내 옆에 앉곤 했다. 짙은 갈색 털
은 보드라웠고 조막 크기의 몸은 따뜻했다. 첫 번째 인연
은 짧게 끝났고 딸은 몇 날을 울었다.

독대를 보내고 난 후 두 번째로 우리에게 온 아이가 '아리'이다.

2007년 2월이었다. 용감한 '장독대'의 연상언어인 '항아리'에서 '항'을 빼고 '아리'라 이름 지었다. 태어난 지 두 달쯤 된 아리는 독대와 똑같은 얼굴을 한 시츄였고, 독대에게 못다 준 사랑과 시간을 우리는 아리에게 쏟았다.

아리는 먹성이 좋다. 그에게 가장 큰 기쁨의 행위는 '먹는 것'이고 가장 행복한 때는 '먹는 시간'일 것이다. 그러나 폭풍흡입으로 인해 그 행복한 시간은 아쉽게도 찰나에 지나지 않으며, 따라서 식사 후에는 항상 아쉬운 표정으로 나를 살피며 밥그릇 주변을 맴돌곤 한다. 당연히 동종보다 두 배의 몸집을 가졌다. 세 살 때부터 한동안 다이어트용 사료를 먹인 까닭에 다행히 비만은 아니나, 본인이 원하는 만큼의 먹이를 준다면 일주일도 못가 뒤뚱거릴 것이 뻔하다. 소형견종임에도 불구하고 몸이 크니, 힘도 세고 무거워 집안에서 뛰어다닐 때는 쿵쿵 소리도 난다.

아리는 생각이 깊고 지능도 높다. 점잖아서 함부로 짖지 않으며 때론 시크하기까지 하다. 우리 옆에서 TV를 시청할 때면 집중력이 대단하여 한 시간이 넘도록 드라마에 몰두하는데, 표정이 진지하고 눈빛도 살아있다. 속눈썹이 길고 멋져 공원에 나온 이웃의 칭찬도 듣는다. 남편은 아리의 인물이 상위 5%라고 확신하고 있다.

아리는 피아노곡을 좋아한다.

딸이 피아노를 칠 때에는 언제나 달려와 피아노 옆에 앉아 두 귀를 세우고 눈을 반짝이며 음악에 심취한다. 그런데 신기한 일이 하나 있다. 유독 모차르트의 세레나데 13번 '아이네 클라이네 나흐트무지크(Eine Kleine Nachtmusik : 작은 밤의 음악)'를 연주할 때에는 언제나 특정 반응을 보인다. 얼굴을 높이 쳐들고 마치 노래를 부르는 것처럼 강약고저의 음을 반복하는 것이다. '우워워 워어엉 우워워워어엉~~~' 하며 소리를 내는데, 마치 아리가 이 음악을 좋아하여 따라 부른다는 느낌을 준다. 이는 아기였을 때부터 보인 모습인데, 엄마의 뱃속에서부터 태교처럼 이 음악을 들었던 것이 이제 무의식의 기억 속에서 일깨워지는 것이 아닐까 하는 생각마저 들게 한다.

아리는 딸의 사춘기 방황을 지켜봐 주고 보듬어 준 인물이다. 언제나 딸의 곁에 있었고 따라다녔고 대화했고 반겨주었다. 딸이 외국에 나가 공부할 때는 아리를 데려가고 싶어 할 정도였다.

이제 아리는 어느덧 12살 중반을 지나고 있다. 사람 나이로 환산하면 80대 어르신이다. 커피 빛의 진갈색 털도

연갈색으로 희끗해졌고 행동도 조금 느려졌다. 상위 5%
미모도 서서히 내려놓아야 할 때가 된 듯하다. 엊그제는
동물병원에서 스케일링을 하고 왔다. 나이에 비해 건강
하다고 하니 고마운 일이다.

지금도 이렇게 식사를 즐기고 건강하니 앞으로도 오랫
동안 함께 지낼 수 있지 않을까. 아리는, 집에서 키우는
동물이란 것이 한낱 단순한 애완이 아닌 반려이고 교감
의 대상임을 체득하게 해준 우리 집의 절대 가족이다.

세 번째 가족으로 온 인물이 '멜'이다.

그는 2012년 3월의 쌀쌀하던 날에 우리 집에 왔다. 형
격인 아리의 돌림자를 따서 '메리'라고 이름 지었다가, 변
화를 주기 위해 멜로 개명했고 당시 두 살이었다.

딸이 유기동물센터에 우연히 들렀는데, 방문객을 보고
철망 속에서 짖어대는 수십 마리 무리 중에 유난히 작고
약하여 뒤처진 그가 눈에 들어 왔다고 한다. 그 모습이 마
음에 걸려 생각해 볼 겨를도 없이 안고 온 아이가 바로 멜
인 것이다.

그를 안은 딸의 검정색 모직코트는 힘없이 빠진 윤기
없고 가는 털로 뒤범벅되어 있었다. 걸음도 잘 못 걸었다.

귀 가장자리 털은 한참 동안이나 안 자랐는데, 동상으로 모근이 상했다고 의사는 진단했다. 얼마 동안이나 못 먹으며 헤매다가 구조된 것일까? 그 추운 겨울 동안 어디에서 눕고 어디에서 눈바람을 피했을까?

멜은 전 주인에게 많은 사랑을 받은 듯했다. 귀 내부의 습기를 예방하기 위해 큰 귀를 뒤로 젖혀 묶어 준 자국이 선명히 남아있었고 양쪽 앞발로 악수도 잘 했다. 어쩌다 주인을 잃었을까. 다행히 우리에게 오자마자 금방 적응했고 건강도 되찾았다. 몸무게도 두 배로 늘고 털의 윤기도 되찾아 의사선생님께 칭찬도 들었다.

멜은 애교도 많고 적극적이고 친화력도 강하다. 주위 환경에 관심도 많아 차를 타면 그 가는 다리를 버텨 차창 밖 세상 구경을 즐긴다. 그래서 별명이 '호기심 천국'이다. 이런 호기심으로 인해 집을 잃은 것이 아닐까 하는 생각도 든다.

집에 오던 첫날 식탁 다리에 대고 소변을 눈 것을 보고, 교육을 시킨답시고 내가 혼을 낸 적이 있다. 아, 그런데 그 일 이후로 멜은 집 안에서는 용변을 안 보는 것이었다. 낯선 주인에게 혼난 트라우마일 것이다. 동물 행동교정 선생님이 와서 교육을 시키기도 했으나 그게 잘 안 되었다. 그래서 더우나 추우나 하루에 한두 번은 꼬박 밖에 나간다. 혼낸 일로 나는 지금도 멜에게 미안해한다. 남편의 귀가가 늦는 날엔 새벽 두세 시에 나가는 때도 있다. 키우기 힘든데도 남편은 멜을 너무 많이 예뻐해서 무슨 일이든 오냐오냐 받아준다. 자연히 멜이 남편보다 순위에서 한 등급 위이다.

멜과 아리를 보고 공원 사람들은 형제인지 또는 부자지간인지 묻는다. 몸집 크기만 다를 뿐 판박이 생김새이기 때문이다. 그런데 한 집에 살고 같은 종이면서도 둘은 별로 친한 사이는 아니다. 나중에 온 멜이 형격인 아리와 친해지고 싶어 꼬리도 흔들고 말도 걸었으나 본성이 점잖은 아리는 시종 시크함으로 일관했기 때문에 친해질 수있는 기회를 놓쳤다. 덩치로나 나이로나 아리가 한 수 위이긴 하지만 텃세를 부리지 않으니 그래도 다행이다. 멜도 벌써 여덟 살로 중년을 지나고 있다.

아, 이제, 네 번째의 가족인 '심바' 얘기를 해야겠다.

그는 2017년 여름, 길을 헤매고 있는 것을 딸이 발견하고 주인을 찾아주기 위해 시청에 신고하면서 인연을 맺게 된 멋지고 당당한 진돗개였다.

신고 후 대형견 보호시설로 보내졌고 보호센터 사이트에 주인을 찾고자 하는 소개내용이 올랐다. 세 살이라고 했다. 우리는 하루가 멀다 하고 담당자와 전화하여 진돗개의 근황을 물었다. 그러나 2주가 지났는데도 주인은 나타나지 않았다. 옛 주인이나 새 주인이 일정 기간 동안 나타나지 않는다면 안락사 될 수도 있다는 담당자의 말에 우리 가족은 노심초사했다. 차라리 신고하지 말았어야 했다며 딸은 자책하고 있었다. 그랬다. 안락사를 시킬 수는 없었다. 주인은 나타나질 않고 입양자도 없으니 어찌해야 할 것인가. 나는 몇 명의 지인에게 전화를 걸어 이 진돗개를 입양해 줄 수 있는지를 물었으나 그게 쉬운 일은 아니었다. 오랜 고민과 진지한 가족회의 끝에 결국 우리 집으로 일단 데려 오기로 결정했다.

결정 후에도 문제는 많았다. 집에는 이미 두 마리의 강아지가 있고 우리 집은 아파트인데 대형견을 어떻게 키울 수 있단 말인가? 발코니를 집으로 꾸며주면 키울 수 있을까? 그래, 일단 안락사만은 막자. 우선 데려온 후 좋은 방법을 찾아보자. 혹 나중에라도 기회가 된다면 시골 친척집으로 보낼 수도 있지 않을까?

부딪쳐 보자는 심정으로 우리는 보호센터를 찾았다. 철

망 안의 진돗개를 만났다.

그런데 이게 어찌 된 일인가? 예의 그 예쁘던 아이가 병색이 완연한 반쪽짜리 아이로 변해 있는 것이 아닌가. 2주 전의 사진과 비교해도 동일 인물인지를 의심할 지경이었다. 보호센터 철망 속 밥그릇에 담긴 먹이는 딱딱하게 굳은 채 덩어리져 있었고 물그릇은 덩그러니 떨어져 나가 있었다. 언제부터인지 음식 섭취를 끊은 듯 했다. 보호 철망에서 나온 아이는 잘 걷지도 못했다. 도대체 그동안 무슨 일이 있었던 것일까?

그는 우리를 알아보는 것 같았다. 꼬리도 조금씩 움직이며 우리가 이끄는 대로 순순히 따르는 것이었다. 15킬로나 되는 아이가 남편의 품에 안겼다. 입양확인서를 쓰고 서명도 했다. 그리고 차에 태웠다.

그리하여 그는 네 번째의 가족이 되었고, '심바'라는 이름을 갖게 되었다.

동물병원에 갔다. 보호센터 직원이 데려가던 2주 전의 상황을 지켜보았던 그때의 의사선생님도 지금의 몰골을 보고는 무척 놀라워했다. 병이 깊어 보인다는 것이었다. 큰 병원에 가서 진찰을 받아 보라고 했다. 우리는 다시 24시간 진료하는 동물병원으로 데려갔다.

이런저런 정밀 검사 끝에 나온 병명은 세 가지였다. 심장병과 폐렴과 심장사상충이었다. 2주 전 발견되기 훨씬 이전부터 이미 심장사상충과 심장병에 걸려 있었는데, 최근에 상태가 급격히 나빠졌고 거기에 급성폐렴까지 걸린 것 같다는 진단 내용이었다.

더욱이 놀라운 것은 지금 상태로 보아 며칠을 넘기기 힘들다는 것이었다. 도대체 이 짧은 시간에 어떻게 이런 일이 있을 수 있단 말인가.

병원에 있는 동안에도 먹기는커녕 마시지도 않았고 간신히 버티어 서 있거나 누워 있기만 했다. 이런 심바를 집으로 데려갈 수는 없었다. 일단 입원을 시키고 밤 한 시에 집으로 돌아오면서, 우리는 참 많은 생각을 했다.

'2주 전엔 꼬리도 힘차게 흔들었는데…… 사진도 찍었고 앞장서 걷기도 했는데…… 아, 보호센터 직원이 운반차에 억지로 실으려 하자 안 가려고 버둥댔고 우리와 눈이 마주쳤었지…….'

다음날 심바를 만나러 병원에 갔다. 심바가 함께 있을 수 있는 며칠 동안만이라도 그에게 많은 것을 주고 싶었다.

우리는 심바를 조심스레 안고 나가 공원의 정자 마루에 눕혔다. 그리고 풀냄새 나무냄새를 맡을 수 있게 해 주었다. 바람의 향기도 느낄 수 있게 해 주고 파란 하늘도 보여 주었다. 심바는 공원에 있는 몇 시간 내내 모든 것을 가슴속에 간직하려는 듯 콧등에 온 기력을 실어 움직거리고 있었다. 그에게 있어 후각이란 마지막 본능이고 의지였을 것이다.

바로 그런 다음날이었다. 심바는 말없이 그렇게 떠났다.

계속하여 어루만져 주는 가족의 따뜻한 손길을 느끼며, 남아 있는 온 기력을 모아 우리를 한참이나 바라본 후 조용히 갔다. 심바는 우리를 느끼는 듯했다. 2주 전에 처음 만났던 것도, 그리고 다시 나타나 우리가 자신을 가족으로 맞아 준 것도, 그리고 우리의 사랑도.

사바나의 초원 프라이드 랜드를 누비며 평화의 왕국을 회복시킨 라이온의 킹처럼 멋지고 친근했던 우리 심바, 많이 안아주지는 못했지만 그러나 듬뿍 사랑받은 우리 심바.

우리는 이틀 전에 작성해서 가져왔던 입양확인서에 우리가 지어준 이름 '심바'를 크고 정성스럽게 적어 서랍에 다시 넣었다. 정확히 41시간, 심바는 우리의 가족이었다. 한 생명은 가족이 지켜봐 주는 앞에서, 오래 전 독대가 그랬던 것처럼 무지개다리를 건너 먼 길을 떠나갔다.

어디, 사람 사이에만 인연이 있으랴.

긴 만남도 있고 짧은 만남도 있지만 길고 짧음이란 마음에 달려 있는 것.

심바와 우리는 길고 깊은 2주간의 만남을 가졌었다.

4부 나의 정원

운전면허증 취득 도전기

여행과 Vagabondo

'어사이재於斯已齊' 예찬

소향공원의 개ᵏ판

고마운 분들

아파트의 독일가문비나무

무섬마을과 동전 지갑

연애를 해 보는 건 어떨까

숲 속에서

봄이었네

운전면허증 취득 도전기

40도가 넘는 올여름의 더위는 어떤 방법으로도 막기가 어려웠다.

더구나 한낮의 한길에 노출되면 가로수로도 그늘막으로도 그 뜨거움을 감당할 수 없었다. 이때 가장 좋은 해결 방법이 딱 한 가지 있는데, 그것은 망설임 없이 곧바로 버스에 올라타는 것이다.

버스에 오르는 순간 느껴지는 안도감과 청량감은 한낮의 한적한 버스 안에서 더욱 빛난다. 그리고 편안히 앉아 바깥 사물을 구경할 수 있는 여유로움은 열기 어린 바깥세상과 대조되어 평온함까지도 선사한다. 이는 답답한 지하철이나 급박한 택시에서는 맛볼 수 없는, 경험한 자에게만 통용되는 묵언의 기쁨이다.

그러나, 나의 이 '버스 예찬론'의 역사는 그리 오래된 일이 아니다. 이전에는 거의 택시를 이용했다. 그런데 은퇴 이후로는 모든 일에 여유가 생기고 급하게 움직일 일도 없기 때문에 이동수단으로는 버스로 백번 충분하게 된 것이다.

나는 운전을 못 한다. 그 흔하디흔한 운전면허증을 따지 못했다.

그러나 '운전면허증 취득을 위한 도전기'는, 영화로 제작하여도 가히 손색이 없을 정도의 화려함 그 자체라고 나는 감히 말한다.

1994년에 나는 출퇴근 시간이 네다섯 시간이나 걸리는 먼 지역으로 전근을 갔다. 직장일과 집안일과 양육만으로도 충분히 어려운 일일 터, 갑자기 겪게 된 힘든 출퇴근 환경은 직장을 그만 두어야 할 지경으로 나를 몰았다. 그래서 생각한 것이 자가운전이었다.

그 당시만 해도 지금처럼 너도나도 자차를 운전하는 상황은 아니었다. 또한 그간의 나의 출퇴근은 택시나 지하철 이용만으로도 충분했으며 운전에 대한 막연한 두려움이 있었기 때문에, 자가운전에 대해 한번도 생각해 본 적이 없을 때였다. 더욱이 시력이 나쁘고 기계를 무서워해서 운전을 하기에는 매우 나쁜 조건을 가지고 있었기에 운전에는 관심이 아예 없던 터였다.

그러나 어느 순간, 나는 결심했다. 운전면허를 따야겠다. 그래서 멋진 차를 사고 액셀을 힘차게 밟으며 달려봐야겠다. 고난이 기회를 가져온다 하지 않았던가. 힘든 출퇴근의 고난은 자차운전이라는 합당한 기회를 가져올 수 있으리라.

그것이 내게만은 쉬운 일이 아닐 것임을 익히 알고 있었으나 어쨌든 도전은 시작되었다.

학과 공부부터 시작했다. 머리부터 발끝까지 문과인 나로서는 자동차 용어나 법규조차도 너무 생소했고 재미가 없었다. 주위에서는 문제 유형과 출제 내용을 파악한 후 기출문제의 답을 그냥 외우기라도 하라고 했지만, 그게 어디 쉬운 일인가?

어쨌든 60점만 넘으면 되는 학과시험에서 나는 땀나는 노력의 결과로 92점의 성적을 받았다. 그런데 이 성적이라는 것이 통념상 얼마나 쓸데없는 것이고 안심할 일이 결코 아니라는 것을 그때는 잘 몰랐었다. 학과시험 점수가 운전을 잘하고 못하고에 어떠한 영향도 미치지 못하며 따라서 높은 점수를 얻기 위해 에너지를 낭비할 필요조차 없는 것이었다. 다만 이는 시작이 좋으니 끝도 좋을 거라는 자기 최면의 용도로는 그 역할을 다했다.

기능시험을 위한 연습에 착수했다. 기능에는 코스와 장내주행이 있었다.

기능 중 코스 운전을 배우는데, 아, 나는 정말 차에서 내려오고 싶었다. 운전대를 잡은 손은 상황을 먼저 알고 떨기 시작하는 것이었다.

학원 강사는 이렇게 감각이 없고 둔한 사람은 처음 본다는 눈치였다. 가르쳐 주는 대로 그대로 따라 하기만 하면 된다고 백번 말해주었으나 따라지지가 않는 것을 어쩌란 말인가. 기능은 공식이라고 했다. 어디에서 멈추고 어디에서 핸들을 감아야 하는지를 반복해서 연습하면 된다는 것이었다. 그런데 나는 그게 처음부터 안 되는 인물이었다.

운전대를 돌리는 게 아니라 운전대에 매달리는 꼴이라고나 할까? 땀이 나고 무섭고, T자나 S자 코스의 도로 표시는 또 얼마나 복잡한 구도였던지.

그런데 어찌된 일인지, 코스 시험에서 합격하는 기적이 일어났다. 자그마치 일곱 번의 도전 끝에 얻어낸 성과였다.

아니, 연습 중에는 거의 불가능하다 생각했는데 어떻게 합격할 수 있었을까?

이제야 고백하건대, 이 시험에서 합격할 수 있었던 한 가지 이유는 순전히 나의 '꿈' 때문이었다. 시험을 볼 때마다 얼마나 스트레스를 받는지 매번 전날의 잠자리가 불편했는데, 일곱 번째의 시험일 전날 나는 돈으로도 사지 못할 귀한 꿈을 꾼 것이다. 꿈의 내용은 이러했다. 시험 시간 바로 전에 화장실에 갔는데, 소변의 양이 얼마나 많은지 도봉면허시험장 전체 구역을 찰랑찰랑 덮는 것이었다.

내 꿈은 가히, 『화랑세기』에 나오는, 김유신의 여동생 보희의 꿈을 보희의 여동생 문희가 비단치마를 주고 샀다는, 그 유명한 대목에 버금가는 것이었다. 보희가 서산에 올라가 소변을 보니 그 양이 얼마나 많은지 서라벌을 가득 덮었다는 것이다. 이 꿈을 산 문희는 후에 김춘추의 아내가 된다. 나의 일곱 번의 도전 끝에 얻은 위대한 결과는, 문희가 산 꿈에 비견할 만한 가치를 지닌, 오로지 도봉면허시험장을 덮던 소변 꿈 사건에서 기인한다고 지금도 믿고 있다.

코스 시험에 합격한 나의 자신감은 하늘을 찔렀다. 이

제 장내주행의 난관만 통과하면 된다.

곧 장내주행 연습에 들어갔다. 강사의 지시에 따라 학원 내 도로를 한 바퀴 돌기 시작했다. 아, 그런데 나는 또 무섭기 시작했다. 역시나 땀이 나고 어지러웠다. 이론과 실제의 간극은 얼마나 나를 괴롭혔는지.

언덕을 오르는 구간에 '일단 멈춤'이 있었다. 일단 멈춤 후에는 차가 뒤로 밀리지 않게 하기 위해 브레이크를 밟아야 했다. 그런데 나는 그 이론을 익히 알면서도, 나도 모르는 사이에 두 손에 온 힘을 주고 운전대를 잡고 매달리는 모양새를 하는 것이었다. 차가 밀리지 않게 하기 위해 내가 취하는 동작은 바로 이것이었다. 다시 말하면 '차'가 뒤로 밀리지 않아야 하는 것을, '내 몸'이 뒤로 밀리지 않게 운전대를 잡고 힘을 주며 매달리는 상황인 것이다. 그랬다. 나의 운전 감각은 바로 이 수준을 넘지 못하는 것이었다.

강사는 코스 시험에 합격했으니 장내주행도 가능하다고 말해주었으나 그 말은 아무런 도움도 되지 않았다.

그래도 의지를 가지고 연습에 몰입했다. 퇴근 후 늦은 시각에는 실내운전연습장에 갔고, 일직근무가 있는 일요일에는 남편이 동행하여 학교 운동장에서 연습을 도왔다. 얼마 후부터는 남편은 휴가를 내고 운전면허학원에 동행하여 학원 측의 양해를 구한 뒤 연습을 직접 도와주기도 하였다.

그러나 장내주행은 코스운전보다 더욱 높은 산이었다. 장내주행 시험의 연속되는 불합격과 함께 시간은 한참을 흘러가며 해를 넘기고 있었다.

악착스런 도전은 계속되었다. 장내주행 시험에서 벌써 다섯 번이나 떨어졌다. 드디어 여섯 번째 시험일이 되었다. 이날도 남편은 월차를 내고 아침 일찍부터 학원에 데려가 연습시켰다. 한두 시간의 연습 후 우리는 드디어 도봉면허시험장으로 갔다.

나는 응시용 차에 올랐다. 비장한 각오로 자세를 바로 잡고 운전대를 잡았다. 그리고 온 정신을 모아 한 발 한 발 앞으로 나갔다. 드디어 일정 구역을 한 바퀴 돌았다. 결승선에 들어왔을 때는 어떤 정신으로 운전했는지 아무것도 생각나지 않았다. 드디어 점수판에 점수가 떴다. 나의 점수는 '20점'이었다. 아, 안타까운 20점이라니. 40점 만점에 24점이 합격점이었는데, 안타깝게도 그만 4점을 못 채우다니. 그러나 괜찮다. 20점도 과분하다. 한 달만 또 열심히 연습하면 그까짓 24점 정도는 가능하지 않겠는가.

힘겨운 한 달이 지나갔다. 그리고 일곱 번째의 장내주행 시험일을 맞았다. 여느 때처럼 남편은 시험 전에 공들여 연습을 시켰다.

시험을 치렀다. 24점만 넘어라, 넘어라. 그런데, 몇 점이었을까? 바로 '16점!' 아, 16점이라니. 이 상황을 뭐라 표현할 수 있을까? 나는 절망했다. 24점이란 내게 너무도 과분한, 마의 철벽이었던 것이다.

남편은 이만하여 드디어 화를 냈다. 공든 탑은 결국 무너진 것이다. 운전면허증을 따려고 고행하는 2년 동안 수차례 월차를 내면서까지 정성을 들이면서도 목소리 한번 키우지 않던, 나의 무던하고 이성적인 사부님이 드디어 나의 16점 앞에서는 힘없이 무너져 내렸다. 그랬다. 나는 정말이지 안 될 사람이었다. 다른 것은 모르되 이것만은, 이것만은. 나는 아무 말도 못하고 고개를 떨굴 수밖에 없었다.

A4용지 크기의 너덜대는 응시표에는 증지가 지면을 꽉 채워 이제 더 붙일 공간조차도 남아있지 않았다. 더 결정적인 것은, 열네 번의 시험을 치르는 사이에 학과점수 유효기간인 2년이 지나버렸다는 것이다. 기능시험을 다시 치르기 위해서는 학과시험 응시부터 다시 시작해야 할 판이었다.

나는 이만하여 아름다운 포기를 선언하기로 했다.

2년 동안 나는 참 힘들었다. 그러면서도 온 힘을 다했다. 그렇다면 그간의 나의 노력은 상 받을 만하지 아니한가. 다른 사람이면 단번에 되는 일에 열세 번을 불합격하면서도 끝까지 도전하는 모범을 보여주지 않았는가. 그 노력의 과정은 얼마나 화려하고 비장했는가. 그렇거늘, 결과를 얻어야만 아름답다고 말할 수 있는가? 결코 아니다. 과정만으로도 나는 충분히 아름다웠고 빛났다.

포기라는 정당한 방법을 선택하는 것이 옳다. 미련을 갖지 말라. 미련을 갖지 말라. 봄 한 철의 격정을 인내하며 가야할 때를 알고 떠나는 시인의 뒷모습이 아름다웠던 것처럼, 포기해야 할 때가 언제인가를 알고 포기하는 나의 뒷모습 또한 분명히 아름다울 것이리라.

두 달이 지났다.

안과에 갈 일이 있었다. 콘택트렌즈를 교체해야 할 시기가 된 것이다. 나는 의사에게 물었다.

"운전면허를 따려고 했는데 잘 안 되었어요. 제 시력으로 운전을 할 수 있을까요?"

"운전요? 안 됩니다. 이 시력으로는 절대로 안 됩니다. 안 하셔야 합니다."

아, 이처럼 고마운 말이 있을까? 이처럼 지혜로운 권고가 또 있을까? 이 한마디는, 나의 포기에 다른 확신을 더해 주었다. 이로 인해 나는 비로소 당당해질 수 있게 된 것이다.

그랬다. 나는 이제 운전면허 따위에 절대로 연연해 할 필요가 없다. 왜냐고? 전문의가 인증하지 않는가! 나의 불합격은 당연한 것이고 노력 끝의 포기는 오히려 정당한 것임을 확증하지 않는가!

삼복더위로 세상은 펄펄 끓고 있다.

나는 오늘도 버스를 타고 어딘가로 향한다. 청량하고 평안한 하루가 시작된다. 당당한 도전과 당당한 포기를 경험한 자만이 얻을 수 있는 행복이다.

버스는 참으로 아름다운 이동수단이다.

나의 '버스 예찬론'은 앞으로도 계속될 것이다.

여행과 Vagabondo

은퇴 후에는 누구나 '자유'를 꿈꾼다. 그리고 그 자유로움 중의 으뜸은 단연 '여행'일 것이다.

나는 오랜 직장생활을 끝으로 3년 전에 은퇴하였다.

얼마나 긴 세월이었던가. 그 세월 내내 내 곁에는 구속과 경직이 바짝 붙어 다녔었다. 출근하고 근무하고 퇴근하고, 집에 와서는 아이들을 돌보고 밤늦도록 집안일을 하고, 그리고 그 다음날 천근만근의 몸을 일으켜 다시 출근하고……. 이것이 34년간의 나의 상식적인 일상이었다.

그러나 은퇴 후, 나는 과거의 상식을 버리기로 하였다. 자유를 꿈꾸는 'vagabondo'가 되기로 한 것이다.

문득 계획하고 갑자기 실행하는, 그리하여 철저할 수밖에 없었던 지난날의 굴레에서 벗어나고 싶었다. 정말이지 그동안 나는 어느 순간도 자유인이나 방랑자가 되어 본 적이 없지 않은가. 그럴 수도 없었고 그래서는 안 되는 것으로 알며 살았다.

그리하여, 나는 떠났다. 경험하지 못했던 시간과 장소를 향하여 멀리 길게.

떠나온 곳에서 마주하는 것들은 늘 나를 반겨 주었다.

그리고 나는 마치 처음으로 세상을 경험하는 어린아이의 순수함으로 그것들에 화답했다. 손과 발로 크고 진한 점을 찍었고 그것들을 모아서 내 역사의 한 획으로 남기고자 했다.

여행을 하면서, 자연을 허락하신 하늘에 감사드리며, 부를 수 있는 노래 한 곡을 읊조리고 외울 수 있는 시 한 편을 되뇔 수 있다면 무엇을 더 바라겠는가?

내 역사는 오늘 여기를 지나고 있구나. 이 얼마나 감사한 황홀감이냐!

나뭇잎이 한없이 떨어지던 늦은 10월에 나는 영주의 「부석사」에 서 있었다.

이 사찰은 고승 의상이 676년에 문무왕의 뜻을 받들어 창건한 곳이다. 의상을 흠모한 선묘낭자가 용으로 변하였다가 다시 '뜬 돌^{浮石}'의 형태로 변화하여 의상의 업적을 끝까지 도왔다는 설화는 소백산자락이 들려주는 애틋함의 한 조각이리라. 인간이 있는 곳에는 언제나 진실과 사랑이란 것이 존재한다. 의상과 선묘의 애절함은 뜬 돌로 화하여 이날도 이곳에서 날고 있었다.

나를 설레게 하는 무량수전의 목조와 배흘림을 옆에 두고, 낙엽을 따라 긴 세월을 물으며 한참을 서성였다.

양평의 「용문산」은 가파른 흙길과 바윗길 옆으로 깊지 않은 계곡과 트이지 않아 거친 시야가 이어지는 웅장한 산이다. 다듬어지지 않은 야생의 입구에서 만나는 최고最古의 은행나무는 그 우람함이 오히려 나를 섬세하게 감싸고, 단풍과 단풍이 만드는 터널은 나를 정신없이 끌어당겼다.

천 년을 지켜 온 은행나무가 솟아 흐르는 신생의 샘물줄기를 만나 어우러지고 있었다. 그 둘은 마치 오래 된 친구 같았고, 과거와 현재가 만나 미래를 향하는 듯한 오묘한 느낌을 주었다. 용문산의 단풍은 끝까지 산을 지키고 있었다. 그것이 바람이거나 비이거나 햇빛이거나를 막론하고 이 모두를 받아들여, 단풍은 더욱 진해지고 있었다.

한겨울에 찾은 양양의 「낙산사」는 해안가를 맞잡으며 서있고 아름다운 주위 경관과 어우러져 낙산팔경을 이룬다. 671년의 창건 이후 1300여 년 동안 수차례의 화재와 약탈을 이겨내며 역사와 맥을 같이하다가, 최근 2005년 강풍을 타고 번진 산불로 큰 피해를 입었다.

당시 방송에서 보이던 걷잡을 수 없는 불길에 나는 얼마나 애를 태웠는지 모른다. 다행히도 현재에는, 소실되었던 사찰의 모습이 복원되고 주변 숲도 많이 회복되었다. 그러나 새로운 색채로 단장한 위용과 선명함이 오히려 가슴을 아리게 한다.

연기로 간 낙산사의 남아있는 보물들이 나에게 말을 걸어왔다. 그러나 무슨 말을 하랴. 겨울바람이 가득하고 아쉬움이 가득한 곳이었다.

불태워져 떠난 보물은 나를 이곳으로 불러들이고 그리하여 나를 다시 살아나게 한다.

그 길의 끝에는 동해가 있었다. 겨울바다 앞에서 가슴은 파도의 포말처럼 설레었다.

거친 파도를 만나 높이 솟는 바위와 깊이 눕는 모래벌판 앞에서 늘 그렇듯이 나는 침묵할 수밖에 없었다.

한겨울 바다는 아무 말 없이 나를 푸름으로만 덮어주었다.

길은 길과 연이어져 있는 것이므로 나는 바다에게 다른 길을 물었고, 바다가 알려주는 길을 찾아 다시 끝없이 걷기로 하였다.

계획하면 설레고 떠나면 자유롭고 회상하면 행복하다. 여행이란 바로 그런 것이다.

대학 시절일까. 나는 이탈리아 가수 '니꼴라 디 바리'가 부르는 'Vagabondo'를 무척 좋아했었다. 그의 허스키한 목소리와 포크 기타의 청아한 선율에는 항상 특유의 감성과 애수가 묻어 있었다. 그는 마치 음유시인 같은 느낌으로 이렇게 노래했다.

우리의 발걸음은 해가 지면 멈추지만
그리움을 품고 가는 길은 꿈같이 영원한 길이네
방랑자여, 방랑자여. 기타를 울려라
방랑자여, 방랑자여. 노래를 불러라

맞는 말이다. 인간의 삶이란 늘 꿈을 가지고 살아가는 것이거늘, 그렇다면 우리가 가는 길은 끝남이 없는 꿈길임이 명백하지 않은가.

오늘 따라 그의 'Vagabondo'가 그리워진다.

이제 곧 찾아 나설 또 다른 낯선 곳을 위해 나는 내 안을 비운다.

그리고 행복한 Vagabondo가 되기로 한다.

이것이 나의 일상이 될 것이다.

'어사이재於斯己齊' 예찬

버스는 도시를 벗어나 고속도로에 들어섰고 비가 제법
쏟아지기 시작했다.

장마와 태풍이 시작될 것이라는 일기예보가 마음에 걸
리긴 했으나, 나는 이미 그곳으로 떠나고자 하는 마음을
굳혔기 때문에 망설임 없이 버스에 올랐던 것이다.

차체가 바람을 가르는 소리, 빗물과 바퀴가 마찰하는
소리, 여기에 쏟아지는 빗소리까지 합세하여, 버스 안에
서 듣는 세상 밖의 소리는 오히려 경쾌했다. 시간이 지나
면서는 물안개가 올랐고 산과 마을을 덮은 후 내 마음까
지도 감쌌다.

나 홀로의 여행이란 이런 것일까? 번잡하던 일상은 빗
속 풍경과 소리에 그대로 묻히었다. 그리고 낯선 휴게소

에서 마시는 한 잔의 커피는 홀로 떠나는 여행자의 홀가
분함과 설렘을 배가시켰다.

　이렇게 반날을 달려 나는 여행의 목적지인 '춘양'에 도
착했다.
　춘양은 경북 봉화군의 고산협곡에 위치한 산골마을로
백두대간이 지나면서 산과 강이 사방을 안아주는 곳이
다. 협곡인 관계로 기온이 낮아 '한국의 시베리아'라고 불
리기도 한다. 이곳에 최근, 산림 생물자원을 보전하고 관
리하기 위한 '국립 백두대간수목원'이 개관하였다. 그야
말로 자연을 자연 그대로 품고 있는 '자연의 보고'인 곳이다.
　춘양은 또한 한 시대를 풍미한 '춘양목'을 자랑하는, 그
래서 '억지춘양'의 유래를 가진 고장이기도 하다. 이곳의
소나무는 전국의 어느 것과도 비교될 수 없는 질 좋은 것
이어서 전국 각지로 실려 나갔다고 한다. 재질이 워낙 좋
아 춘양목이라는 이름을 얻었는데, 이 이름만 들어도 그
냥 믿고 거래될 정도였다. 그러다 보니 춘양목이 아닌데
도 춘양목이라고 억지로 우겨서 파는 일도 생겼다. 그리
하여 '춘양목이라고 억지로 우기다.'에서 '억지춘양'이라
는 재미있는 말이 유래되었다고 한다. 빙그레한 미소를
띠게 하는 유래담이다. 친구는 매우 진지하고 자랑스럽

게 이 정감 있는 이야기를 들려주었다.

춘양의 면 소재지에서도 더 깊이 들어온 곳에 작은 마을 애당리가 있고 애당리에는 내가 그토록 오고 싶어 하던 '어사이재^{於斯已齊}'가 자리 잡고 있다. 나는 오늘 드디어 이곳에 도착한 것이다.

'어사이재'는 친구 부부가 정성으로 지어 살고 있는 아름다운 가택의 이름이다.

이 멋진 이름은, 조선 후기 실학자인 정약용의 「於斯齊記(어사재기)」와 조선 후기 문인인 장혼의 '而已广(이이엄)'에서 인용하였다.

「於斯齊記」는 다산이 청해절도사 이민수의 집 이름에 대해 써준 글이며, '於斯齊'는 '여기 이 집'이라는 뜻이다. 그는 본서에서 "세상의 이치와 삶의 지혜에 대한 깨달음과 실천을 '이것^斯'과 '여기'에서 찾아야 한다."고 했다. 즉 시간적으로는 미래가 아닌 '지금'이, 공간적으로는 다른 곳이 아닌 '여기'가 삶의 중심이요, 추구해야 할 가치라는 것이다.

'而已广'은 장혼이 몇 년간을 설계하여 인왕산 옥류동에 지은 집의 이름이다. 이이엄에 꽃과 나무를 심으니 햇빛과 달빛과 비와 바람이 찾아들었고, 그는 이것만으로도 충분히 행복하였다. 이런 집에 살면서 "책을 읽고 노래를 부르며 천명을 따르면 '그만ㄹ'인 것을"이라고 그는 읊었다.

친구의 집 이름인 '於斯已齊'는, 곧 '於斯齊記'의 '於斯齊'와 '而已广'의 '已'가 합쳐진 말이며, "'여기 이 집'이면 '그만'이다."라는 뜻을 담고 있는 것이다. 이는 '지금·여기·이대로'에서 행복을 찾고자 하는 이들 부부의 삶의 방식을 보여주며 그러한 삶을 일구는 터전이라고, 나는 생각한다.

서울 한복판에서 태어나고 자라고 생활하기를 50년 이상 누린 후, 친구 부부는 10여 년 전에 이곳에 귀촌했다. 친구는 여고 2학년 때 나와 같은 반이었고, 열정적인 연애 끝에 대학 졸업 후 곧바로 결혼했는데, 그들의 약혼식에서 나는 자작시 '친구를 위한 연가'를 낭송하며 축하해 주었었다.

친구 부부는 땅의 기복과 물의 흐름 등 지형의 성격을 파악하며 좋은 터전을 찾기 위해 방방곡곡을 누비던 끝에 배산임수의 이 땅을 만났고, 그 순간 이곳이 좋아져서 이곳으로 내려왔다. 백두대간 산자락에 터를 잡고 산과 물을 숨 쉬며 살고 싶다는 소박한 소망에서였다. 그런 후 여기에 어사이재를 지었던 것이다.

부부는 푸른 초원 위에 세 채의 집을 그림처럼 지었다.

첫째 집은 자신들을 위해, 둘째 집은 친구들을 위해, 셋째 집은 모두가 함께 어울리기 위해 지었다. 셋째 집에는 악기가 있고 와인이 있고 대화가 있어, 지인들과 정을 나누며 공유하는 곳이다.

그리고 집 앞과 옆으로는 자연을 지었다.

'잔디마당'과 '볍씨정원'과 채소밭과 '열린 책방'이 그것이다.

넓은 '잔디마당'은 이곳을 찾는 이들에게 쉼을 허락한다. 한여름에도 이슬이 내리는 이 지역에서, 이슬을 머금은 아침 잔디는 손끝에 탄력을 쥐어주고 그것은 곧 생기가 되어 내 몸으로 전해졌다. 여기에서 나는 부부의 활력을 본다.

이름도 정겨운 '볍씨정원'은 사계절 내내 향기로 가득하다. 소나무·단풍나무·황금측백나무 등 별의별 나무가 다 있다. 그리고 손톱만큼 작은 노란 꽃에서부터 얼굴만큼 큰 빨간 꽃에 이르기까지 각양각색의 꽃들로 가득하다. 부추꽃·봉선화·과꽃·천일홍 등등 나무 한 그루 꽃 한 송이는 부부의 세심함을 대변한다.

볍씨정원 아래로는 채소밭이 있다. 고구마·블루베리·취나물·배추·무 등이 건강하게 자라고 있다. 이곳에서 얻어지는 열매 한 개 채소 한 잎에는 이들의 여유로움이 담겨 있다.

채소밭 옆으로 친구는 최근에 '열린 책방'을 내었다.

이곳에서는 신간 서적을 선보이며 농촌 관련 도서에서부터 베스트셀러에 이르기까지 그 종류가 다양하다. 그 옆에는 북 카페가 있으며 모임장소로도 제공한다. 노부모님을 뵈러 온 도시의 어느 가족이, 이곳 북 카페에 들러 책을 읽고 커피를 마시고 잔디마당에서 공을 차면서 행복을 담아가는 모습을 보았다. 한 권의 책을 마련하고 한 줄의 글을 읽고자 이곳을 찾는 그 한 사람을 맞이하기 위해 그리고 그에게 한 잔의 따뜻한 차를 대접하기 위해, 친구는 설레는 마음을 남겨 둔다.

아, 이것 외에도 참으로 예쁜 것들이 많기도 하다.

돌연못·넓은 장독대·두 마리의 하얀 진돗개·의자와 파라솔·술병과 술잔·작은 다육이·코스모스길 그리고 기타와 색소폰…….

'어사재'와 '이'의 정신, '여기'에 집을 짓고 '지금'을 살고 있는, 그리하여 이곳을 찾아오는 어느 누구들과도 '이대로' 기꺼이 나누며 공유하는 친구 부부에게, 나는 '자연을 닮은 아름다운 분들'이라는 최상의 칭호를 선사한다.

이곳에서 나는 2주일간 머물렀고 친구는 나를 위해 집 한 채를 내주었다.

방문 첫날, 비 그친 춘양의 밤하늘은 온통 별밭이었다. 별하늘 아래에서 우리는 진한 와인을 즐겼고 친구 남편은 색소폰을 멋지게 불었다. 색소폰 음률은 높이높이 올라가 별밭을 온통 물들이며 퍼져나갔다.

나는 이제 비로소 글을 쓰기 시작했다.

35년간 놓고 있었던 펜을 다시 들었다. 지금까지의 살아옴을 되뇌며 그 살아옴 하나하나에 밑줄을 긋는 작업을 시작한 것이다. 진한 밑줄이 그어진 삶은 한 편의 글로 완성될 것이다. 또한 다시 읽고 다시 추억하고 다시 느끼고 여기에 나의 글이 더해져 나의 'Being'은 새롭게 엮어질 것이다.

정겨운 '어사이재'에서였기에 가능했으리라.

'지금·여기·이대로'는 나로 하여금 다시 시작해야 한다는 소명감을 주었다.

소향공원의 개*판

내가 사는 동네에는 공원이 많다. 중앙공원·소향공원·
푸른공원·무지개공원 등이 그것이다.

그중 소향공원에는 유독 개들이 많이 모인다. 개를 키
우는 사람들이 이곳을 즐겨 찾기 때문인데, 소향공원 한
편에 설치된 쉼터 구조의 특징이 그 견인책이라는 게 내
생각이다.

이곳에는 열댓 마리나 되는 개들이 마음대로 뛸 수 있
는 충분한 크기의 공간이 있고, 이 놀이터를 중심으로 예
닐곱 개의 벤치가 일자형이 아닌 완만한 곡선형으로 설
치되어 있다. 여기에 앉으면 목줄을 놓아준 멍멍이들이
한눈에 들어올 뿐더러 벤치와 마주하는 화단이 자연스레
터의 경계선 역할을 하여 반려견 관리가 용이하다. 또 먼

벤치에 앉은 사람들과도 얼굴을 보면서 대화하기가 쉽다.

　나도 우리 집의 귀염둥이인 '아리'와 '멜'을 데리고 가끔 이 놀이터를 찾곤 한다.

　우리는 이곳을 지나가는 사람들의 표정이나 한마디 말만으로도 이들의 성향을 알 수 있다. 어떤 이는 말한다. "아구, 이곳은 완전 개판이네." 이들은 개에 관심이 없는 부류이다. 또 어떤 이는 말한다. "아구, 아기들이 많이도 놀러 나왔네." 이들은 개를 키우거나 좋아하는 분들이다. '개판'과 '아기'라는 단어만으로 그들의 태도와 입장이 판가름난다.

　애견인인 나로서는, 이들이 생각하는 의미의 '개판'이란 단어를 별로 좋아하지 않는다.

　사람들은 흔히, 몹시 무질서한 상황을 '개판' 또는 '개판 오 분 전'이라고 평한다. 이것은 멍멍이들이 난리를 치는 모습을 떠올리며 이르는 말일 것이다. 그러나 이들이 말하는 '개판'이란, 사실은 '개犬판'이 아닌 '개開판' 또는 '개改판'이다.

　얼마 전 방송된 내용 중에 위와 같은 오해를 풀어주는 프로그램이 있었다. '개판'이란 말에 대한 몇 가지 유래담을 소개하는 것이었다.

그중의 하나로, '개▓판'이란 '배식 판을 열다.'라는 뜻을 가지고 있다. 한국전쟁 당시 피난촌이 있었던 부산 등지에서는 피난민들에게 밥을 나눠주었는데, 배식 5분 전에 큰 소리로 "개판 오 분 전이오!"라고 외치며 이를 알렸던 것이다. 그러면 굶주리던 피난민들은 앞다투어 달려왔고 당연히 아수라장이 되었을 것이다. 우리가 그동안 비아냥거리듯 마구 사용했던 '개판 오 분 전'이란 말은 실은 이러한 가슴 아픈 역사를 담고 있다.

또 다른 말인 '개▓판'은 '그 판을 무효로 하고 경기를 다시 시작한다.'는 뜻을 갖는다. 씨름 경기 중 쌍방이 같이 넘어졌을 때 서로 자기편이 이겼다고 옥신각신하는 무질서한 상황에서 '경기 재개'의 선언으로 사용한 말이다. 심판이 질서를 바로잡기 위해 쓴 말이며 난장판과는 거리가 멀다.

위와 같은 이야기가 사실이라면, 우리의 사랑스런 반려견들은 이래저래 억울하기가 그지없다.

그러나 백번 양보하여 '개판'이 설령 '개▓판'을 뜻한다 할지라도, 개들의 세계라는 것이 사람들의 생각처럼 그렇게 무질서한 것은 아니라는 것이 나의 지론이다. 물론 이미 잡혀있는 그들 사이의 위계질서와 인위적인 훈련 때문일 수도 있다. 허나 반려견 두 마리를 키우는 십여 년 동안 나는, 소향공원에서 취객들이 쓸데없이 소리를 고 래고래 지르는 장면은 몇 번 보았을지언정 멍멍이들이 싸우거나 서로를 견제하는 장면은 일찍이 목격하지 못했다.

소향공원에는 많은 종류의 반려견들이 놀러온다.

시츄·포메라이안·비숑 프리제·푸들·말티즈·닥스 훈 트 등이 그들이다. 형 같은 골든 리터리버나 시베리안 허 스키는 몸집만 컸지 알고 보면 두세 살 된 아기이다. 공원 의 넓은 길로만 걷는 아프간하운드는 늘상 긴 머리를 도 도하게 나부낀다. 그러한 자태로 인해 사람들은 모두 가 던 길을 멈추고 뒤돌아보나 정작 본인은 흐트러짐이 없 다.

항상 그렇듯이, 벤치 앞에 모인 아이들은 꼬리를 흔들 며 꽁무니를 따라다니거나 냄새를 맡으며 서로를 반긴 다. 코를 맞대고 빙글빙글 돌며 만남을 즐긴다. 관심 표 현이며 탐색이다. 멀리에서 달려와 친구가 될 것을 제안 하기도 한다. 간혹 과민반응을 보이며 뒷걸음치는 아이 들이 있긴 하나, 그럴 때면 달려온 아이는 멋쩍고 아쉬운 듯 상대방을 지그시 응시한다. 자기보다 약해 보이는 아 이를 만난다 하더라도 함부로 하지 않는다. 오히려 먼저

말을 걸고 응답을 기다린다. 교육의 덕택이기도 하며 소
향공원 놀이터에서 공존하기 위해 그들이 스스로 터득한
평화 유지 방법이기도 할 것이다.

아이들을 데려온 주민들은 오늘도 벤치에 앉아 대화를
즐긴다. 화제의 중심에는 늘 멍멍이가 있다. 아이들의 안
부를 묻고 요즘 자주 나오지 못하는 아이들의 근황도 대
신 전한다.

'초코'가 오랜만에 유모차를 타고 나왔다. 그는 여섯 살
된 말티즈이다.

초코는 몇 달 전에 슬개골탈구 3단계 증상으로 수술을
받았다. 무릎 관절을 이어주는 오목뼈가 정상 위치를 이
탈하여 생기는 질병이다. "초코가 침대에서 뛰어내리는
걸 방치했더니 이렇게 되었어요. 모두가 내 잘못이지요."
라며 어르신은 울상을 짓는다. 병원에서 알려준 생활 교
정법을 따르고, 근육량의 회복을 위해 약물치료도 받고
있다고 한다.

저쪽에서 '해탈'이 오고 있다. 그는 오 년 전에 근방으
로 이사 온 아홉 살 된 포메라이안이다.

해탈은 주인아주머니와 둘이서만 산다. 전에는 용인에
서 살았다. 그런데 주인이 출근한 후 혼자 외롭게 지낼 해

탈을 측은히 여긴 아주머니가 낮에 보호해 줄 수 있는 베이비시터를 찾아 직장을 옮기기까지 하며 이곳으로 이사한 것이다. 출근하면서 아주머니의 동생 집에 해탈을 맡기고 퇴근하면서 데려간다. 대단한 사랑이다. 맹모삼천지교보다 한 수 위이다. 해탈은 아주머니의 유일한 가족인 것이다.

1320동 아주머니는 '바다'와 '하늘'을 데리고 나왔다.

아주머니는 일 년 전에, 생후 삼 개월의 아기 때부터 키운 '장미'가 열일곱 살이 되어 무지개다리를 건너가는 것을 지켜보았다. 몇 달을 울며 지내는 아주머니를 보고 가족과 이웃들이 "다른 아이를 입양해서 키우면 장미를 조금이라도 잊을 수 있을 거예요."라고 말했다. 그러나 아주머니는 펄쩍 뛰었다. "아녜요. 나는 이제 강아지는 못 키워요. 그 고통을 어떻게 또 겪어요? 그리고 어떻게 우리 장미를 잊어요?"

그러던 어느 날 아주머니는 두 마리의 시츄를 한꺼번에 입양했다. 그리고 바다와 하늘이라고 이름 지었다.

사람마다 제각기의 웃음과 눈물이 있고 삶이 있다. 이를 가리켜 '인생'이라고 말한다. 멍멍이들에게도 나름의 성격과 습관이 있고 사연이 있다. 이를 '견생'이라고 하

자. 배반하지 않으며 순전한 그들이다. 키워본 사람만은 이것을 안다.

오늘따라 봄 햇살이 부드럽다. 많은 멍멍이들이 소향공원으로 친구들을 만나러 나왔다. 아리·멜·커피·뽀솜이·바다·하늘·해탈·기쁨·귀요미·초코 등등, 모두 사랑스러운 아이들이다.

여느 때처럼 어울리고 뛰고 따라간다.

이로써 나는 소향공원 안에 있는 '개들이 모이는 장소'를 '개*판'이라 이름 짓고 '개들이 모이는 행복한 자리'라고 다시 해석한다.

소향공원은 오늘도 평화로운 개*판이다.

고마운 분들

60해 이상을 살고 있노라면 회상하고 싶은 일들이 참 많아진다.

기뻐서 간직되는 일, 슬퍼서 잊히지 않는 일, 놀라서 떠오르는 일, 미안하여 남아있는 일 등…….

길에서 잠시 만났다가 이름도 모른 채 헤어진 그분들이 오늘따라 생각나는 것은 잊고 싶지 않은 고마움의 깊이가 이미 마음속을 차지하고 있기 때문일 것이다.

Ⅰ.

벌써 30년도 더 된 일이다.

아들이 세 돌에 가까워져 밖에서 놀자고 조를 나이가 되었을 즈음 나는 기대감과 기쁨으로 드디어 세발자전거

를 샀다. 아들은 몇 날 며칠 동안 거실에서 운전법을 익혔
고 어느 정도 자신감이 생겼다 싶었을 때 우리는 밖으로
나갔다. 그리고 여린 두 다리와 팔의 힘만으로 묵직한 세
발자전거를 씩씩하게 운전하며 세상을 향해 전진하기 시
작했다. 그 모습이 어찌나 대견하고 기특한지 나는 입을
다물지 못했다.

이른 가을의 따스한 토요일 오후였다.

오늘은 좀 더 멀리 나가 봐야겠다. 혼자 힘으로 끝없는
길을 헤쳐 가는 동안 이 어린것은 많은 것을 알아가게 될
것이다. 아들은 신이 났다. 제법 빨리 달렸다. 뒤따라오는
엄마를 돌아보는 얼굴에는 만족감과 자랑스러움이 넘치
고 있었다.

얼마쯤 달렸을까. 문득 주위를 둘러보았다. 꽤 많이 지
나온 한적한 길은 우리 동네에서 조금 벗어나 있었다. 그
런데 평평치 못한 도로면으로 인해 자전거의 바퀴가 툴
툴거리며 들썩이고 있는 게 아닌가. 아들의 자세가 불안
정하다고 느끼는 바로 그때였다. 움푹 파인 도로의 한 귀
퉁이로 앞바퀴가 빠져 들어가 부딪히는가 싶더니 그 충
격에 의해 아들과 자전거가 한 덩어리가 되어 튕겨 오르
고 이어 땅으로 떨어져 내리는 것이었다. 모든 것은 한순
간이었다.

나는 몸을 날려 아들을 안았다. 그러나 이를 어쩐단 말인가. 아들의 여린 턱살은 가로로 깊고 길게 찢어져 선홍색의 피를 줄줄 흘리고 있었다. 한 손으로 아들을 안고 한 손으로 상처를 잡아 누르면서 주위를 돌아보았으나 아무도 없었다. 아무것도 보이지 않았다. 나는 미친 듯 소리 질렀다.

"도와주세요. 도와주세요!"

얼마나 뛰었을까. 나는 숨이 넘어가기 직전이었다. 그때였다. 작은 트럭 한 대가 이쪽을 향해 오는 것이 아닌가. 나는 손을 흔들어댔다.

"도와주세요. 우리 애가 다쳐서 피가 많이 나요!"

기사님은 뛰어 내려와 문을 열어주었고, 황급히 조수석에 오른 후에야 나는 주위를 살필 수 있었다. 아들의 앞자락은 물론이고 턱을 감싸고 있는 나의 오른손은 온통 피범벅이 되어 있었고 놀란 아들은 하얗게 질린 채 떨고 있었다. 그리고 우리는 처음 보는 낯선 분의 차에 올라와 있었다.

어떻게 병원까지 갔는지 모르겠다. 응급실 바로 앞에서 트럭이 멈췄다. 뒤도 돌아보질 못했다. 기사님의 얼굴도 제대로 보질 못했다.

응급실 안으로 뛰어 들어가면서 나는 외마디만 질렀다.

"우리 애가 많이 다쳤어요!!"

아들은 곧 의사의 손으로 넘겨졌다. 놀람과 죄책감으로 나의 온몸은 떨고 있었다. 그리고 얼마의 시간이 지났을까. 의사가 다가와 말했다.

"속과 겉으로 많이 봉합했어요. 상처가 깊어서 턱뼈가 보일 정도였어요. 뼈를 안 다친 게 다행입니다. 그래도 병원에 빨리 왔기 때문에 피를 조금이라도 덜 흘렸어요."

아, 그때서야 나는 제정신을 찾았다. 그리고는 병원에 올 수 있었던 일련의 상황들이 번개같이 떠오르는 것이었다.

그랬다. 골목으로 달걀을 싣고 다니면서 판매하는 트럭이라고 했었다. 작은 길에서 나와 방향을 바꾸려다가 미친 듯이 소리 지르며 달려오는 나를 발견했고 위급한 상황이 벌어졌다는 직감으로 이쪽을 향해 운전해 왔다고 했었다. 그리고는 무조건 나를 태웠다고 했었다.

순간, 나는 응급실 밖으로 뛰어나갔다.

아니, 이 고마운 은인에게 내가 어찌 해 드렸나. 트럭이 그때까지 있을 리 만무하였다. 이를 어쩐단 말인가. 고맙다는 말조차 제대로 못하지 않았나. 그 한마디를, 고맙다는 한마디조차를……

그 후로 나는 트럭이 오갈 만한 장소에 몇 번을 나가 보

왔다. 그리고 이리저리 물으며 다녔다. 그러나 그분을 뵐
수는 없었다.

II.

작년 여름이었다.

생각할수록 신기했고 그런 만큼 들떠있었다. 수차례의
수소문 끝에 중학교 때 같은 반이었던 한 친구와 어렵사
리 연락이 닿았고, 이것이 계기가 되어 바로 그날 열 명
남짓의 동창들과 만나기로 주선된 것이다. 46년이라니.
중학교 3학년 때 내가 멀리 전학하면서 헤어진 이후로 한
번도 만나지 못했던 그래서 늘 그리웠던 동기들이었다.
10대에 헤어져 60대에 만난다는 것은 소설에서나 있을
법한 일이었다.

나는 6시의 약속시간에 맞추기 위해 서둘렀다. 7호선
지하철을 탔다. 이런저런 옛 생각에 잠기려니 무량한 감
개로 미소가 절로 나왔고 두근대는 심정은 눌러지지 않
았다. 어떤 모습들일까. 알아볼 수는 있을까. 어떤 말을
해야 할까.

그때였다. 내가 약속 장소를 기억하지 못하고 있다는
생각이 불현듯 떠오르는 것이었다. 휴대전화기 일정표

에 메모해 놓은 장소를 확인하기 위해 가방을 열었다. 아니, 그런데, 전화기가 없었다. 집 안 어디쯤에 두고 온 듯했다. 참으로 난감했다. 시간은 알되 장소는 모른다. 어느 역에서 내려야 한단 말인가.

잘못하면 동기들을 못 만날 수도 있다. 다시 기회를 만들 수도 있겠지만 열 명이 한꺼번에 모인다는 것이 어디 그리 쉬운 일인가. 전화기를 두고 나가는 바람에 약속 장소를 몰랐다는 이유라는 게, 46년 만에 얼굴을 보러 나가는 사람에게 가당키나 한 것인가. 좀처럼 이런 실수를 하지 않는 나인데도 불구하고 마음먹고 간 날이 장날이 된 것이다.

이를 알아차리자 나는 곧 지하철에서 내렸다.

만남에 대한 기대감이 컸던 만큼 당혹감도 컸다. 이런 때일수록 침착해야 하건만 다른 것은 모르되 나는 이 침착함에서만큼은 늘 취약했다. 당혹한 상황에 처하면 안절부절못하는 나의 약점이 이번에도 고스란히 드러나기 시작했다.

어쨌든, 누구에게든지 전화기를 빌려 남편에게 도움을 청해야 한다. 남편이 이 시각에 집에 없다면, 운동센터에 가기 위해 집을 나섰거나 이미 수영장에 들어갔다면, 모든 게 낭패이다. 서둘러야 한다.

역 구내는 한적했다. 다행히 저쪽에서 청년 한 명이 걸어오고 있었다.

"저기요, 죄송한데요. 제가요. 여섯 시에요⋯⋯."

급한 마음에 문장도 제대로 구사하지 못했다.

청년은 내게 전화기를 내밀며 말했다.

"그런데요. 이게 마침 배터리가 얼마 없어서요."

남편이 전화를 받았다. 참으로 다행이었다. 아직 집에 있었다.

"내 전화기 좀 찾아봐요. 그리고 일정표에서 오늘 약속 장소 좀 찾아봐 줘요. 급하니까 빨리. 전화가 끊어질지도 몰라!"

"어휴, 전화기는 어디 있고, 일정표는 어떻게 찾는 담⋯⋯."

몇 분이 지났지만 전화기를 못 찾는 모양이었다. 막 집을 나서려던 남편의 발목이 잡혔다. 정시에 시작하는 수영 강습을 포기해야 할 듯하다.

그사이에 지하철이 한 대 지나갔다. 청년은 나 때문에 그 열차를 타지 못했다.

엎친 데 덮친다더니, 눈 위에 서리가 내려 더욱 미끄럽게 된다더니, 붉은색 가는 실선으로 간당거리던 배터리가 띠리릭 하며 결국 나가 버리는 것이었다.

여름날의 더운 기온과 긴장감으로 인해 체온이 올라가면서 땀은 줄줄 흐르고 있었고, 46년만의 만남에 대비하여 곱게 다듬어진 채비는 이미 흐트러져 있었다. 이런 나의 불쌍한 상황을 지켜보던 청년은 배터리를 충전할 장소를 찾기 시작했다. 역내의 기둥에 콘센트가 있을 것이라고 했다. 나는 오로지 방금 처음 만난 낯선 청년에게 의지하여 그의 뒤를 졸졸 따라다니는 처지가 되고 말았다. 드디어 충전할 수 있는 장소를 찾았다.

그사이에 지하철이 또 한 대 지나갔다. 청년은 이번에도 그걸 타지 못했다.

이윽고 남편으로부터 전화가 왔다. 전화기는 찾았건만 다루는 방법이 서툴러 한참을 고생한 듯했다. 겨우 찾아낸 일정표에는 '사당역 5번, ○○'라고 적혀 있다고 했다. 휴, 이젠 되었다. 모든 것이 해결되었다.

나는 이 청년이 너무도 고마웠다. 부가설명이 필요 없었다. 마음 같아서는 푸짐한 식사라도 대접하고 싶었으나 그럴 수는 없으니 나의 성의를 받아 달라며 손을 내밀었다. 그러나 그는 한사코 이를 거절했다. 그리고는 고맙다는 말에 정중히 답한 후 천천히 뒤돌아섰다.

살아가노라면 우리는 크든 작든 어려운 일에 맞닥뜨리

기 마련이다.

　때론 눈썹이 타들어가 끄지 않을 수 없는 상황에 처하기도 한다. 그런데 그때의 도움이 이름도 모르고 얼굴도 기억하지 못할, 그저 잠시 스쳐 지나갈 뿐인 누군가에게서 받은 은혜라면, 그분에 대한 고마움은 오랜 세월 후에도 마음속에 깊게 자리 잡게 될 것이다.

　이러한 은혜는 우리로 하여금, 나를 필요로 하는 또 다른 누군가에게, 그때 받았던 것을 되돌려 베풀라는 무언의 가르침으로 다가온다.

　한겨울 1월에 비가 내린다.

　겨울비는 촉촉한 기운으로 나를 감싸고 마음은 오히려 포근해지는 오늘이다.

아파트의 독일가문비나무

그 장면은 내게 우연히 목격되었다. 외출에서 돌아오는 길이었다.

아파트 정문 쪽의 화단 주위에 사람들이 몰려있었다. 몇 명의 주민들이 핏대를 세우며 허공에 삿대질을 하고 있었고 전기톱을 든 경비기사들은 각자의 방향대로 서서 주민들의 눈길을 피하며 난감해 하고 있었다. 주민 한 명이 목청을 돋우었다.

"아니, 이게 어떻게 된 일이래요? 주민들은 아무것도 모르고 있는데!"

아파트 내 독일가문비나무를 벌목하기 위해 전기톱과 인력이 동원되었다는 것이다. 또한 두세 그루의 고사 수목을 포함하여 무려 21그루나 되는 해당 수종에 제거 대상임을 뜻하는 '적색 끈'이 이미 묶여 있다는 것이다.

십여 명의 무리가 관리사무소로 웅성웅성 몰려갔다. 나도 그 안에 끼어들었다. 벌목 이유가 궁금했고 상황 추이에도 흥미가 돋았다.

관리사무소장은 입주자대표회의 대변인 노릇을 충실히 하느라 사뭇 애를 썼다.

"이 나무의 외관이 아름답지 못하여 아파트의 품격을 떨어뜨리고 환경을 저해한다는 의견이 있었어요. 그래서 10월 입주자대표회의에서 벌목하기로 의결한 것입니다. 동대표님들의 말씀에 의하면, 나뭇가지가 축 늘어진 모습이 밤에 보면 꼭 처녀귀신이 머리 푼 것 같다고 하십니다. 입주민들은 그렇게 이해하시고 협조해 주십시오."

환경을 저해한다고? 귀신 모양새라고? 아무래도 설득력이 부족했다. 주민들로서는 화날 만하다.

"처녀귀신이 머리 푼 것 같다고요? 그럼 머리를 예쁘게 잘라주면 되겠네요! 관리소에서 하는 일이 그런 것 아닌가요?"

"아니, 멀쩡히 숨 쉬며 잘 살아있는 나무들을 죽이다니요. 얘들은 우리 아파트와 25년 동안의 역사를 같이한 소중한 생명들예요. 생명을 가볍게 여겨서는 안 되지요."

"어렵사리 아파트를 분양받고 입주하면서 얼마나 기뻤

는지 몰라요. 단지 내 나무 한 그루 꽃 한 송이가 내 자식
처럼 예뻤어요. 그런데 이제 와서 못생겼다는 이유로 베
어버린다고요? 못생긴 자식은 버려도 된다는 말입니까?"

여기저기에서 옳은 말씀들이 터져 나왔다.

감성에 호소하는 문학적인 발언도 있었고, 자연보호니
생명존중이니 하는 다소 학문적이고 철학적인 용어도 인
용되었다. 이쯤 되면 인간 중심적 자연관을 비판하는 목
소리라고도 할 수 있겠다. 머리 푼 귀신 같다니, 이는 백
퍼센트 인간적 시각임에 틀림없다. 주민들의 벌목 반대
논거는 슈바이처가 주장한 생명 중심주의 윤리인 '생명
에의 외경'에도 가히 미칠 만하다. 그는 여기에서, 존중의
범위를 확대하여, 식물을 포함한 모든 생명체가 도덕적
고려를 받아야 할 내재적 가치를 지니고 있음을 강조하
지 않았는가.

그렇다. 못생긴 나무도 분명 살고자 하는 강한 의지를
가진 생명체이며 생명이 있는 한 열심히 살아갈 책무를
가진 존재이다. 살아있음은 거룩하고 신성한 것이며 그
가치에 차등을 두어서는 안 된다.

주민들의 건의로, 결국 다음날 임시 반상회가 열리고
입주자대표들과 자리를 마주하게 되었다.

또다시 핏대가 솟는 분위기가 되었다. 벌목 결정 과정에 주민들의 의견 수렴이 없었고 상세한 안내문도 게시되지 않았다는 원론적인 이의 제기에서부터 생명 존중 사상까지도 거론되었다. 그러나 대표회의 입장은 완강했다. 몇몇의 대표들은 마치 본인들이 아파트의 최고 권력 기관이며 벌목 결정 정도는 별일도 아니라는 식의 자세를 보였다. 대표기관의 의결에 따라, 아파트의 품격을 떨어뜨리는 볼품없는 이 나무들을 모두 베어버리고 기품 있는 수목으로 점차 대체해 나갈 계획이며 예산도 이미 책정되었다는 것이다.

주민들의 아름답고 정의로운 주장이 쉽게 받아들여질 상황이 안 되는 듯했다.

상황이 이렇다면 대책 마련이 필요하다.

반상회에서 돌아온 나는 그제야, 한번쯤 그 이름만 들어보았을 그러나 특성에 대해서는 거의 아는 바 없는 '독일가문비나무'에 대해 찾아보기 시작했다.

'이는 관상용으로 기르는 상록성 침엽 큰키나무이다. 그늘에서도 잘 자라며 동해도 거의 입지 않는다. 특히 어린나무는 형태가 수려하여 크리스마스 장식용 트리로 이용된다.'

아니, 이것! 참으로 훌륭한 나무가 아닌가. 겨울에도 싱싱한 상록수라지 않는가. 더구나 어린 나무는 형태도 수려하다고 하지 않는가.

나는 곧 밖으로 뛰어 나갔다. 그들을 만나야겠다. 나는 아파트 구석구석을 뒤지기 시작했다. 곧 죽음에 처할 수도 있는, 적색 끈이 묶여 있는 21그루의 수목을 찾아내기 시작했다. 그랬다. 그들은 모두 그 자리에 있었다. 가련하게도, 정작 주인공들은 아무런 사태를 알지 못한 채 적색 비닐끈을 처연히 날리면서…….

주민들 말대로, 그들은 겨울의 찬바람 속에서도 25년이 넘도록 이 아파트를 말없이 지키면서 그 역사와 함께하고 있는 꿋꿋한 생명들이었다. 물론 품격 있는 소나무나 정취감이 넘치는 메타세콰이어에는 못 미칠지 모르나 나름 끈기와 강인함을 풍기고 있는 건장한 나무들이었다. 나는 이들이 측은해지기 시작했다. 그리고 갑자기 미안함과 함께 애정도 솟아나는 것이었다. 지켜야겠다. 너희를 지켜내야겠다.

다음날이었다. 옆 동에 사는 분으로부터 연락이 왔다.

시청 공동주택과를 직접 방문하여 아파트 내의 상황을 설명한 후 벌목과 관련한 문의를 하고 왔다는 것이다. 와,

과연 모범 주민이시다. 훌륭한 수목이 많은 곳에 훌륭한 주민이 있다.

옆 동 주민의 발 빠른 대처를 계기로 하여, 이 사안은 '주택관리법'이니 '시행령'이니 하는 법적 기준의 조처를 받게 될 상황에 이르게 되었다. 이쯤 되면 관리사무소에서는 입주자대표회의 결정이랍시고 무턱대고 이를 따를 수만은 없게 되었고, 시청에 '벌목에 관한 유권해석'을 질의하는 공문을 보내야 하는 처지에 놓이고 말았다.

정확히 일주일 후 시청으로부터 회신 공문이 발송되어 왔다. 내용은 이러했다.

"공동주택관리법 시행규칙 제15조 제1항 제8호에 의거, 수목의 일부 제거 및 교체는 신고 대상이 아니나, '21' 주에 이르는 수를 감안할 때 시장에게 행위허가를 요청해야 함이 타당하다. 따라서 '입주자 2/3 이상'의 동의를 얻어 행위허가를 득하여야 한다."

한 달 동안 곤두섰던 신경전은 이로써 끝이 났다. 선량한 주민들은 모두 안도의 숨을 쉬었다. 공고문을 통해 또는 입과 눈을 통해 결과를 확인한 이들은 결연한 미소를 지었고 그 미소 속에는 '자연 보호! 생명 존중!'의 외침이 들어있었다.

다음날, 전기톱은 몇 그루의 고사 수목만을 정리하였다.

머리 푼 처녀귀신 같다는 오명을 남겨서는 안 된다. 중요한 일이다. 관리사무소에서는 말한다.

"내년 봄에 대대적인 전지작업을 할 예정입니다. 수형을 보기 좋게 유지하고 잘 자라도록 해야죠. 경비가 들더라도 전문가에게 의뢰해서 머리를 예쁘게 다듬겠습니다."

나무들은 모두 적색 띠를 벗어 던졌다.

나무줄기는 겨울의 찬바람 속에서 오히려 꿋꿋하고 나뭇가지는 보란 듯이 펄럭이고 있다.

무섬마을과 동전 지갑

"카드 및 지갑 습득 신고가 있어 연락드립니다. 문자 확인 시 당사로 연락해 주시기 바랍니다."

지갑을 분실한 지 4일째가 되던 지난주 화요일, 밤 11시가 다 된 시각에 대뜸 들어온 문자메시지를 읽고 나는 화들짝 놀랐다.

여행 중에 겪은 일로 인해 왠지 모를 기분 나쁨에서 헤어나지 못하고 있을 무렵이었다. 그런데 그 지갑을 찾았다는 연락이 온 것이다.

그 전주 금요일에 고교 친구들과 경북 영주 주변을 일박으로 다녀왔다. 근처의 춘양에 또 다른 친구가 귀촌하여 살고 있어 그의 안내로 일대를 여행한 것이다. 도시생활에 이래저래 피곤한 우리는 모이기만 하면 귀촌한 친구의 생활과 산골 얘기를 화제로 삼고 있던 터였다.

우리가 처음 간 곳은 '무섬마을'이었다. 물 위에 떠있는 섬이라는 뜻으로 낙동강의 한 지류가 주변을 휘돌아 흐르는 물돌이 마을이다. 고택과 정자가 간직한 고풍의 멋과 마을을 외부와 잇는 유일한 통로였다는 외나무다리의 정취를 체험하며 오랜만에 가져보는 여유로움을 만끽했다. 그윽한 마을에 내리던 봄날의 양광은 이곳을 찾은 이들의 마음까지도 따뜻하게 만들어주는 듯했다. 만나는 사람마다 인사하고 웃어주는 풍경이었다. 우리의 여행은 이렇게 시작되었고 나의 즐거움은 더욱 컸다. 우리는 이곳에서 푸짐하고 정성어린 시골 밥상도 받았다.

이후의 일정은 '백두대간수목원'이었다.

도착 후 입장권 구입을 위해 카드를 꺼내려던 차였다. 그런데 카드가 들어있는 지갑이 손에 잡히지 않는 것이었다. 크로스 가방의 윗부분에 놓여 있어야 할 물건이었다. 설마 하며 여기저기를 살폈으나 지갑은 끝내 보이지 않았다. 결국 나는 카드회사에 분실 신고를 해야 했다. 그러고 난 후 카드를 마지막으로 사용했던 식당에 문의했다. 그러나 지갑은 보이지 않는다고 했다. 어느 시점 어느 지점에서 잃은 것일까. 식당에서 계산하고 식당 앞마당에서 커피 한 잔을 마신 후 곧장 차에 올랐었는데……

　건망증은 때로 있으되 나름 꼼꼼한 성격으로 물건을 잃어버리는 일은 좀처럼 없는 나였다. 확연한 실수였다. 무섬마을 어디쯤에서 누군가가 지갑을 주웠을 것이다. 나는 기분이 급격히 나빠지기 시작했다. 입을 다물어버린 나를 두고 '어휴, 들떠서 그리 호들갑을 떨더니, 모양새가 왜 그래?' 하며 누구든 곁눈질을 한다 해도 나는 할 말이 없는 모양새가 되었다.

　그러나 한편으로 생각하면 기분이 그리 나쁠 이유도 속상할 이유도 없었다. 카드는 새것으로 재발급되어 이삼 일 안으로 안전하게 도착할 것이다. 신분증 용도로 소지했던 연금수급증도 사진 한 장과 주민등록증 사본을 공단 홈페이지에 올리는 수고만 감수한다면 다시 만들 수 있는 것이었다. 그것도 포토샵으로 보정한 사진을 사용한다면 십 년 전 젊은 모습으로 변신할 수 있는 좋은 기회이다. 물론 얼마만큼의 현금이 있긴 했다. 새벽에 버스터미널까지 택시를 탄 후 오만 원권을 내고 받은 거스름돈이었다. 그렇다면 지갑 때문인가? 아니다. 그건 더더욱 아닐 일이다. 지갑이라고 해봤자 동네 잡화상에서 천 원짜리 몇 장을 주고 산 시장 물건이었다. 카드 두세 장과 반으로 접힌 지폐 몇 장만으로도 꽉 차는, 손바닥 반 정도 크기의 동전 지갑이었다. 가볍고 작아 애용했을 뿐이다. 잃어버린들 전혀 아까울 것 없는 값싼 물건이다.

그런데, 그런데 말이다. 나는 왜 자꾸만 이런 기분일까. 왜 떨치지 못하는 걸까.

춘양 친구의 숙소로 돌아온 우리는 밤을 새우다시피 떠들어댔다. 졸업 후 세월이 많이 흐른 만큼 화젯거리도 많았다.

이튿날의 일정도 우리를 즐겁게 했다. 태백산사고지史庫地 인근의 '각화사'에서 역사 회고하기, 울진 '후포항'에 가서 녹아드는 회 먹기, 동해의 푸름과 바닷바람 마주하기, 분천 '산타마을'에 가서 동심 찾기 등등.

이틀 동안의 일정을 마치고 우리는 돌아왔다. 밤 버스에서 보이는 어둠이 들떴던 마음들을 차분히 다독였다.

그런데, 집에 돌아온 후였다.

잃어버린 물건에 대한 개운치 못한 느낌이 또다시 스멀스멀 올라오는 것이었다. 여행의 즐거움이 이 일을 덮은 줄 알았는데 말이다. 이쯤 되니 나는 조금 짜증이 나기 시작했다. 소심함과 뒤끝으로 그 이유를 치부하고 시간이 흐르기를 기다리기로 했다.

그런데, 꼭 4일째 되던 날에 카드회사로부터 위와 같은 문자메시지를 받은 것이다.

나는 카드회사에서 알려준 포항시의 한 파출소로 급히 전화를 걸었다.

경찰이 전해준 이야기는 이러했다. 당일 바로 한 시간 전인 밤 열 시에 한 남자분이 지갑을 들고 왔다는 것이다.

"4일 전에 무섬마을에 갔다가 이 지갑을 주웠어요. 그런데 일 때문에 바빠서 신고가 늦었습니다. 주인을 찾아 주십시오."

습득한 분의 말을 그대로 전해 듣는 순간 나는 정말이지 소름이 돋을 뻔하였다. 그저 '어머, 어머' 소리만 내고 있었다.

지갑 안에는 마침 신용카드가 들어있었고, 파출소에서 해당 카드회사에 연락하여 내 인적사항을 파악한 후 습득 사실을 본인에게 알리도록 조처한 것이었다. 마침 분실 사실이 접수된 카드였기 때문에 일이 빠르게 진행될 수 있었다.

나는 정말 고마웠다. 이런 일도 있는 것이구나. 말로만 듣던 이야기를 내가 겪는구나. 나는 그분의 연락처를 알려 줄 것을 간청했다. 진심으로 고마움을 전하고 싶었다. 그러나 습득자가 굳이 원하지 않는 한 파출소에서는 알려줄 수 없다고 했다. 개인정보 보호법이 그 이유였다. 그리고 습득물은 관할 경찰서의 유실물센터에 취합된 후 물건의 주인에게 보내질 예정이라고 했다.

이 일이 있은 후 열흘이 지난 바로 오늘, 우편물이 드디어 도착하였다.

나는 급한 마음으로 택배 박스를 열었다. 그런데 박스를 여는 순간, 그리고 낡고 보잘것없는 동전 지갑이 손에 닿는 순간, 손끝에서 시작된 소름이 온몸을 찌릿찌릿 울리며 스쳐가는 것이 아닌가. 예상치 못한 상황이었다. 그때 나는 알았다. 아, 이것이었구나. 이 지갑 때문이었구나. 내가 그토록 울적했던 이유가 카드도 아니고 돈도 아닌 바로 이 지갑 때문이었음을 알게 된 것이다.

그 사실을 깨닫는 순간, 나는 먹먹한 가슴을 한동안 안은 채 그저 가만히 있어야 했다. 이는 전혀 예상치 못한 일이었다. 그랬다. 십 년 동안 지녔던 것이었다. 내 손에 닳아서 거죽이 반질거리고 얇아지기까지 한 물건이었던 것이다.

나는 택배 박스를 앞에 두고 있다. 그리고 나는 깨닫는다.

작은 것이 큰 것임을, 잊고 있던 것이 소중한 것임을, 오래 지녔던 것이 가치 있는 것임을. 이것을 알게 해 준,

알지 못하는 그분이 더더욱 고마워지는 순간이다.

그리고 생각한다.

바쁜 중에도 일거리를 만들면서까지 주인에게 물건을 찾아주고자 했던 그분의 성정은 어디에서 비롯된 것일까. 물론 그분의 온유하고 건실한 성품에서 연유한 것이리라. 그러나 또 한편으로는, 지갑을 주운 곳이, 그분으로 하여금 봄 햇살 아래 평안을 갖게 했을 그리고 초면의 사람끼리도 저절로 웃으며 인사를 나누게 되던 '무섬마을' 이었기에 더욱 가능했던 것은 아닐까. 이런 나의 생각이 하마 비약일까.

이름도 얼굴도 모를 고마운 그분께 나는 이 글을 드리고 싶다.

연애를 해 보는 건 어떨까

늦가을이 지나던 작년 11월에 연말 모임이 있었다. 여러 경로로 알게 된 분들과의 저녁식사 모임이었다.

그런데 약속시간이 한참 지나서도 김 선생님(가명)이 오지 않는 것이었다. 며칠 전에 이 모임에 대해 재차 확인했을 때에도 별다른 얘기가 없던 터라 이상히 여겨 전화를 걸었다. 벨이 울리고 한참 후에 통화가 되었다. 약속을 잊고 있었다고 했다. 그런데 한 시간이 지나서야 도착한 김 선생님의 얼굴은 창백하고 목소리에는 힘이 하나도 없는 것이었다.

우리는 모두 깜짝 놀랐다. 어딘가 아파 보였다.

"얼마 전부터 잠을 통 못 자요. 새벽녘에야 간신히 잠이 들었다가 아침에 깨면 머리가 깨질 듯 아파요. 종일 기력이 없고 멍해요."

진료와 여러 가지 검사 결과로 나타난 특이사항은 없다고 했다. 모임에 나온 동료들은 자신들이 겪거나 들은 지식을 동원하기 시작했다. 그런 후 우리가 내린 병명은 '갱년기 우울증'이었다.

몇 년 전에 나는 김 선생님을 그분이 재직하고 있는 직장에서 처음 만났다. 강의를 마친 후 귀가하려던 참이었다. 마침 나와 같은 아파트에 살고 있어서 그의 차에 동승했었다.

웃는 표정과 서글서글한 눈매와 시원한 목소리로 건강미가 남다른 분이었다.

이런저런 연결고리로 인해 이후로도 우리는 자주 만나게 되었고 시간이 지나면서 모임도 만들어졌다.

나는 몇 차례 그분의 집을 방문하여 그가 내려주는 진한 커피를 즐겼었다. 그리고 학교 근황이나 이런저런 살아가는 얘기들을 나누곤 했다.

어느 날에는 외출 후 돌아오니 현관 앞에 묵직한 쇼핑백이 놓여 있었고, 나는 그분이 놓고 간 것임을 금방 알 수 있었다. 시골에서 친정어머니가 먹거리 등을 보내셨는데 이를 우리에게도 나눠 준 것이었다. 김치와 상추와

감자 등 종류도 다양하여 냉장고를 한동안 넉넉하게 채
워주었다. 음식 만드는 일에 재주나 흥미가 별로 없는 나
로서는 무척이나 고마운 일이었다.

은퇴 이후에 만나 좋은 친구가 된 것이다.

김 선생님의 우울증은 그 기간이 길어지면서 겨울을 지
나 해를 바꾸고 있었다. 어떤 상태인지 궁금했으나 마음
놓고 전화를 걸 수도 없는 우리로서는 불안감이 더 커지
고 있었다. 개학일이 다가오는 1월말이었다. 근무는 잘
할 수 있을지 수업은 잘 할 수 있을지, 모든 게 걱정이 되
었다. 나는 용기를 내어 조심스레 문자를 보냈고 그의 집
을 방문하였다.

축 늘어진 무거운 자세로 꺼질 듯한 소파에 가라앉아
힘들어하는 그는 정말이지 안쓰러워 보였다. 수면장애와
두통이 심하고 집중도 할 수 없을뿐더러 무기력하며 식
사도 겨우 한두 숟가락으로 끝낸다고 했다. 하루하루의
시간이 땅속처럼 어둡고 두렵다고 했다. 또한 자신과 관
련된 어떤 일에도 아무 의미를 두지 못한다고까지 했다.

수시로 내원하여 의사와 상담하며 약을 복용하고 있으
나 증상 완화의 진전이 없어 처방약을 몇 차례나 바꾸고
있는 중이었다. 모든 집안 살림은 남편이 맡아서 하고 있

었다.

"이렇게 힘들게 지내느니 차라리 하늘나라에 가고 싶어요. 정말이지 아무 미련 없이 갈 수 있을 것 같아요. 하늘은 어떤 상급을 주시려고 이렇게 큰 고통을 내게 내리는 걸까요?"

나는 무어라 위로할 말을 찾지 못했다. 그러나 그 마음을 백번 공감할 수는 있었다.

"힘들어도 조금만 참고 기다려 봐요."

김 선생님은 그렇게 춥고 긴 겨울을 지내고 있었다.

나도 그 이전에 김 선생님과 같은 증상으로 힘든 적이 있었다.

아들이 대학에, 딸이 고1에 재학할 때였다. 그때만 해도 갱년기 우울증에 대한 사회적인 인식이 부족했었다. 수면유도제를 복용해도 새벽 서너 시나 되어서야 간신히 눈을 붙이곤 했다. 밤을 새운 멍멍한 머리와 휑휑한 눈으로 출근 준비를 해야 했고, 남편이 차를 태워주어 그나마 결근은 겨우 면하고 있었다.

화장품 중 몇 종류를 다 사용해서 다시 사야 하는데도 도저히 이것을 사러 갈 그 하찮은 의지조차도 내겐 힘든 일이었다. 경험하지 못한 사람이야 어떻게 이를 이해할 수 있으랴. 직장에서는 이런 증상을 굳이 내보이고 싶지 않았고 가까이 지내는 이 선생님만이 이를 알고 있었다. 이 선생님은 퇴근길에, 당시 어쩔 수 없이 다니던 컴퓨터 학원 앞까지 나와 동행해 주었고 한 끼 식사도 힘들어하는 나를 위해 반찬가게에 들르곤 했다.

이러한 고통은 딸의 미국 유학과 고생 끝에 취득한 워드프로세서1급 자격증을 계기로 가까스로 끝이 났다. 그리고 수개월 동안의 그 힘든 생활은 이젠 평온한 마음으로 되돌아봐도 좋을 과거의 이야기로 남게 되었다.

겨울은 느리게 지나갔다.

그리고 드디어 봄이 되었다.

우리는 또 한번의 모임을 가졌다. 김 선생님도 참석할 수 있다는 연락을 해 왔다. 우리는 모두 걱정과 긴장 속에서 그를 기다렸다. 몇 달 만에 다시 만난 김 선생님이 너무도 반가웠다. 그리고 이전보다 훨씬 평안해 보였다.

그 사이에 다행히도 몸에 맞는 약을 찾았고, 복용 이후로는 그런대로 잠을 잘 잔다는 것이었다. 두통도 어느 정도 사라졌고 점차 기력도 돌아오고 있다는 것이다. 다행이었다. 그러면서도 한편으론 옛 증상이 다시 나타날까 봐 문득문득 겁이 나기는 하나, 어쨌든 정상적인 생활을 하던 이전과 비교할 때 80%의 수준에는 도달한 것 같다고 했다. 참으로 고마운 일이었다.

여유도 조금 보였다. 우스갯소리도 했다. 하고 싶은 말도 많았다. 배가 고파 식욕을 가지고 식사할 수 있다는 것이 얼마나 고마운 일인지, TV 드라마를 보다가 깜박 잠들었다는 사실이 얼마나 큰 기쁨을 주는지, 신학기가 되어 새로 만난 학생들과 얼굴을 마주보며 대화할 수 있다는 것이 얼마나 큰 성취감을 주는지…….

또, 마음의 깊은 병을 겪으면서 얻은 큰 수확물이 있다고도 했다. 남편의 살림 솜씨가 대단해졌다는 것이다. 그리고 남편과 입장이 바뀌었었다면, 남편만큼 상대방을 배려하고 돕지는 못했을 거라고도 했다. 남편에 대한 신뢰이고 사랑이다.

그러던 중 우리의 이목을 집중시키는 한마디가 있었다.

"내가 너무 힘들어하니까 남편이 뭐라고 했는지 아세요? '그렇게 힘들면 연애를 해보는 건 어떨까?'라며 진지한 얼굴로 말하는 거예요. 글쎄."

연애를 해보라고? 연애라고?

도저히 살아갈 기력이 없어 이 세상을 떠나고 싶다고까지 생각하는 아내에게, '연애를 해 보라.'는 것이 가당하기나 한 권고인가? 또 살고 있는 것에 아무 의미를 찾을 수 없다는 사람에게 연애가 현실적으로 가능하기는 할까?

남편 역시, 나름의 이 진지한 발상이란 것이 당연히 불가능하거니와 설령 가능한 일이라 하더라도 이치에 맞는 조언이나 위로가 될 수 없음을 충분히 알고 있을 것이다. 그러나 만에 하나 아내가 기력만 찾을 수 있게 된다면 그리하여 전처럼 생기 있는 모습으로 돌아와 줄 수만 있다면, 그 무엇을 마다하겠는가. 설령 그것이 제2의 남자와의 불의한 연애를 통하여 얻게 되는 것이라 할지라도.

이러한 '진지하고 헌신적인 발상'을 말할 수 있는, '아내 사랑하기를 자기 자신에게 하듯' 하는, 김 선생님의 남편에게 나는 따뜻한 차 한 잔을 대접해 드리고 싶다.

숲 속에서

내가 살고 있는 이 동네에는 좋아할 수밖에 없는 것들
이 참으로 많다.

아파트 경계선 한쪽으로 맞닿아 있는 나지막한 산은 언
제나 나를 설레게 한다. 꼭대기까지 올라가도 별로 숨차
지 않는, 꼭대기에 나있는 길을 따라 가로등이 길게 서있
는 그런 동산이 창문을 열면 손 닿는 곳에 있다. 그리고
산에서 내려오면 대여섯 군데의 카페가 거의 균일한 거
리를 두고 서있고, 그 옆으로 꽃집이 그리고 그 옆으로는
작은 미용실이 있다.

나는 가끔 이 골목을 지나곤 한다. 그리고 카페 안쪽을
힐끔거리기도 한다. 낮에도 켜진 조명등으로 실내는 부
드럽고 아늑한 분위기이다. 나와는 아무런 일면식도 없

는 이들이 서로 마주보며 진지하게 또는 편하게 대화하는 장면이 보인다. 얼마나 평온한 풍경인가. 이런 평범하고 여유로운 일상이 나를 기쁘게 한다.

나는 작년 가을에 이곳으로 이사하였다. 이곳으로의 이사는 정말이지 믿을 수 없을 정도로 급하게 결정되었고 일사천리로 진행되었다.

지금 생각해 봐도 그 추진력은 대단한 것이었다. 지금까지 있었던 최선의 선택을 몇 가지 꼽으라 하면 나는 단연코 이 일을 들 것이다. 적어도 내 판단으로는 그렇다.

작년 8월 마지막 주 금요일이었다.

가까이 사는 친구로부터 아침에 전화가 왔다.

우리 시 지역에 공공택지지구로 대단위 아파트 단지들이 새롭게 조성되었는데 숲으로 둘러싸여 경관이 빼어나다 하니 구경이나 가자는 것이었다. 나는 마침 심심하던 터라 빠르게 집을 나섰다. 이동하는 동안 친구는 여기저기에서 들은 그 동네에 관한 정보를 전하느라 바빴다.

우리는 차로 30분을 달렸다.

그런데 번잡한 도심으로부터 빠져나와 도착한 곳에는 과연 말로만 들은 새로운 도시가 펼쳐지는 것이 아닌가. 자연과 바로 인접한 도시라니, 새 건물·넓은 도로·아담

한 공원·편의성을 고려하여 세련되게 배치된 상가와 주택 등.

더구나 신도시를 이루고 있는 10여 개의 단지 중 6단지는 아파트 경계선이 나지막한 산과 맞닿아 삼면이 숲으로 둘러싸여 있는 것이었다. 와! 아무리 숲세권이라 떠들어대도 이런 경관을 연출하리라고는 생각지 못한 터였다.

나는 가슴이 뛰기 시작했다. 멀지 않은 곳에 이런 세상이 있을 줄이야.

저녁때가 다 되어 집으로 돌아와서도 나는 정신을 못 차리고 있었다. 이사하고 싶다. 이사하고 싶다. 이제는 그런 곳에서 살고 싶다.

그런데 이사를 해야 할 특별한 이유가 없었다. 20년을 넘게 살아온 고마운 집이다. 여기에서 두 아이는 성인이 되었고, 남편과 나는 은퇴를 하였다. 이웃은 다정하고 말끔한 산책로도 가까이 있다. 다른 지역으로의 접근성도 웬만하다.

그러나 이사를 하지 말아야 할 특별한 이유도 없었다. 나도 나이가 들었다. 조용한 곳을 찾을 때이지 않은가. 살림살이도 가볍게 줄이고 싶다. 지금까지의 내 번잡한 삶을 돌이켜보건대 내게도 그 정도의 권리는 있을 법하다.

나는 남편을 설득하기 시작했다. 딱히 반대할 이유가

없는데도 펄쩍 뛰었다. 불통이다. 쉽지 않은 일이었다. 남편을 향한 억지와 감언은 자정을 넘어서도 계속되었다. 이 정도면 한곳에서 오래도록 살지 않았나, 한적한 곳에서 살고 싶지 않은가, 공기도 맑고 여름에는 도심보다 시원하기도 하다더라, 자연 친화 중의 자연 친화이다, 마음을 사로잡을 동산이 있다, 나무가 있고 풀이 있고 새가 있고 산들바람이 있는 그 언덕과 그 좁은 비탈길을 상상해 보라……

그날 밤은 잠을 이루지 못했다. 그곳의 장면들이 눈에 밟혀 꿈속에서도 중얼대었다. 이사하고 싶다. 그곳에서 살고 싶다.

다음날인 토요일에 결국 나는 부동산사무소에 들러 여러 집을 보게 되었고, 그다음 주 화요일에는 기어코 매매 계약을 하고야 말았다. 계획부터 실행까지 일주일을 넘기지 않은 초속의 결과물이었다.

그리하여 그리도 가슴 뛰던 8월 마지막 주 금요일로부터 정확히 두 달 뒤인 10월 마지막 주 금요일에, 나는 이곳으로 이사를 오게 된 것이다.

나는 오늘도 뒷동산에 올랐다.

왼쪽으로 1km 정도 걸으면 벽천광장과 하늘산책로를

만나게 되고, 오른쪽으로는 에코브리지와 철쭉원과 동의
보감약초원으로 가는 1km 남짓한 둘레길이 있다. 지난
주에는 팔각정자까지 가보았고 그저께는 버들공원에도
갔었다.

나는 지금 산마루쉼터에 앉아있다. 갈참나무 식생 복원
지에 있는 정자이다. 잔잔한 바람 사이로 한적한 겨울햇
살이 내려오고 있다. 나는 이곳에서 오랫동안 생각에 잠
기고 싶다. 아니 아무 생각 없이 멍하니 앉아있고도 싶다.

한겨울의 마른 숲이 멋지다. 버석대는 나뭇잎도 색깔
바랜 풀잎도 모두 정겹다. 지난날의 영화를 묻고 휴식 중
이리라.

숲 속에 오랫동안 앉아 이들을 마주하다가 나는 문득
수구지정을 떠올린다. 여우가 여우굴이 있던 구릉을 향
해 머리를 두었던 것처럼, 아련한 옛일들이 자꾸만 헤집
고 나오려 한다. 그것이 가슴 쓰린 아픔이었을지라도 혹
은 일렁이는 행복감이었을지라도.

겨울 산에서 홀로 느껴보는 이러한 상념들이 비약이기
만 할까?

나도 이제 자연과 벗하고 싶은 나이가 되었다. 그리고
그 속에서 지나간 일들을 꺼내어 되뇌고 싶어 하는 나이
가 되었다.

나는 숲 속 산마루쉼터에 지금까지도 이렇게 앉아 있다.

5부 캄보디아에서

나의 버킷리스트

「좋은나무국제학교」에 가다

한국어 수업

학교 짓기

부활절 예배와 달란트 잔치

애국자 되기

아, 앙코르와트여

그대에게

나의 버킷리스트

박 선생님의 어려운 요청을 받아들인 후 이틀도 채 지나지 않아 나는 정신이 번쩍 들었다. 아니, 내 결정이 옳은 것일까. 거기가 어디란 말인가. 체질적으로 더위를 가장 힘들어하는 내가 그렇게 쉽게 대답을 하다니, 생각 없이 뱉어놓은 경솔함은 아니었을까.

박 선생님은 10년 전에 교직을 떠났다. 그리고 교육선교사가 되어 동남아 지역 중에서도 가장 어려운 경제 환경을 가졌다는 캄보디아로 파송되어 갔다. 그곳 청소년을 대상으로 기독교 신앙과 교육을 심고자 하는 결행이었다.

그가 처음 간 곳은 수도인 프놈펜이었다. 그곳에는 5년 먼저 건너온 남동생이 세운 중고교육과정의 국제학교가 있었다. 그 학교에서 4년간 현지 학생들을 가르치며 문화와 교육 상황을 익히는 등 경력을 쌓은 후, 박 선생님도 씨엠립에 새 학교를 세웠다. 씨엠립은 캄보디아의 4대 도시 중 하나이며 북서부에 위치한다. 기념비적 유적인 앙코르와트 유적군이 있는 곳이다. 이 학교가 바로 '좋은나무국제학교(Good Tree International School of Cambodia)'이며, 교육 이념은 기독교 정신을 바탕으로 한 지도자 양성이다.

개항기의 조선에는 외국의 많은 선교사들이 들어와 어려운 환경 속에서도 피땀을 흘리며 일하고 있었다.

간혹 일부가 자국의 정치적 영향력 팽창에 동승한 일면이 있었다고는 하나, 대부분의 선교사들은 종교적이고 인도적인 확신에 따라 선의의 동기와 애정을 가지고 조선을 위해 헌신했음을 우리는 익히 알고 있다. 열악한 환경과 대립과 박해 속에서도 선교 활동은 그 영역을 넓혀 갔다. 그 과정에서 학교와 병원을 세우고 신문물을 소개하였으며 의식 고양에도 기여했던 것이다. 100년 그 이전에 이들로부터 받은 것들을 지금은 한국인들이 어려운 나라에 가서 되돌려 실천하고 있는 것이다.

'The Bucket List'라는 영화가 있다. 잭 니콜슨과 모건 프리먼 주연으로 2007년에 개봉되어 세계적으로 흥행한 작품이다. 지병이 말기에 이른 두 환자가 죽기 전에 꼭 하고 싶은 소원 목록을 작성하고 그들만의 여행을 떠나게 된다. 그리고 힘겨운 노력 끝에 인생 최고의 시간을 경험하는 가운데 소원을 하나하나 이뤄나간다. 이는 이제껏 앞만 보고 달렸던 자신에게 바치는 마지막 선물이었다. 결국에는 그렇게 소망하던 '눈물이 날 때까지 웃기' '세상에서 가장 아름다운 소녀에게 입 맞추기' 등을 이루며 감동을 맛볼 수 있게 된다. 그런 후에, 그들의 캔커피 유골함은 히말라야 산맥으로 올라간다. 이로써 마지막 목록이었던 '정말 장엄한 것을 목격하기'가 마침내 성취되는 것이다.

재작년 가을이었다. 고등학교 동기회가 주관하는 일박의 세미나가 양평에서 있었다. 여러 일정 중 하나가 각자의 '버킷 리스트'를 작성하고 발표하는 것이었다. 당시 나는 은퇴 3년차를 맞고 있었고, 주체하지 못하는 자유로움으로 여기저기에 얼굴을 들이밀며 쏘다닐 때였다.

참석자 모두가 발표하는 형식이었기 때문에 나도 나의 목록을 급조해야만 했다. 이왕이면 그럴싸한 내용이 필요했다. 그래서 얼떨결에 만들어진 것이 '성경 공부'와

'글쓰기'와 '봉사활동'이었다. 동기들 모두 나름의 의미 있는 내용들을 말하는 분위기였다. 우리는 살아온 60여 년을 돌아보고 정리하며 이제는 제2의 새로운 삶을 계획 해야 할 시점에 처해 있다는, 제법 철학적인 사고를 자의 반과 타의 반으로 접하는 기회를 가졌다.

사실, 발표는 발표일 뿐 현실은 현실이 아니겠는가.

그런데 행사 이후에도, 그때 급조한 내용 세 가지가 간 간히 얼굴을 들이밀며 내 머리를 복잡하게 만드는 것이 었다. 나의 목록이 우리 조를 대표하여 70여 명 앞에서 발표되었고 박수를 받았다는 사실까지도 은근한 부담감 을 주고 있었다.

오랜 망설임과 조바심 끝에 결국, 나는 이 세 가지 목록 을 내 것으로 만들기로 마음을 굳히게 되었다. 어차피 내 것이 아닌가. 나를 위한 것이 아닌가.

처음 시작한 것이 '성경 공부'였다. 경력은 오래 되었으 나 신앙 지식은 없던 나는 몇 권의 서적을 숙독하면서 신 구약 66권의 내용을 어느 정도 파악할 수 있게 되었다. 이는 나의 신앙생활에도 새로운 전환점이 되어 주었다.

작년 여름부터는 '글쓰기'를 시작할 수 있었다. 결혼 이 후 일기 한 줄조차도 쓸 생각을 하지 못한 채 35년을 보내다가, 뒤늦게 문학에 다시 입문한다는 것은 모험과도 같은 일이었다. 감사하게도 수필가로 등단하였고 문학회 회원으로 활동하며 글쓰기를 위한 노력을 계속하고 있다.

세 번째 목록이 바로 '봉사활동'이었다.

그러나 이것은 상황이 조금 달랐다. 봉사활동이라는 것이 무엇인가. 누구나 무엇이나 할 수 있는 것이로되, 또 달리 생각하면 아무나 아무것이나 할 수 없는 것이 봉사활동이 아닌가.

나를 필요로 하는 곳에서 나의 정성과 달란트가 쓰임받을 곳이 어디인지를 찾아야 했다. 그래서 생각해 낸 곳이 캄보디아였다. 캄보디아에 있는 박 선생님과는 연락을 꾸준히 주고받았기 때문에 근황을 대략 알고 있었던 것이다. 그러나 멀리 그곳까지 건너가서 봉사를 실행한다는 것은 매우 막연한 계획이었다. 나의 생각은 하루에도 열두 번을 오고갔다. 한국에서도 할 일이 많고 체력도 열등하며 특히 더위에 약하다는 이런저런 핑곗거리가 오히려 다행스럽고 위안이 되곤 했다.

그런데, 이번에 갑자기 박 선생님으로부터 위와 같은 연락이 온 것이다.

한국어교사가 마침 결원일 상황이라 큰 어려움이 예상되니 그곳으로 와서 이번 학기의 남은 기간 동안 한국어 수업을 맡아달라는 내용이었다.

그 학교에 재학 중인 현지인 학생들은 입학 일 년차에 KLC(Korean Language Course) 1년 과정을 이수한 후 시험을 치러 합격해야만 7학년으로 진급할 수 있다. 중학 3년의 수학 후에는 다시 고교 시작인 10학년으로 진급하는 교육과정을 밟고 있었다. 총 7년간의 수업 연한인 것이다. 모든 교과는 한국에서 발행한 교재를 가지고 한국 어로 수업하고 있었다. 이것이 가능하기 위해서는 한국 어 실력이 절대적으로 필요했다. 그래서 KLC 과정 1년간 은 한국어 수업에 매일 5시간을 배정하고 있었다. 그런데 마침 봉사 중이던 한국어교사가 일이 생겨 일시 귀국해 야 하는 상황이 생긴 것이다.

나는 곧 마음의 준비를 하기 시작했다.

내게 채워진 것이 조금이라도 있다면 필요한 곳에 가서 그것들을 흘려보내기로 하자. 주는 것이 받는 것보다 복이 있다 함을 기억하자. 일시적인 호기심이나 가벼운 관심이어서는 안 된다.

가족들의 이해가 있었다. 친구나 지인들도 학생들에게 나눠줄 선물 등을 보내주며 마음으로 함께해주었다.

다음주 토요일에 나는 씨엠립행 비행기를 탈 것이다.

그리고 그곳에서 '흘려보냄'을 행하게 될 것이다.

「좋은나무국제학교」에 가다

「좋은나무국제학교」가 캄보디아의 씨엠립에 개교한 지 올해로 7년차를 맞았다.

사회적·교육적 환경이 열악한 이곳에 기독신앙과 교육을 뿌리내리고자 하는 국내 몇몇 분의 노력과 의지가 있었기에 시작한 일이었다. 또한 교회와 후원자들의 작은 성금이 큰 도움으로 더해졌기에 가능한 일이었다.

본교는 2013년 8월에 학업 의욕이 강한 학생들을 대상으로 1회 입학생을 선발하였다. 그리고 씨엠립의 어느 골목을 접한 작은 이층집을 임대하였다. 교실과 학생 기숙사와 교사 숙소 등 최소 공간만을 갖춘, 이 또한 심히 열악한 환경의 미인가 국제학교였다.

그러나 해가 지나면서, 선교사와 교사들의 헌신이 뿌리

내리고 학생들의 실력이 탄탄해지면서 지역 내외에 이름이 알려지게 되었다. 점차 일정 수준 이상의 교육환경을 마련하게 되었고, 개교 3년만인 2016년에는 드디어, 캄보디아 교육부에서 인증하는 '교육부 등록 국제학교'로서의 면모를 갖추게 되었다. 그리고 7개 학년에 34명이 재학하는 온전한 형태의 현재 학교로 발전하기에 이른 것이다.

본교 입학을 희망하는 학생들이 캄보디아 각처에서 몰려오고 있다. 이번 신입생 10명은 경쟁률 3:1을 거쳐 선발되었다. 그중 7명은 현지인 학교 7학년까지 2명은 8학년까지 재학한 후, 다시 본교의 입학시험을 치르고 학적을 갖게 된 학생이다. 집에서부터 학교까지, 버스를 세 차례나 갈아타며 열 시간이 넘게 걸리는 학생들도 있다고 한다.

본교에서는 한국어 수업이 매우 중시된다.

크메르어 과목을 제외한 모든 교과의 교수·학습이 한국 발행 교과서를 교재로 하여 한국어로만 진행되기 때문이다. 또한 생활 속에서도 한국어만 사용한다. 수업시간이든 학생 간의 사적인 자리든 한국어 하나면 충분하다. 완벽한 'Korean Zone'이다. 한 소절 흥얼거림조차도 한국어이다. 이제는 자연스러운 일상이 되었다.

이와 같은 학습 결과가 나오기까지 교사들이 얼마나 열정을 다했는지를 짐작할 수 있다. 학생들의 노력 또한 박수로는 부족할 것이다.

다른 교과로는 토익·수학·기악·성경·크메르어 등이 있다. 새벽 6시에 하루를 시작하여 자습을 마치는 밤 10시 30분까지 오로지 학업에 매진한다. 이러한 일정에도 불구하고 어느 누구의 얼굴에서도 웃음이 떠나지 않는다. 이 학교 이 환경에서 공부할 수 있음에 감사와 자긍심을 갖고 있으며 자신의 미래가 밝을 것임을 확신하고 한다.

현재 교사진은 모두 열 분인데 크메르어 강사를 제외한 아홉 분이 한국인이다. 그 외에도 이 지역에 거주하는 몇몇의 한국인들이 방과 후에 학교를 방문하여 예능 지도 등으로 재능을 기부하고 있다.

두 분은 한국교회로부터 교육선교사로 파송되었다. 그중 한 분인 박 선생님이 수업도 겸하는 학교장이며 이번에 나를 초빙한 것이다. 또 한 분의 교육선교사는 수업과 동시에 행정 업무를 담당한다.

교사 중 네 분은 대학 재학 중이거나 올 2월에 졸업한 청년들이다. 한국에서 가장 분주할 나이에 어려운 나라로 건너와 힘든 여건을 이겨내며 봉사활동을 하고 있다는 것만으로도 찬사를 받아 마땅하다. 그들은 적어도 일년 동안 이곳에서 지내며 자신의 긴 인생을 크고 깊고 넓은 그림으로 설계할 것이다.

다른 두 분은 한국에서 대학교수를 역임한 원로 선생님이시다. 머리가 희끗한 어르신이지만 수업할 때의 목소리에는 박진감이 넘친다. 노년기를 좀 더 색다른 삶으로 채우는 분들이다. 한 분은 부부가 함께 와 생활하며 수업이 없는 날엔 캄보디아 곳곳을 여행한다. 누구든 한번은 꿈꿀 법한 풍경이다.

10~12학년의 재학생 중 6명은 이번 5월 19일에 치러지는 'TOPIK(Test of Proficiency in Korean)'에 응시한다. TOPIK은 한국 교육부가 주관하는 외국인을 위한 한국어 능력시험이다.

응시 학생 6명의 목표는 모두 한국 내 대학에 입학하는 것이다.

TOPIK 평가 등급 3급 이상 획득자는 한국내 대학 입학을 지원할 수 있다. 또한 최고급수인 6급을 얻으면 4년 전액 장학생으로 선발되기 때문에, 이들은 밤낮을 가리지 않고 시험공부에 땀을 흘린다.

이번 7월에는 12학년인 세 명의 학생이 졸업한다. 고교 제1회 졸업식이다.

그중 짠디(이하 가명)는 H대 경영학과에 지원하고자 하며 작년에 이미 TOPIK 6급 자격증을 획득하였다. 그는 대학 졸업 후 모국으로 돌아와 사업가가 되고 싶어 한다. 모국의 경제 발전에 성실히 기여하게 될 것이다. 짠논은 I 대 임상병리학과에 지원할 예정이다. 작년에 TOPIK 5급 자격증을 획득하였는데 이번에 6급에 재도전한다. 수학 후 모국으로 돌아와 혈액검사소를 운영하는 것이 그의 소망이다. 그 또한 캄보디아의 의료계 발전에 큰 몫을 담당하게 될 것이다. 또 다른 학생은 쓰래야이다. 그는 프놈펜대학의 의학과에 진학하고자 준비하고 있다. 모두 캄보디아가 꼭 필요로 하는 지도자로 성장할 것이다. 나는 그들의 미래를 응원하며 확신한다.

이 세 학생은 개교 첫해 채 정비되지 않은 환경의 이 학교에 입학하여, 한국이라는 낯선 나라에서 온 선생님들을 믿고 따르며 밤을 새워 기도하고 공부한 학생들이다. 새로운 역사를 열고 일군 「좋은나무국제학교」의 산 증인인 것이다.

나는 이곳에 온 처음 며칠 동안은, 이 학교 학생들의 학습 태도나 생활 자세를 지켜보며 놀라지 않을 수 없었다. 이러하니, 이곳 교사들로서는 이들에게 하나라도 더 주고 가르치고 싶은 열성이 솟을 수밖에 없다. 지극히 당연한 인지상정이다. 어른처럼 이끌어주는 선배에서부터 이제 한국어를 배우기 시작한 신입생에 이르기까지, 어느 누구 하나 대견하거나 기특치 않은 학생이 없다.

이들이 캄보디아 사회에 선한 영향력을 미치는 지도자로 성장할 것을 그리고 이 나라에 더욱 밝은 미래가 실현될 것을 기원한다.

한국어 수업

    내가 이곳에서 담당한 한국어 수업의 해당 학년은 'KLC(Korean Language Course)'이다.

    KLC는, 7학년부터 12학년까지의 중·고등학교 정규과정에 입학하기 위한 전 단계 학년이다. 이 과정을 이수하고 교내시험의 일정 점수를 받아 합격하면 7학년으로 진급하는 것이다. 7~8학년은 일 2시간, 9~12학년은 일 1시간씩 한국어를 수업하고 있다.

    교재로는 '서울대학교 언어교육원'이 개발한 『서울대 한국어 2A, 2B』를 사용하는데, 이는 한국어 의사소통능력을 키우고자 하는 학습자들을 위한 '정규 과정용 한국어 교재'이다. 즉, 외국인을 위해 교과서 용도로 만들어진 책인 것이다. 이 교재의 전 시리즈는 초급부터 고급까지 총 6단계로, 각급은 A, B 분권으로 되어 있고, 각 분권은 다시 『Student's Book』과 『Workbook』으로 구성되어 있다. 즉 1년에 4권의 책을 배우는 셈이다.

이 학교의 'KLC' 학년은 입학하자마자 2급 과정부터 시작하며, 1급은 배우지 않고 건너뛴다. 매일 5시간씩 수업한다. 그야말로 강훈련이다. 그래서 12학년이 되면 6급의 고급 과정을 학습하게 되고 수준 높은 한국어 실력을 갖추게 되는 것이다.

KLC 학급에는 열 명의 학생이 있다. 남학생 네 명과 여학생 여섯 명이다.

4월 23일에 가진 수업 첫 시간에서부터 나는 놀라고 말았다. 작년 8월에 입학하여 방학을 제외한 총 6개월 남짓의 학습 기간에 비해, 그들의 한국어 실력은 매우 뛰어났고 그래서 더욱 즐겁게 수업할 수 있었다. 한국을 좋아하는 만큼 한국어 배우기도 좋아하는 학생들이다.

첫 시간에 배운 9과의 제목은 '문의할 게 있는데요'였다. 이 과는 외국인들이 한국 생활 중 경험하게 될 여러 가지 상황의 '문의하기'에 관한 내용이었다.

'문의'란 쉽지 않은 단어이다. 학생들은 이 단어의 뜻을 모르고 있었다. '질문'과 같은 뜻이라고 설명하였더니 고개를 끄덕인다. 그러다가 얼른 휴대전화기의 '한국어-크메르어' 사전에서, '썸누어(질문, 물음), 쑤어(질문하다, 문의하다)'라고 적힌 화면을 찾아 보여주니 학생들의 표정이 금방 밝아진다. 모국어와 한국어의 통용 사실에 대한 반가움 때문일 것이다. 어휘 학습 방법으로는 휴대전화기에 있는 사전을 활용하는 것이 가장 유익하였다.

나는 이 교재를 통해, 그동안 무심히 넘겼던 흥미로운 부분도 알게 되었다.

이 책은 외국인의 음성언어 생활에 비중을 두고 꾸며진 교재이다. 그래서인지, 대화 등에 문어체보다는 구어체가 우선하여 표현되어 있었다. 예를 들어, '뭐 하고 있어요?' '나하고 같이 가요, 나랑 같이 가요.' 등으로 표기하고 있었는데, 만약 내국인을 대상으로 한 교과서였다면, '무엇을 하고 있어요?' '나와 같이 가요.' 등으로 적었을 것이다. 외국인의 실생활을 염두에 둔 저자의 의도가 보인다. 한편, 우리의 언어생활 속에서, 문어와 구어 표현의 차이를 별로 의식하지 않고 있었다는 것을 새삼스레 돌아보는 기회가 되었다.

한 단원은 '어휘, 문법과 표현, 읽기, 쓰기, 듣기' 등으로 구성된다.

'새 어휘'로는 '전화를 걸다, 전화가 오다, 문자를 보내다, 문자를 지우다.' 등이 소개되었다. 나는 미리 준비한 휴대전화기 두 대를 이용하여, 교사와 학생이 또는 학생끼리 직접 통화를 하거나 문자를 보내는 활동을 실시하였다. 이런 방법으로 새 어휘를 익히는 것은 어렵지 않았다.

이에 비해 '문법과 표현' 학습은 꽤 어려운 부분이었다.

음성언어가 문자언어보다 먼저 습득되는 것이 언어생활이다. 태어나 일 년이 지나면서부터 아무 의식 없이 사용하는 음성언어를, 문자언어의 문법으로 목록화한 이 부분은 설명과 이해가 모두 어려웠다. 마치 영어 문법이 우리에게 생소했던 것처럼.

'A(형용사)-(으)ㄴ데요, V(동사)-는데요, N(명사)인데요.'는 더욱 그랬다.

이것은 품사에 따라 어미 활용이 다름을 보여주는 내용이다. 한국인으로서는 당연히 아무 의식 없이 사용하는 활용어이다. 예문으로는 '바쁜데요, 숙제하는데요, 학생인데요.'가 나와 있었다. '~입니다'와 유사어인 '~인데요'가 앞에 붙는 단어의 품사에 따라 위의 세 가지 어미로 활용된다는 한국어 문법을, 나는 멀리 캄보디아에 와서 새삼스레 깨닫게 된 셈이다. 절로 미소가 떠어진다.

나는 이것을 품사의 차이를 통해 설명할 수밖에 없었다. 그러나 품사 구별 자체가 이곳 학생들에게는 쉽지 않은 일이었기 때문에 한참을 설명하다가 내가 먼저 지치고 말았다. 결국 나는 어설픈 끝맺음으로 상황을 종료해야 했다. "지금 잘 몰라도 걱정하지 마세요. 한국어를 많이 하다 보면 나중에는 저절로 알게 돼요." 그렇지 않아도 더운 교실에서, 이쯤 되어 나는 온통 땀범벅이 되고 말았다.

'A-(으)ㄴ가요?, V-나요?, N인가요?'의 문법 내용도 있었다. 이것은 말하기와 듣기와 쓰기를 실습하며 익혔다.

포스트잇에 각자 궁금한 내용으로 두 가지 질문을 만들어 적도록 했다. 그리고 책상을 뒤로 밀어 공간을 마련한 후, 친구들을 일일이 찾아다니며 질문하도록 하였다. 열 명의 학생들은 매우 즐겁게 대화하며 익혀 나갔다. 돌아다니며 활동하게 하니 좋아한다. 한국 교실과 다를 바 없다.

활동 후에, 자신이 만든 질문과 친구에게서 들은 대답을 공책에 정리하였다.

'한국에서 가장 가보고 싶은 곳은 어디인가요?', '보고 싶은 사람은 누구인가요?' 등의 질문이 많이 나왔다. 그 대답으로는 '한강, 남산, 서울'이 있었고, 심지어 '인사동, 광화문'도 있었다. 보고 싶은 사람은 '가족'을 꼽았다. 오랫동안 가족과 떨어져 기숙사 생활을 하기 때문일 것이다. 다 적은 후 자신이 정리한 내용과 활동 후의 느낀 점을 발표하는 기회를 가졌다. 알고 있는 한국어 지식을 총동원해야 하는, 왁자지껄한 가운데 즐거운 수업시간이었다.

'받아쓰기'는 매시간 실시하였다.

자음동화나 구개음화현상처럼 철자와 발음이 다른 경우에 대해서, 학생들은 생각보다 별 어려움 없이 받아들였다. 띄어쓰기는 이들에게 매우 어렵다. 필순은 크메르 문자의 영향 때문인지 아래에서부터 위로 쓰는데 이 습관을 고치려면 좀 더 시간이 걸릴 것 같다.

'듣기평가'를 하는 자세는 매우 진지하다.

지시문을 천천히 또박또박 읽어주니 학생들이 무척 고마워한다. 못 들은 부분에 대해 '다시요~.' 하는 모습이 한국에서 형성평가 치르던 아이들 모습과 똑같다.

여러 언어 능력 중에서 '읽기 능력'이 가장 우수했다. 영어를 대하는 한국인의 경우와 같다. 예로, '120번 전화를 아시나요?'라는 열 줄 정도의 읽기 지문을 제시한 후 서너 개의 단답형 문항이 주어졌는데, 거의 모든 학생이 정답을 말할 수 있었다. 매일 정규 독서시간에 한국에서 기증한 도서를 읽은 후 나름대로 독서노트를 기재하고 있는데, 이러한 독서 습관으로 인해 독해력이 키워졌을 것이다.

차논(이하 가명)은 받침 쓰기를 어려워한다. '좋아한다'를 '조ㅎ아하다'로 적고, '없는데요'를 '어새는데요'로 적는다. 그러나 그것까지도 사랑스럽다. 로앗떠낙의 학습 결과는 거의 완벽에 가깝다. 캄보디아 학교에서 8학년까지 다니다가 이곳에 다시 입학한 영재급 학생이다. 사론은 수업을 조금 어려워하여 방과 후에 몇 번의 보충수업을 하였다. 수줍음을 잘 타는 여학생인데 예습을 함께 했더니 다음날의 수업 태도가 더욱 진지해진다.

짜리야는 듣기 영역에 가장 자신 있어 하며, 들을 때의 표정이 정말 예쁜 여학생이다. 어른이 되어 선생님이 되고 싶다고 했다. 썸낭은 언제나 웃는 얼굴이다. 수업하는 것도 재미있고 학교 신축공사에 참여하는 것도 재미있다고 말한다. 이곳 학교에서 경험하는 모든 일이 썸낭에겐 행운이며 행복인 듯하다.

메웅후어와 쓰레이닛은 고향 친구이다. 부모님들끼리 상의해서 이곳 학교로 유학시켰다. 방학이 끝나고 학교로 돌아올 때면 5시간에 거쳐 세 번의 버스를 갈아탄다. 이럴 때 더욱 힘이 되어주는 죽마고우이다.

씨응리는 키가 크고 점잖은 모습이 꼭 언니 같은 인상

을 준다. 부활절에 발표한 워십댄스의 동작은 정말 사랑
스러웠다. 싸안은 정이 많고 노래를 잘해서 여학생에게
인기가 많다. 학교의 전기공사에 앞장서는 기술력을 가
지고 있다.

한나는 붙임성이 있고 귀엽다. 7학년에 언니가 있다. 한
자 한 자 또박또박 적어 내게 준 편지가 나를 뭉클하게 한
다. '선생님은 우리 KLC 학생들 열심히 가르치고 시험할
때 쉽게 해 주셔서 너무 감사하고 축복해요.' 주술관계가
어색한들 그게 무슨 상관인가. 이 정도 문장력이면 만점
을 주고도 남는다.

KLC반 열 명의 학생들에게, 한국은 어떤 나라이며 한
국어는 어떤 언어일까.

그들의 꿈은 이 학교를 졸업한 후 한국의 대학에 진학
하는 것이다. 한국에서 각자의 학문을 전공한 후 그들의
나라로 돌아와, 각자의 자리에서 조국 캄보디아를 위해
일하는 일꾼이 되는 것을 소망하고 있다. 이것이, 이들이
고향과 부모를 떠나 멀리 이곳 씨엠립에 와서 7년 동안
밤을 새우고 땀 흘리며 공부하는 이유이다. 그런 학생들
에게 우리 한국인 선교사와 교사들이 마중물이 되어 주
고 있는 것이다.

나는 이들을 믿고 응원한다. 그들의 꿈은 반드시 이루어질 것이다. 얼굴 표정이나 생활 자세를 보면 그것을 확신할 수 있다.

오늘도 교실 안은 여전히 더운데, 학생들의 열기는 더욱 뜨겁다.

학교 짓기

이번 주에는 학교에서 수업을 실시하지 않는다.

학생들은 학교 신축 현장에 가서 건물 짓는 일을 돕게 된다. 한국에서 건축 사업을 하시는 분이 봉사차 어젯밤 늦게 이곳에 오셨고 그분의 지도로 학생들이 나서서 힘을 보태는 것이다.

7시에 아침 식사를 마치자 학생들은 서둘러 일할 채비로 나섰다.

전교생 34명 중, 대학 입시나 TOPIK 시험을 앞두거나 주방 일을 도울 학생을 제외한 25명은 완벽한 차림새를 갖췄다. 챙 넓은 모자로 머리를 덮고 보자기 등을 휘감아 얼굴과 목덜미를 감쌌다. 긴 옷과 장갑 등으로 몸을 모두 가려야만 작업 참여가 가능하다. 워낙 뜨거운 날씨라, 맨

살을 노출하면 십 분도 안 되어 검게 그을리고 화끈거리게 될 것이다.

무장한 학생들의 표정과 자세는, 그동안 이들이 건물을 짓는 일에 얼마나 능숙하게 적응하고 적극적으로 대처해 왔는지를 알 수 있게 한다.

이곳에서는 현재 학교를 신축하고 있는 중이다.

3년 전 캄보디아 교육부에 정규학교로 등록되었고 학생들의 실력으로 학교의 위상이 높아짐에 따라 국제학교로서의 대내외적인 면모를 갖출 필요성이 더욱 커지게 된 것이다.

7년 전 개교 당시에는 방 몇 개 딸린 개인 주택이 학교였다. 아직 교육기관으로 등록조차 되지 않은, 말도 통하지 않는 낯선 한국인이 운영하는 학교에 입학하고자 했던 학생들과 부모의 용기는 어디에서 온 것이었을까. 혜안이고 믿음이었다.

현재 사용하는 건물은, 임대인이 학교 용도에 맞게 설계하여 지어준 것이며 월 800불에 빌려 쓰고 있다. 선교사와 학생들의 성실성에 감동한 캄보디아인 독지가의 배려가 있었다.

신축 학교 부지는 현재의 학교에서 300미터 거리에 있다. 1,500평의 넓은 땅이다. 어려운 나라로 건너와 이국 학생들을 위해 땀 흘리는 학교 관계자들의 헌신적인 뜻을 높이 산 현지인 쏘반 氏(가명)로부터 시세보다 저렴한 가격으로 매입하였다. 이는 캄보디아 갑부 중 한 명으로 고국을 위한 노블레스 오블리제를 실천하고 있다고 한다.

건물이 세워지고 있는 이곳은 씨엠립 중심가로부터 차로 20분 거리에 있는 외곽 지역이다. 주위에는 2차선 도로를 두고 몇 개의 건물과 주택이 군데군데 서 있고 나머지 땅들은 경계담만 쳐져 있다. 정부 차원의 신도시 개발 지구라고 하나 아직은 방치되어 있다는 느낌이다.

100여 미터 거리에 'Cambodia-Japan Friendship Hospital'이 보인다. 일본의 의료 기술로 현지인을 진료하는 일본인 병원이다. 또 영국인이 세운 'Honour Village Cambodia'는 방과후교육 시설이다. 고아들을 포함하여 돌봄이 필요한 아동과 청소년들에게 숙소를 제공하는 동시에 교과 외 교육을 실시하는 위탁시설이다. 약 200여 명의 인원이 이 시설을 이용한다고 한다. 좀 더 멀리에는 'Siem Reap Branch of Hebron Medical Center'가 있다. 한국의 선교 단체에서 파송한 의사가 현지인들에게 무료 진료를 해주는 병원이다.

한국을 비롯한 세계 각국에서 이곳 캄보디아에 인류애

의 손을 내밀고 있는 것이다.

나는 점심때가 지나서야 건축 현장으로 나갔다.

더위로 인해 방문을 여는 일조차 힘든 일이었으나 교사와 학생들이 땀을 흘리며 분주히 움직일 것을 생각하니 마음이 편치 않아 숙소에 머무를 수가 없었다.

새 학교 담장 안에는 세 동의 건물이 있다. 첫 건축물인 'Blessing Hall'은 교회로 2년 전에 완공하였다. 다른 두 곳은 교사동과 숙소동인데 공사의 마무리 단계에 와 있다.

현지인 인부 20여 명도 분주히 오가고 있었다. 벽면 페인트 도장, 교실 바닥의 타일 시공, 수로 공사 등은 전문 인력이 맡아 진행하는 중이다.

한편에서는 학생들이 그룹을 지어 부지런히 움직이고 있다. 박 선생님으로부터 '건축 현장에서 학생들이 큰 몫을 하고 있다.'는 말을 들었을 때, 나는 그 뜻을 얼른 이해하기 힘들었다. 어린 학생들이 무슨 일을 얼마나 도울 수 있겠는가. 더구나 절반은 여학생이 아닌가.

그러나 예상은 빗나갔음을 나는 현장에 도착하자마자 곧 알아차렸다.

남학생들은 숙소 건물의 1층 벽체 위에, 하층의 지붕이자 상층의 바닥인 슬라브를 치기 위한 기초 작업을 진행하는 중이었다. 일부는 작업에 필요한 자재들을 위로 올리고 있었고, 일부는 벽체 위를 연결하여 거푸집을 만들기 위한 합판과 각재 등을 짜맞추고 있었다.

여학생들은 교사 전면의 화단 조성 작업을 하고 있었다.

화단 경계 지점의 땅을 파고 벽돌 경계석을 쌓아올리는 것이다. 몇 명은 삽으로 땅을 파 골을 만들어 갔다. 그리고는 긴 골을 손으로 고르게 정리한 후, 물호스와 기준실을 이용하여 수평과 수직을 맞추는 작업을 한다. 몇 명은 시멘트를 반죽하여 나르고 몇 명은 한 층 한 층 벽돌을 쌓아 올린다. 건축 장면을 이렇게 가까이에서 지켜보는 것도 나로서는 처음인 일이지만, 그것이 열다섯 살 남짓한 여학생들의 작은 손만으로 차분히 완성되어간다는 것은 딱히 뭐라 표현하기 힘든 가슴 먹먹한 장면이었다.

더욱 놀라운 것은 작업에 임하는 그들의 자세가 너무도 적극적일 뿐더러, 땀과 흙먼지가 범벅이 된 얼굴에는 활력이 넘치고 있다는 것이었다. 필요에 의해 자생하는 생활력 또는 거기에서 파생된 의지라고 말해도 좋을 것이다.

건축에 필요한 재정은 한국의 교회와 후원자들이 보내주는 기금으로 기적처럼 충당되고 있다.

그런 빠듯한 상황에서 현지인 업자에게 건축 일체를 맡

길 수는 없는 노릇이다. 작업에 필요한 모든 자재는, 공정 진행 상황에 맞추어 두 분의 선교사가 번갈아 발품을 팔며 시장을 돌아다녀 구입한다. 그리고 자재의 양이나 크기에 따라 직접 싣고 오거나 주문하여 가져온다. 현지인 인부들은 작업 도구와 노동력만을 제공하는 형태였다. 나도 몇 번 철물상과 목재상에 동행한 적이 있었는데 이 일만으로도 감당하기 어려운 수고로 보였다. 따라서 이러한 상황을 익히 알고 있는 학생들로서는 적극 나서서 자신들의 작은 손발을 보태는 것이다.

인부들은 이미 철수한 밤 여덟 시까지도 학생들의 작업은 계속되었다. 아직 전기 시설이 갖춰지지 않은 상태라, 한편에서는 발전기가 큰 소리로 돌아갔고 휴대전화기의 손전등 불빛도 한몫을 하고 있었다.

건물 완공은 7월이 목표이며, 중·고교 졸업식을 이곳에서 거행할 예정이다. 많은 축하객과 학부모를 모신 가운데 졸업식은 성대하게 치러질 것이다. 축제의 장이며 감격의 장이며 역사의 장이 될 것이다.

도서관과 자습실과 식당까지 갖추게 되면, 씨엠립 일대에서는 가장 훌륭한 중등학교 교육시설이 될 것이라고 한다.

학생들 중에는 생활이 어려워 중학교 진학조차 어려운 경우도 있었다. 그러한 그들이 이와 같은 선진 시설에서 마음껏 공부하며 진로를 설계할 수 있다는 것은 하늘이 내린 축복이다. 이렇게 되기까지의 교사와 학생들과 후원자들의 끊이지 않은 노력에 박수를 보내지 않을 수 없다.

또한 이들의 눈물과 땀을 닦아주시는 분께 영광을 올려드린다.

부활절 예배와 달란트 잔치

주일 아침, 좋은나무국제학교의 교사와 학생들은 인근의 「쁘레이톰초등학교」로 갔다.

2~30분 정도의 거리를 대부분은 걸어서 갔고 오늘 달란트 잔치에 사용할 물품을 담은 큰 박스들이 자동차의 좌석을 차지하였다.

국제학교 학생들은 이곳에서 중요한 일을 담당한다. 초등학교 강당에 모인 인근 지역 어린이들을 대상으로 주일학교를 운영하는 것이다. 5년 전 좋은나무국제학교와 쁘레이톰초등학교는 협약을 맺었는데 이는 초등학교 측의 배려가 있어 가능한 일이었다.

오늘은 부활절이라 여러 가지 이벤트가 마련되어 있었다. 행사 일정을 미리 홍보했던 터여서, 이 마을 저 마을에서 삼삼오오 짝을 지어 몰려 온 아이들이 기대의 표정으로 우리를 기다리고 있었다.

운동장 한가운데에 있는 큰키나무인 '다음끙아옥(공작새나무)'에는 성큼성큼 올라간 아이들이 아찔하게 앉아 있고, 가지에 핀 강렬한 주황색의 꽃송이가 아름답다. 고학년 여자애들은 하나같이 코흘리개 젖먹이 동생을 팔 한쪽에 끼고 나왔다. 사진을 찍으려니 여기저기에서 아이들이 몰려온다. 'once more' 하며 내 손을 잡았던 여자아이가 생각난다. 나는 이 나라를 대표하는 분홍꽃인 '프까 끄러다(종이꽃)' 앞에서 열댓 명 어린이의 단체사진을 찍었고, 그들은 사진 속에서 순진하게 웃고 있다. 캄보디아에 온 이후 현지 어린이들을 만나는 첫 번째 기회였다.

일체의 행사는 국제학교 학생들이 담당하여 진행하였다. 크메르어로 번역한 복음성가를 부르는 시간이 있었다. 한국의 음악이 멀리 이곳까지 전해와 연주되고 있다. 곧이어 성경공부가 있었다. 알아들을 수는 없었으나 예수님의 부활에 관한 것임을 짐작할 수 있었다.

다음 순서로는 연극 공연이 있었다. 학생들이 기획하고 연출하고 무대에 서는 것이었는데 제법 작품성을 갖춘 단막극이었다. 빈 무덤으로 달려온 세 여인, 덩그러니

놓여 있던 붉은 피의 세마포를 펼쳐보며 놀라는 로마 병사들, 그리고 이들에게 나타나 못자국을 보이시는 예수님……. 소승불교국인 동시에 집집마다 가신을 모시는 샤머니즘이 팽배한 이곳 캄보디아의 어린이들에게 기독교를 알리는 소중한 시간이었다.

드디어 달란트 잔치가 시작되었다.

한국과 마찬가지로 캄보디아에서도, 달란트 잔치는 어린이들에게 가장 즐거운 행사 중 하나인 듯했다. 오늘 100여 명의 많은 수가 참석한 것도 바로 이 때문이었던 것이다. 예배에 참석하면 1달란트라고 적힌 종이카드 2장을, 성경 구절을 외우면 5장을 상품으로 받는다. 이것을 잔칫날에 가지고 와서 상품에 매겨진 가격에 따라 교환하는 행사이다. 즉 달란트 카드가 현금이 되는 것이다. 잔치는 4개월에 한 번씩 열린다고 한다. 그 기간 동안, 아이들은 종이카드를 국제학교에서는 한국에서 지원한 갖가지 물품들을 정성껏 모아놓는다.

그런 후 오늘 드디어 이곳 어린이들 앞에 풍성하고 화려하게 펼쳐진 것이다.

부스는 네 곳에 차려졌다.

강당에는 의류를, 복도에는 일정 간격을 두고 문구류와

간식류와 생활용품을 진열하였다.

'의류' 부스에는 물품도 풍부했고 아이들도 많이 몰려들었다.

여러 개의 박스 안에 들어있는 한국 유명 브랜드의 중고교 교복이 눈에 띄었다. 옷걸이에 걸고 비닐로 씌운 새 상품이었다. 재고품으로 처리된 것을 이곳에 기탁한 것이었는데 나로서는 예상치 못한 물품이었다. 달란트 카드 열 장이면 교환할 수 있는, 말끔한 이 상품에 아이들은 관심이 많은 듯했다. 열 살쯤 되어 보이는 한 남자아이는 본인이 입기에는 터무니없이 큰 사이즈인 남녀 교복을 일곱 장이나 챙겨들었다. 예배에 모범적으로 참석하는 아이라고 했다. 그리고 집에 가져가면 어른들의 복장이 된다는 것을 나는 나중에 들어 알게 되었다.

여자아이들은 굳건히 안고 있던 한두 살배기 젖먹이를 바닥에 내려놓은 채 자신의 취향에 맞는 옷을 고르느라 정신이 없다. 동생들은 악을 쓰며 울어 젖혔으나 누나들의 얼굴은 쇼핑의 즐거움으로 상기되어 있었다. 가족으로부터 주문받았을 성싶은 20여 점의 옷가지를 다발로 묶어 이고 가는 한 여자아이의 표정에는 만족감이 넘치고 있었다. 동종 물품에 대한 개인의 독점 금지가 이 잔치의 상거래 원칙이긴 하였으나, 의류의 양이 워낙 많았기 때문에 문제가 되지 않는 듯했다.

　가장 복잡한 곳은 역시 '문구류' 부스였다.

　한글이 박힌 형형색색의 연필과 칼라펜과 공책 등이 말
끔히 진열되었다. 동물 인형 장식이 붙어있는 볼펜은 최
고 인기 품목이었다. 한국의 저학년용으로 만들어진 네
모칸 공책이 이곳에서는 새로운 느낌으로 와 닿았다. 물
건을 고르는 눈은 반짝였고, 호주머니에 꼭꼭 접어 넣어
온 카드를 내미는 손길은 진지하였다. 아이들은 미리 준
비한 가방이나 봉지에 자신만의 상품을 소중히 넣어 가
져갔다. 나는 문득 그들을 안아주고 싶었다.

　'간식류'로는, 사탕과 과자와 초콜릿 등 이 지역 상품이
진열되었다. 더운 나라에서 식품을 오래 보관하기가 마
땅치 않아 현지에서 구입한 것들이다. 양이 많지 않았기
때문에, 우르르 몰려든 아이들이 지나간 후 금방 동이 났
다. 뒤늦게 나타난 아이들은 아쉬움으로 얼른 자리를 뜨
지 못하고 있었다.

　'생활용품' 부스에는, 칫솔이 많았고 치약과 샘플용 포
장 화장품도 있었다. 이곳은 그리 붐비지 않았다. 아이들
에게 체감되는 필요의 정도가 약했던 탓이리라. 아이들
은 화장품 샘플의 용도를 잘 모르는지 만지작거리기만
하다가 내려놓곤 했다. 이곳 주부들이 왔다면 이 부스가

가장 붐볐을 것이다.

어느덧 점심때가 훨씬 지났다.

아이들이 돌아간 초등학교는 이내 조용해지고 남은 물건을 정리하는 학생들의 손길이 가볍다. 집으로 간 어린이들은 고이 모은 카드와 맞바꾼 상품들을 오랫동안 소중히 다룰 것이다. 그리고 만족감으로 혹은 아쉬움으로 오늘을 기억할 것이다.

'자족의 기쁨'이란 것은 무엇일까?

이곳 학교에는 교무실과 교사 숙소에만 냉방기가 설치되어 있다. 교실에는 천정에 매달린 선풍기 한 대만 돌아간다. 24시간 뜨거운 4월의 이곳에서 며칠 전, 하루에도 대여섯 번이나 정전되는 일이 있었다. 수업 후 숙소에 들어와서는 냉방기와 선풍기를 동시에 가동시켜야만 겨우 지낼 수 있는 상황에서, 두 가지 다 작동을 멈춘다는 것이 얼마나 큰 고통인지는 겪어본 사람만이 알 수 있다. 그때 나는 알았다. 냉방기가 멈췄을 때의 불만과 불편보다는, 다시 작동이 시작되었을 때의 만족감과 고마움이 더 크다는 사실을 말이다.

없을 때의 불편을 말하기보다 있을 때의 족함과 행복을 아는 일이 더 중요하다. 나는 이제, 앞만 보고 달리던 길을 잠시 멈추고 싶다. 그리고 무엇이 내 곁에 있는지 그것들이 내게 어떤 것들인지 생각해 보려고 한다.

종이카드로 얻은 작은 물건 하나로 인해 행복을 느낄 줄 아는 이곳 어린이들을 보면서, 나는 가슴 먹먹함과 동시에 자족의 가치를 배운다.

애국자 되기

물론, 이곳 날씨에 대한 사전 지식은 나에게 넘치도록 충분하였다.

'씨엠립의 4월 날씨는 일 년 중 가장 덥고 습함. 평균 기온은 31도, 평균 최고기온은 36도, 역대 최고기온은 43도임. 통풍이 잘 되는 가벼운 옷 준비. 모자 및 자외선 차단제 필수.'

세계문화유산인 앙코르와트를 찾는 한국인이 많은 관계로 씨엠립의 날씨에 대한 안내는 여기저기에서 쉽게 찾을 수 있었던 것이다.

나는 더위를 매우 힘들어하는 체질을 가졌다.

그래서 겨울을 좋아하는지도 모른다. 때론 겨울의 추위

를 즐길 줄도 안다. 그래도 교사 숙소에는 냉방기가 설치되어 있다고 하여 웬만큼은 견딜 수 있으리라 생각했던 것이다.

그러나 이곳의 더위는 수업 첫 시간에서부터 나를 당혹하게 만들고야 말았다.

5평 남짓한 교실은 아침부터 뜨거움으로 달궈져 있었다. 천장형 선풍기가 있어 그나마 다행이긴 했으나 시원한 바람일 수는 없었다.

수업 시작 후 정확히 2분이 지나면서였다. 화장 대신 바른 자외선 차단제가 땀과 뒤섞여 흘러내리기 시작했다. 처음 경험해보는, 끈적이는 짜디짠 이물질이 피부의 숨구멍을 틀어막는 느낌이라고 할까. 마치 비를 흠뻑 맞았을 때 입 주위를 훔쳐내야 하는 모양새와도 같게 되었다. 1교시가 끝나자마자 나는 숙소로 달려와 물을 퍼부어야 했다.

다음날은 자외선 차단제를 바르지 않고 로션만 가볍게 발랐다. 이 정도는 괜찮으리라. 그러나 마찬가지였다. 끈적거리는 물줄기가 이내 입 안으로 들어오기 시작했다. 1교시가 끝나기 무섭게 나는 숙소로 또 달려와야 했다. 허나, 수돗물도 더웠다. 지열로 인해 한껏 데워진 물이다. 그리고 보면 무상의 온수가 일 년 내내 보급되는 셈이다.

이런 일도 있었다.

교사들이 식사를 하러 외부로 나가는 날이었다. 해가 넘어가고 있는 저녁이었다.

이번엔 립스틱과 모자가 문제였다. 맨얼굴에 그것도 일주일 만에 망설이며 발라본 립스틱의 붉은 입자가 땀과 섞이면서, 입술 주위 피부가 화끈거리더니 벌겋게 부어오르는 것이었다. 모자가 필수품이라 하지 않았던가. 선크림을 대신하여 모자를 눌러쓴 것이 화근이었다. 나중에 보니 이마 위쪽이, 모자의 선을 따라 선연히 붉고 이미 돋아 올라온 땀띠로 쓰리기 시작했다. 나는 이를 가라앉히기 위해 꼬박 며칠을 기다려야 했다.

아, 이 지역의 더위란 바로 이런 것이었다. 해가 나옴과 동시에 시작되는 30도 이상의 더위는 한낮이 되기도 전에 이미 40도를 넘어, 해가 완전히 넘어갈 때까지도 계속되었다. 한국의 한여름 한낮의 땡볕과는 비교를 불허했다. 평균 기온 31도라는 그 '31'을 가볍게 보고 그 지속 시간을 간과한, 몰라도 한참 모른 내 잘못이 크다.

해가 완전히 없어지면 그나마 조금 나아지긴 했다. 바람이 불기 때문이다. 그렇다고 안심하면 당한다.

내가 경험한 몇 번의 바람은 이내 돌풍으로 변하는 것이었다. 한번 일어난 돌풍은 주위의 공기 덩어리를 통째로 끌어 올려 흙과 돌가루를 솟구치게 만든다. 입과 코 안으로 범벅이 되어 들어오고 얼굴과 팔 등에 박히는 입자들로 인해 온몸에 두드러기가 일어나는 줄 알았다. 이것이 이곳에서는 일상적인 일이라 했다.

건기인 요즘의 도로에는 흙먼지가 가득하다. 가로수라고 불러주기에도 민망한 낮은 키 나무들이 온몸에 먼지를 이고 있다. 그나마 한밤중에는 조금 내려가는 기온 덕으로 낮 동안의 더위를 견디어 낼 수 있다고 한다. 나무들조차 안쓰럽다. 저쪽 공터에서 몇 마리의 흰 소들이 느릿느릿 걸어 다닌다. 잡풀인들 넉넉하겠는가. 마른 몸이 더욱 힘들어 보인다. 이곳의 동물들도 하나같이 가냘프다. 땀이 지방층을 남겨두지 않기 때문이다.

자연 조건이 인간의 삶에 미치는 영향을 새삼 거론할 필요가 있겠는가.

더우면 움직이기 힘들 것이고, 움직이지 않으니 부지런함도 덜할 것이고, 그렇다면 개인이든 집단이든 빠른 성장을 기대하기란 쉽지 않을 터이다. 동남아 여러 지역의 어려운 경제사정도 내가 겪어보니 백번을 이해하고도 남는다.

인간 생활은 '자연에 대한 인간 의지의 대립'에서 발생하는 것이라고 했다. 생활 방식은 언제든지 자연환경의 제약을 받는다. 즉 자연환경은 각 지역과 민족의 생활 특성을 규정짓게 되는 것이다.

이곳 현지인의 의식주 생활은 모두 기후와 관련되어 있었다. 당연한 논리이다. 내가 지내고 있는 이 건물의 천장고는 한국의 그것보다 $\frac{1}{3}$은 더 높고 방이나 거실 바닥은 모두 타일로 되어 있다. 더위를 이기는 한 방법이다. 음식은 달거나 짜며 볶음 종류가 많다. 상하는 것을 막기 위한 조리법이다. 저장보다는 그날그날 먹기 위한 메뉴가 주이다.

씨엠립 시내까지 나가는 도로변에, 소규모 포장마차 형태의 길거리 음식점이 군데군데 서 있다. 음식을 오래 보관하기 어려운 이곳에서는, 가정에서 음식을 장만하기보다는 저런 간이음식점에서 한 끼를 해결하는 방식이 오히려 편리한 식생활 문화로 자리 잡게 된 것이다.

아, 이쯤 되면, 나는 한국이 너무나도 그립다.

문밖에만 나가도 공원이 있지 않은가. 도시는 도시대로 시골은 시골대로 나무와 꽃이 지천이지 않은가. 비가 오고 눈이 오고 바람도 불고…….

여기 와서 지내보니, 한국의 자연환경 하나하나가 나를

인간답게 해주는 가장 중요한 에너지였음을 깨닫게 된
다. 한여름 더위와 한겨울 추위는 그냥 애교에 지나지 않
는 것이었다. 온 국민이 아우성대는 미세먼지를 탓하는
것조차도 지금의 내겐 어림없는 교만이다.

봄이다.

주말에 산으로 들로 나가 찍은 사진들을 지인들이 보내
주고 있다. 참으로 아름다운 곳이다. 자랑스럽고 고마운
내 땅이다.

나는 온종일 씨엠립의 한 언저리에 있는 숙소의 두 평
남짓한 방에 갇혀, 대한민국을 더욱더 사랑하기로 마음
먹는다. 애국자가 되기로 결단한다.

그리고, 한 줄기 비를 이토록 기다리고 있다.

아, 앙코르와트여

오늘은 앙코르와트 유적을 방문하기로 한 날이다.

이곳의 '툭툭이'는 오토바이에 객차를 연결하여 만든 주요한 교통수단으로 여행자의 낯설음과 호기심을 배가시키는 특색물이다. 여기에 앉아 바람을 가르며 달리노라니, 씨엠립 시내를 거쳐 앙코르와트 유적지에 도착하는 동안의 일대 풍경이 정겹고 애틋하게 다가온다.

앙코르와트 유적군은, 12~13세기에 두 왕의 강력한 통치로 전성기를 누리던 앙코르 왕국의 크메르 문명에 의해 힌두교와 불교의 영향으로 탄생한 도읍이다. 그러나 크메르 제국은 세계 역사의 각축 속에서 15세기에 결국 무너지게 된다. 폐허로 변한 유적지는 밀림 속에 묻히며 이후로는 유령의 도시가 되어 금단 지역으로 남게 된다. 그러다가 1860년에 프랑스의 박물학자에 의해 발견되어 400년의 역사를 깨고 세상에 알려지게 된 것이다.

첫 번째 방문지는 '앙코르와트 사원'이다.

이 유적은 세계에서 가장 큰 석조건물 또는 가장 큰 종교 건축물이라는 이름을 얻고 있다. '수리아바르만 2세'가 힌두교의 이념을 설파하는 동시에 신과 만나는 자신의 사후 세계를 위해 건설하였다.

세 겹의 회랑으로 둘러싸인 중앙탑은 사원의 상징물로 신의 영역을 지상에서 구현한 것이라 한다. 회랑 벽면에 새겨진 비슈누의 신화와 역사 부조물과 코브라와 무희들의 조각물 등은 그야말로 장엄한 신들의 세계를 보여준다.

일대의 앙코르 건축물 중에서 가장 잘 보존된 이 웅장한 '도시의 사원'은 옛 크메르의 명성과 위엄을 가히 짐작케 한다. 보존을 위한 작업들이 여기저기 조심스럽게 진행되고 있어 찾는 이로 하여금 다행함을 안겨 주었다.

두 번째 방문지는 '바이욘(Bayon)'으로 앙코르 톰의 중앙에 자리 잡은 사원이다.

이름 그대로 '아름다운 탑'이다. 이곳의 특징은 탑의 사면에 조각되어 있는 인면상인데, 관세음보살의 형상 또는 앙코르의 중흥을 만들어낸 '자야바르만 7세'의 형상일 것이라고도 한다.

이 건축물은 국왕이 꿈꾸던, 자신의 신격화를 위한 창조물이었을 것이다. 그러나 내게 보이는 수십 개의 탑에 새겨진 200여 개 얼굴상의 공통점은 은은한 미소였다. '크메르인의 미소'이다. 백성을 다스리는 아비의 미소이다.

수리아바르만 2세의 후계자인 자야바르만 7세는 12세기에 국가 세력을 최대로 확장하여 인근 국가의 광대한 땅을 지배한 왕이다. 그가 건설한 건물에 '임금의 마음을 아프게 하는 것은 그 자신의 고통이 아니라 백성의 고통이다.'라는 글귀가 남아 있다고 한다. 그는 백성 보호의 마법을 전수받은 존재로 여겨진 국왕이었다. 그러나 한편으론 이같이 불가사의한 건축물이 완성되기까지의 이름 없는 백성들의 노고와 눈물과 희생이 겹쳐져, 보는 이의 마음을 무겁게 누른다.

탑의 미소가 후대를 살고 있는 이곳 크메르인들의 상한 심정과 아픔을 어루만져 주기를 바라며 나는 한참 동안을 조각상 앞에서 서성였다.

세 번째로 찾은 곳은 '타프롬 사원'이다.

이 건축물 역시 자야바르만 7세가 지은 것으로 어머니의 극락왕생을 빌기 위해 건립한 불교사원이다. 이곳은 내가 본 앙코르 유적 중에서 가장 충격적이면서 감동적인 인상을 자아냈다.

사원 안에는 크고 많은 건축물이 세워져 있는데 각각의 모든 사원을 각각의 거목들이 통째로 감싸 휘감고 있다. 그러나 분명히 이곳 역사의 시발점에서는, 스펑나무와 이앵나무의 여린 순이 나무로 자라 그늘을 내리며 사원을 아늑하게 덮어주었을 것이다. 그러나 이제 허다한 세월이 흐르는 동안 그것들은 거대한 물체가 되면서, 사원의 기둥과 벽체와 지붕에 뿌리와 줄기를 내리며 뚫기 시작했던 것이다. 그렇게 벌어진 틈은 다른 뿌리와 줄기와 흙으로 메워지고 그 규모는 상상 이상의 현상을 결과로 가져 왔다.

이제 나무와 사원은 한 몸이 되어 있다. 마치 공생하듯 밀착된 모습이다. 나무는 사원의 돌들을 무너져 내리게 하는 동시에, 사원의 몸체가 완전히 무너지는 것을 막아내는 역할도 하고 있다. 참으로 아이러니컬한 현상이다.

어찌 보면, 하늘이 창조한 거대한 자연이 인간의 쇠락한 조형물을 떠받혀 감싸고 있는지도 모르겠다. 자연과 인간의 조화일 수도 있다. 그러나 또 달리 보면, 자연을 거스를 수 없는 인간의 나약함을 반증하는지도 모르겠다. 그야말로 기묘한 신비감이다.

한때의 번영과 큰 규모를 보여주는 사원의 끝 모를 회랑조차도 나무뿌리의 침범으로 곳곳이 막혀 있어 통행이 위험할 정도이며 언제 무너져 내릴지 모르는 천장이 섬뜩함도 자아낸다.

이 기괴한 현상은, 폐비의 비운을 맞았던 자야바르만 7세의 어머니가 내린 저주 때문이라는 이야기도 전해진다고 하는데, 이와 같은 전설조차도 내게는 꽤 설득력이 있게 느껴질 정도였다. 매일매일 무너져 내려 하루하루가 다른 모습이라는 역사의 잔재가 엄숙함과 함께 덧없음 등을 생각하게 만든다.

내가 관람한 이 세 유적의, 건설 당시의 실상은 상상할 수 없을 정도로 신비하고 웅장했을 것이나, 그러나 현재의 모습에는 파괴의 흔적이 완연하다. 과거 도굴꾼들의 무차별적인 행동이 오늘날의 안타까운 현실을 낳았다. 이미 대다수의 유물들은 해외로 반출되었고 70%에 달하는 유적은 복원이 어렵다고 한다. 앙코르와트 자체가 면적이 워낙 넓어 철저한 관리가 어렵기 때문이기도 하지만, 무엇보다도 안타까운 것은 캄보디아의 정치력이나 경제력으로 이 문화재를 보관하고 복원해 나갈 능력이 부족하다는 것이다.

유네스코 세계문화유산으로 지정되어 있으면서도 동시에 위기에 처한 유적 목록에도 등재되어 있는 현실이 이를 뒷받침하고 있다.

한국을 비롯한 세계 각국에서는 최대의 미스터리 유산인 이곳을 보존하기 위한 노력을 아끼지 않고 있다. 우리나라는 앙코르톰에 위치한 '프레아피투 사원 1차 정비사업'을 진행했다고 한다. 보존·복원 마스터플랜 사업은 물론 현지 전문 인력 교육까지 실시하는 등 문화유산 살리기에 큰 성과를 올리고 있는 것이다.

세계유산이란 전 지구적인 유산이며 이를 보존하여 후대에 물려주어야 한다는 것에는, 사상과 이념을 떠나 어떠한 이견도 있을 수 없다.

아득히 묻혀있던 이들을 찾아내 세상 밖으로 끌어낸 '앙리 무오'는 그의 일기장에 다음의 글귀를 남겼다. '건축물의 장엄함과 우아한 곡선이 절묘하게 어우러져 있다. 세계에서 가장 외진 곳에 세계에서 가장 아름다운 건축이 있는 것이다.'

그렇다. 앙리 무어의 한 줄 글이 이곳의 모든 역사와 진실과 현상을 대변한다.

나의 어떠한 찬사와 어떠한 한탄과 어떠한 비감도 앙코르와트의 강력한 역사적 증거 앞에서는 오히려 초라할 뿐이다.

나는 그것들을 뒤로하고 떨어지지 않는 발걸음을 돌려야 했다. 가슴에서 울려오는 먹먹함만을 남기면서……

앙코르와트 유적지 위로 진한 노을이 내리고 있었다.

아, 앙코르와트여!

작품 해설

맥

아름다운 사랑 찾기

김우종(문학평론가, 전 한국문학평론가협회장)

　남영은 작가는 오랜 교직생활이 끝난 후에 가진 고교 동창들과의 행사 자리에서, 그동안 놓고 있던 문필생활을 다시 시작하겠다고 발표하며 이로써 격려와 축하의 박수를 받는다. 인생 후반기의 '버킷리스트'를 밝힌 것이다.

　작자는 지방에서 올라와 서울의 후암동 근처에서 자취를 하며 근처의 여고를 마치고 사범대학에 진학한다. 그 후 곧바로 교직생활을 시작하며 긴 세월 동안 이 일에 몸담게 된다. 퇴직 후에는 다시 캄보디아에 가서 우리말을 가르치는 교사로서의 봉사활동을 이어간다. 작자는 이렇게 오로지 한 길만을 고집했으니 여간한 집념의 인생이 아니다. 아직 세상 물정을 알기에는 너무 어렸던 10대 시절부터 굳이 서울 유학을 단행한 것부터 그렇다. 방학 중에는 모두 영어학원 수학학원 등을 다니며 과외수업을 한다는 것도 고향에서 돌아와 개학한 후 처음으로 알게 되었으니 도시로의 유학은 참으로 무모한 용기이기도 했다.

생활인으로서의 분주함으로 인해 남영은 작가는 어린 시절부터 지향해 오던 글쓰기를 중단하게 된다. 그리고 35년 만에 다시 잇기 시작한다. 시작했다가 중도에 그만 둔 글쓰기라면 35년 후의 그것은 시작이라고는 할 수 없을 것이다. 우리는 이를 제2의 인생이라고 말한다.

한국의 수필가들 중 다수는 이런 의미에서 제2의 인생을 살아간다고 말할 수 있다. 그렇지만 이 표현이 꼭 맞는 말은 아니다. 수필문학이 허구가 아닌 실제적 경험의 문학이라면 얼마쯤은 희로애락의 인생파고를 거친 후 시작해야 하겠으니, 인생 60년을 넘긴 뒤의 작업이라 해도 그것은 제1의 인생이 될 수 있는 것이다.

피천득은 「수필」에서 이 장르를 가리켜 '청춘의 글은 아니요, 서른여섯 살 중년 고개를 넘어선 사람의 글'이라 했으니, 수필을 쓰기 위해서는 무엇보다도 시간과 경험이 우선되어야 한다는 것을 알 수 있다. 수필은 허구가 아니라 자신의 경험을 진솔하게 표현해 나가는 글이라는 일반적 개념 또한 시간과 경험이 먼저임을 말해주고 있는 것이다.

수필가의 길에 대해서 이 개념을 엄격하게 적용한다면 35년간의 공백은 그저 헛헛한 공백이 아니라 좋은 수필 쓰기를 위하여 반드시 필요했던 시간과 경험의 단계라고 볼 수 있다. 다만 그 긴 기간으로 인해 청순한 감각을 지녔을 시절을 보내버렸다면 이는 매우 아쉬운 일인 것만은 사실이다.

남영은 작가의 본격적인 창작생활은 마치 하나의 분야에서 전문적 탐구를 해나가듯이 흐트러짐이 없는 주제로 일관되어 간다는 특성을 지닌다.

긴 세월을 한 권의 수필집 속에 담으려면 다양한 소재와 함께 다양한 인생관과 세계관이 혼재하게 되는 것이 일반적이다. 그러나 한평생 같은 길만을 걸어간 남영은 작가의 안에는 작자를 만들어 나간 집중적인 주제가 있고 소재가 있다.

그 집중적 주제는 바로 '아름다운 사랑'으로 집약된다.

영원한 헌신

작자는 여러 작품 중 하나인 「우리의 사랑법」을 이 수필집의 제목으로 삼았다. 자신이 걸어온 인생과 문학세계를 매우 적절하게 표현한 제목이다. 퇴직 후에도 멀리

인도차이나 남단까지 찾아가 남의 나라 사람들을 위해 봉사한 일, 쉬어 갈 나이에 이르자 걸음을 멈추며 뒤돌아본 발자국 등이 그렇다. 그 발자국에는 사랑이라는 이름이 가장 짙게 각인되어 있는 것이다.

사람은 누구나 긴 세월 동안 조금은 다른 삶의 방법을 갖고 싶어 한다.

남영은 작가에게는 아름다운 사랑 찾기가 무엇보다 앞선 주제가 되고 이를 위한 소재 찾기와 그 방법이 삶의 철학과 보람이 되며 삶의 이유가 되고 있다. 이것이 자신의 의지일 수도 있고 때론 우연일 수도 있겠지만, 종교적인 용어로 말한다면 신이 준 사명 같은 것이 될 수도 있을 것이다.

이 수필집은 작자가 살아 온 이런 아름다운 사랑의 방법을 어린 시절부터 교직생활 그리고 그 이후의 소재 속에서 몇 단계로 나누어 보여주고 있다.

작자는 아름다운 사랑법을 제1부 〈성장의 풍경〉 중 「세 가지 기억」에서 다음과 같이 말하고 있다.

헌신이란 부모의 본성이고, 부모와 자식의 관계란 헌신의 다른 이름이다. 그런 관계 속에서 인격을 부여받고 성장하면서 나의 아픔은 희석될 수 있었을 것이다.

그리하여 이제는, 먼발치에 있던 나의 지난날을 오롯이 꺼내 놓을 수 있는 것이리라.

여기서 말하는 헌신은 자식에 대한 부모의 사랑이다. 작자는 어머니가 베풀어 주는 그런 사랑을 어린 시절에서부터 훗날 자신이 어머니가 되고 자식을 키우는 단계를 통해서 보여주고 있다. 이 사랑은 내리사랑이며 헌신이다. 어머니는 자식에게 베풀기만 할 뿐 보상을 바라지 않기 때문에 희생이다.

여느 날처럼 나는 등에 업혀 병원에 갔다. 엄마는 한 손으로 나의 엉덩이 쪽 포대기를 받치고 다른 손으로는 나뭇가지를 붙잡으며 올라가셨다. 그 길은 왜 그리 멀고 험하던지, 오르는 중간 중간 엄마는 나무에 기대어 쉬었고, 그때마다 엄마 등에서는 땀 냄새가 진하게 풍겼다. 병원에 들어서면 엄마는 나를 내려놓고 한참 동안이나 숨을 고르셨다.

어머니는 한 손으로는 어린 딸의 엉덩이를 받치고 한 손으로는 나뭇가지를 붙들면서 가파른 언덕 위의 병원으로 올라간다. 그렇게 업고 다니는 일은 그 전에도 하던 일이다. 바닷가에서도 늘 그랬다. 어린 나이에도 어머니가 너무 힘드신 것을 알고 자신이 죽으면 그런 고생을 안 하리라 생각하고 철없이 죽고 싶다는 말을 한 적도 있다.

엄마의 이런 사랑은 작자로 하여금 아픔을 극복하게 만든다. 그리고 인격을 형성시켜 준다.

이런 의미에서 볼 때 작자가 말하는 사랑의 일차적 의미는 헌신이다.

이것은 일시적인 것이 아니다.

인생 칠십 고래희라는 옛말대로라면 한 사람의 사랑 실천 시간은 70년을 넘기기 힘들다. 그렇지만 작자는 이 한계를 부정하며 영원을 발견하고 있다. 부모님이 자식을 사랑하고 그 자식이 또 그의 자식을 사랑하고 또 그가 자라서 그의 사랑을 자식으로 이어가는 것이 인간의 사랑이라는 의미에서 작자는 영원한 헌신의 사랑을 발견하고 있는 것이다.

작자는 「세 가지 기억」 중 첫 번째 기억으로 술래잡기 때 겪게 된 트라우마를 작품 소재로 전하고 있다. 이것은 탯줄을 끊고 나온 작자가 사오 년쯤 시간이 흘렀는데도 여전히 엄마와 탯줄로 이어지고 있는 상태를 보여주는 사건이다. 작자는 술래잡기를 하면서 쫓아오던 남자애에 대한 공포감으로 그 자리에 엎어지고 이후 자다가 가위

눌리는 위기를 시작으로 새로운 사건들을 겪게 된다. 이
때 작자는 어머니의 사랑으로 살아나고 성장해 나가므로
그때까지도 여전히 작자는 어머니와 탯줄로 이어지고 있
는 것이다.

작자는 이러한 사랑을 잔잔한 속삭임의 추억담으로 서
술하고 있다. 따라서 그의 작품들은 고귀한 사랑이 무엇
인지를 말해주는 철학성을 지니는 동시에 그 관념을 형
상화한 서정문학인 것이다.

사랑의 영역 확대

작자의 이와 같은 사랑은 영원한 것이지만 혈연적인 인
간관계라는 점에서는 그 한계점을 지닌다. 그리하여 작
자는 이 제한적인 영역의 사랑을 더 넓은 영역의 사랑으
로 확대시켜 나가고 있다. 제2부에서 보여주는 스승과 제
자 간의 사랑이 그것이다. 사제지간의 인간관계도 부모
와 자식 간의 관계에 가까운 것이며 따라서 스승을 부모
처럼 모셔야 한다는 것이 전통적인 가르침이기도 하다.
그러나 근원적으로 부모와 자식 간의 사랑은 DNA가 같
은 하나의 핏줄인 반면 사제지간은 남과 남의 관계이다.

수많은 형태의 생명체들과 다양한 인종들이 공존해야

하는 지구상에서 이런 남과 남의 사랑이 없다면 이 세상은 눈물이 마를 새가 없게 될 것이다. 그만큼 타인이 만나서 '우리'가 되는 공동체 의식은 고귀한 것이다. 작자는 사제지간의 사랑을 통해서 이처럼 영역이 확대된 남과 남의 공동체 사랑의 가치를 보여주고 있는 것이다.

이것이 「지하실 배변 사건」에 잘 나타나고 있다.

작자는 누군가가 학교 지하실 건물 안에 생리적 배설물을 남기는 것을 발견한다. 화장실이 있는데도 이런 일이 반복되고 있다면 이것은 벌 받아야 할 불량학생의 장난임이 틀림없다. 작자는 생활지도 담당교사이므로 이 악동을 찾아내야만 한다. 그 방법이 노련한 강력계 형사 수준이다. 먼저 오물 근처에 버려진 휴지 한 장을 수거해서 그것이 영문이 적혀진 노트의 낱장임을 알게 되고, 그 영문을 배우는 학년을 밝혀내며 필적과 함께 찢겨 나간 노트 모양을 보고 드디어 불량학생을 찾아낸다. 탐정소설 같은 흥미를 끄는 수필이다.

그런데 작자는 이 학생에게 벌이 아닌 사랑을 준다. 그럴 수밖에 없었던 원인을 찾아내고 혼자서만 앓고 있던 병을 치유하도록 돕는다. 어린 중학생이 부끄러움과 공포로 혼자 고민하며 그 상처를 깊숙이 감추고 있을 때, 교사는 그에 대한 연민과 관심을 가지고 그 내면을 들여다

본다. 작자는 학생의 고통을 위로하며 사랑을 보여주고
있는 것이다.

이것은 작자가 아름다운 사랑을 찾아나가는 과정에서
만나는 하나의 작은 사건이 된다.

작자는 생활지도 담당교사직을 오래도록 수행했다. 이
것은 오로지 자신의 선택이었다. 교사의 길로 들어서는
것을 자신이 선택했듯이 생활지도 교사직을 오래 맡는
것도 자신의 선택이었다. 그리고 이에 더하여 맡은 업무
를 누구보다도 적극적이고 책임 있게 수행해나갔다면 이
것은 누군가가 그에게 위임한 막대한 사명과 다름이 없
는 것이다.

순결한 사랑

남영은 작가는 아름다운 사랑법을 사춘기의 사랑에서
도 발견한다. 그의 사랑은, 부모의 무조건적 헌신이 갖는
시간의 한계를 벗어난 영원성 그리고 혈연관계의 틀을
넘은 사제지간의 사랑에서 발견되지만, 유년기의 어른이
되는 성장통에서도 발견된다.

작자의 경험세계에서 그것은 부모와 자식 간이나 사제
지간의 사랑과는 달리 짝사랑 같은 미완의 사랑이 되고

만다. 서로 좋아했다면 짝사랑은 아니겠지만, 그것이 그리움으로 진행되다 그쳤다면 짝사랑에 가깝다.

작자는 초등학교 4학년 때 서울에서 전학 온 남학생을 좋아하게 되고 그도 아마 작자를 좋아하는 것 같다. 오색 술을 준 것이나 옥수수빵을 준 것도 큰 사건이고 이사 갈 때 멀리서 달려와 잘 가라고 손을 흔든 것도 가슴을 울렁거리게 하는 일이다. 그리고 중학생이 되어서는 그를 만나러 찾아가기도 했었다. 그렇지만 고교 때나 졸업 후까지 이어지지 못한 것은 사는 곳이 달랐기 때문만은 아니었다. 수줍음이 주요 원인이었을 것이다. 그리고 남학생으로서는 고아가 되고 삶이 어려워진 것이 원인이 되었을지도 모른다.

그리하여 미완의 사랑이 되고 만다. 이것은 순수와 맑음이다. 수줍음은 때 묻지 않음이다. 불행한 처지가 되어 나서지 못했다면 그것은 상대방에 대한 배려일는지도 모른다. 미완이었기에 이들의 사랑은 더욱 아름답다.

국제적 봉사

작자는 캄보디아에 가서 '좋은나무국제학교'의 한국어 교사가 된다. 무덥고 열악한 환경을 이겨내며 훗날 캄보디아에서 큰 역할을 할 인재들을 가르치는 것이다.

　나는 이곳에 온 처음 며칠 동안은, 이 학교 학생들의 학습 태도나 생활자세를 지켜보며 놀라지 않을 수 없었다. 이러하니, 이곳 교사들로서는 이들에게 하나라도 더 주고 가르치고 싶은 열성이 솟을 수밖에 없다. 지극히 당연한 인지상정이다. 어른처럼 이끌어주는 선배에서부터 이제 한국어를 배우기 시작한 신입생에 이르기까지, 어느 누구 하나 대견하거나 기특치 않는 학생이 없다.

　이들이 캄보디아 사회에 선한 영향력을 미치는 지도자로 성장할 것을, 그리고 이 나라에 더욱 밝은 미래가 실현될 것을 기원한다.

　퇴직 후에 하고 싶은 일로 발표한 두 가지 중 하나는 문학이고 또 하나는 봉사였다. 캄보디아에서의 생활이 후자에 속한다. 대량학살이 있었던 그 땅을 생각하면 그곳에서의 봉사활동이 얼마나 힘들 것인지 짐작이 된다. 이곳에서의 생활은 작자가 소망하는 사랑 찾기의 연장선에 닿아 있다.

　이렇게 본다면 작자가 평생 찾아나간 삶의 주제는 '아름다운 사랑 찾기'라고 할 수 있다.

　문학은, 넓은 세상에 숨어있는 다양한 소재를 발견하여

어떤 이미지로서의 표현이나 허구적인 사건의 서사적 표현을 통해 주제를 형상화하는 것이라고 할 수 있다. 그런데 작자의 경우에는 자신의 삶 자체가 주제가 되고 있다. 즉 남영은 작가의 문학은 자신의 역사적 기록이 곧 그 소재가 되고 주제가 되고 있는 것이다.

지난 세월에 대한 회상은 돌이킬 수 없는 과거에 대한 아쉬움의 표현이기 때문에 자칫 센티멘탈리즘에 빠지기 쉽다. 그렇지만 남영은 작가의 수필은 그런 감정 표현이 거의 억제되어 있다. 이러한 자제력은 그의 작품의 품위를 한층 높이고 있다. 또 서사적인 소재들을 다루면서도 수식이 과하지 않은 깔끔한 문장은 표현에서 진수를 보여준다. 그러는 중에 누구나 되돌아가고 싶은 과거에 대한 향수로 문학성을 높여나가고 있는 것이다.

한편 그의 모든 작품들이 아름다운 사랑 찾기라는 주제에만 묶여 있는 것은 아니다. 「위법 행위와 그 수난사」는 자신의 실수를 솔직하게 털어 놓은 정직성이 호감을 주면서도 재미를 더한다. 「운전면허증 취득 도전기」에서는 그런 솔직성과 함께 유머가 녹아있어 읽는 이로 하여금 웃음을 자아내게 한다. 면허증 따기에 열네 번씩이나 도전하고도 실패하는 사람이 또 있을까 하며 그 우직성에 감탄하기도 한다. 고교시절에 물상 시험에서 0점을 받고 교과 선생님을 찾아가 학생들 앞에서 말하지 말아달라고 부탁하는 것도 가슴이 짠하면서도 재미있는 일화이다.

이러한 자기고백적인 솔직함과 아름다움을 찾아가는 발자취가 작자의 많은 작품에서 소재 또는 주제가 되어 나타난다. 이러한 점에서 그의 수필은 작품과 작가가 하나가 되는 아름다운 모습을 보여준다고 말할 수 있다.

문학 작품과 작가 자신은 일체가 되어야 한다. 우리는 작품을 통해 작가의 삶을 보는 것처럼 작가의 삶을 통해 그 작품을 읽기 때문이다.

작품과 작가를 따로 봐야 한다는 것은, 오염된 곳에서 건져낸 사과임을 확실히 알면서도 물에 닦기만 하면 다른 사과와 맛이 같아진다는 논리로 반민족적 문학을 변명하는 경우와 꼭 같다.

문학 작품은 곧 그 작가의 인품이라는 점에서, 남영은 작가와의 만남은 매우 반가운 일이다.

'사랑법'에 나타난 삶과 철학

박시연(문학평론가, 한국인권신문 발행인)

　남영은 작가는 34년간의 공직생활을 뒤로하고, 이제 세 가지 버킷리스트를 실현하는 데 인생 2막을 쏟고 있습니다. 그리고 그중의 하나가 단연 글쓰기입니다.

　작가의 그간의 체험과 지식이 하나로 용해되어 지금처럼 활발한 창작 활동과 문학회 활동에 스며들고 있으니 앞으로도 얼마나 큰 감동을 주는 글이 탄생할지 기대하는 바가 큽니다.

　그동안 좋은 작품으로 주변에 선한 영향력을 선사하더니, 마침내 올곧고 수려한 사상과 감성이 담긴 저서 『우리의 사랑법』이 세상에 얼굴을 드러내면서 사랑비를 흠뻑 내려주기에 이르렀습니다.

아득히 묻혀있던 이들을 찾아내 세상 밖으로 끌어낸 '앙리 무오'는 그의 일기장에 다음의 글귀를 남겼다. '건축물의 장엄함과 우아한 곡선이 절묘하게 어우러져 있다. 세계에서 가장 외진 곳에 세계에서 가장 아름다운 건축이 있는 것이다.'

작품 말미에 담긴 위의 인용문은 작가의 삶과 앙리 무오의 삶을 오버랩하며 가까이에서 들여다보게 만듭니다.

'자신의 사실로 미루어 남의 입장을 고려하라.'는 말처럼, 작가는 어린 시절로부터 지금에 이르기까지 평범한 일상 속의 일화를 지혜와 철학으로 연결하여 세상을 관찰하고 깨우쳐가는 혜안을 가지고 있습니다. 이는 마치 눈과 발과 가슴으로 뛰며 생각하고 찾아내는 앙리 무오의 삶을 보는 듯합니다.

어떤 대목에서는 끈질긴 삶이 보이는가 싶더니 어떤 때는 안타까움과 한탄이 저절로 나오기도 하고, 웃다가 울고 헤어지고 만나는 삶 속에서는 애별리고가 중첩되기도 합니다.

유년기와 청년기와 직장에서의 사회 공헌 시기에 보여주는 그 활동사진 속에는 삶의 반전과 질곡 그리고 실험과 탐구의 여정이 있습니다. 사랑하는 사람과는 헤어져야만 하고 현실의 무게와는 조우해야만 하는 인생사의 기막힌 운명 앞에 작가도 예외는 아니었음을 봅니다.

삶 속에서 수많은 형상과 직면할 때면 언제나 그만의 사랑법이 나타나 다리에 찬 모래주머니의 역할을 해 주었습니다. 모래주머니는 기력이 달릴 때에는 거추장스럽다가도 평소에는 몸을 단련시켜 강하게 만들어주는 중요한 존재이니까요. 이러한 모래주머니와도 같은 '우리의 사랑법'의 비밀은 무엇이었는지요?

눈물과 에탄올과 마이신 그리고 빨간 꽃밭

작가의 유년기에는 '병원의 약품 냄새가 짙게 배어있다.'고 했습니다. 그러한 작가의 눈 속에는 흘러온 세월의 단면이 축적되어 있습니다.

약하디약한 아이를 등에 업고 세파 앞에 서야 했던 엄마의 등에서도 그 눈은 미안함과 측은지정을 드러내고 맙니다. 세렝게티 평원의 지평선을 따라 치타를 따돌리던 톰슨가젤의 눈처럼 삶의 치열한 현장과 일찍이 만나는 것입니다.

아이는 현실을 놀이와 분간하는 능력이 없었기에 작가의 과장된 어법에 따라 인지부조화의 늪에 빠져들고 말았지요. 얼마나 큰 충격이었을까요. 그리하여 어린 시절의 엄마의 등은 그의 놀이터가 되고 맙니다.

설령 그것이 기쁘고 자랑스러운 일이 아니라 할지라도 어차피 내 역사의 일부일 수밖에 없는 나의 '사실'일진대, 그렇다면 그 아픔까지도 끌어안아야 할 소중하고 애틋한 나의 '진실'이 아니겠는가. 하물며 애써 지우려 하지 않고 또렷이 간직하고자 했던 어린것의 그 심정이 얼마나 고맙고 기특한가.

아픔이 성장과 재능을 위한 필수요소라고 애써 거든다면, 작가의 작가적 통찰력은 이때부터 맹아가 되어 자라고 있었다고 생각합니다. 찰스 부코스키도 자신의 문학적 재능을 '가혹한 시련이 가져다준 선물'이라고 말했으니까요.

생후 첫 놀이였던 숨바꼭질에서 맞닥뜨린 인지부조화(Cognitive dissonance)적 충격으로 인해 아픈 아이의 눈은 마이신과 에탄올의 양만큼이나 절박한 현실로 채색되었던 것입니다.

그 색깔은 단연 빨간색이었습니다. 만화 속 '빨간 스웨터'에 투사되어 나타난 소녀의 눈가엔 아직도 빨간 눈물이 있습니다.

선험적으로 주어진 슬픔이라는 공감이 어린 소녀의 눈

가에 내려와 책 속의 주인공과 함께 흐느꼈던 이유는, 자신이 혹여 엄마에게 무거운 짐이 되지는 않을까 하는 두려움 때문이었는지도 모릅니다.

어렸을 적 엄마 심부름으로 동네 우물에 가 물을 퍼 올릴 때, 두레박이 흔들려 물이 조금이라도 넘쳐 나가버리는 일이 없게 하기 위해, 주먹이 빨개지도록 힘주어 균형을 맞추며 조심조심 두레박줄을 올리던 때의 그 느낌과 흡사하다.

작가는 그 기억들을 조심조심 건져 올려 세상에 내놓고 싶어 합니다.

그렇다면 작가의 버킷리스트 중 글쓰기는 그의 겸손의 언사처럼 그냥 나온 게 아니지요. 엄마의 등에서 미안해하던 마음과 퉁퉁 부어터지도록 울던 빨간 스웨터 속 주인공과의 인지조화와 그리고 박 선생님의 줄탁동시를 기반으로 하여, 맹아로 축적되어 있었던 것입니다.

꽃무리의 만개한 모습을 표현한, 온통 빨간색으로 덧칠된 동생의 꽃밭까지 가세하고 나면 가히 작가의 트라우마라는 주제는 이제 교육자와 작가로 등극하게 하는 기염을 토합니다.

소나기와 서울 아이

애틋한 감성에 목마른 우리들에게 '서울 아이'라는 이름이 등장합니다. 마치 황순원의 '소나기'처럼 말입니다.

얼굴이 하얀 도회지의 남자 아이가 어느 날 시골 학교에 등장하는 것을 발단으로 이야기는 전개됩니다. 아이의 짓궂은 사건이 위기를 몰고 오더니 아슬아슬한 클라이맥스를 통과한 후 대단원의 이야기에 이르게 되지요.

작가와 공유하는 운동장에서 어린 시절의 로망과 별리가 한 순간에 이루어지는 법이니, 심금을 따라 구슬픈 연가가 울려 퍼집니다. 그것과 동시에 독자의 가슴에는 소나기가 내리기 시작하지요.

그렇습니다. 수필은 좋은 수필은, 이처럼 모두가 하나되어 울고 웃게 만드는 창작물인 것입니다. 그리고 늘 그렇듯 아쉬움과 미증유의 인과 속에 깊은 질문을 묻어두고 갑니다.

나는 지금까지도 그에게 그걸 묻지 못했다.
그를 만나지 못해서였다.

비밀리에 뭔가를 건네주던 일 그리고 '잘 가'라는 말과 이후 중학생이 되어 조우했던 일, 교사가 된 이후 소식을 알게 되었고 이후 연락이 두절되었던 일 등은 작가의 두 손이 힘주어 쥐고 있던 두레박에 담겨 오늘의 성찬에 다다라 있습니다.

작가의 오병이어

그의 작품에 나타난 상징과 비유를 통해 그리고 엄연한 현실과 이상으로 맞닿아 하나의 파동처럼 연결되어 있는 언어를 통해, 우리는 작가의 삶과 만납니다.

놀이는 놀이이건만 현실과 구분하지 못하는 어린 가슴에 난 상처는 트라우마가 되어 오래오래 이어졌지요. 일 년 반 전 낯선 표정으로 전입 인사를 하던 때처럼, 이번엔 울먹이며 헤어짐의 인사를 하기도 했습니다. 또 어땠나요? 고교 3년 동안은 심히도 흔들리어 걷잡을 수 없었던 안쓰러운 시절이기도 했습니다.

낙엽 타는 냄새를 맡으며 박인환의 시를 낭송하던 청년 시절의 고뇌는 오늘의 삶과 자연스레 이어지는 바탕이 되어주기도 합니다.

지금 생각해 보면 참으로 어설프고 부족했던 초년생 담임 시절 그리고 염치없으나 암묵적인 비밀로 인해 먼 타지로 전출되어 갈 수밖에 없었던 직업인으로서의 작가의 모습은, 참으로 오래된 친구처럼 살며시 걸어와 우리 곁에 앉아있습니다.

단색으로 칠하기도 바쁜 유년과 청소년 시절 그리고 그 이후의 직업인으로서의 삶에서 그는 수많은 덧칠로 세월을 감내합니다. 그리고 마침내 덧칠된 세월을 질료 삼아 작가의 모습으로 우뚝 선 오늘은, 삶의 결과인 동시에 오병이어인 것입니다.

그리고 이제는, 한 하늘 아래에서 같은 시대를 살아가고 있는 사회 구성원으로 존재하고 있다. 우리는 모두 각자가 선택한 자리에서 각자의 방법대로, 역사 속에 주어진 한 장면을 탄탄하게 일구고 장식하면서 살아가고 있는 것이리라.

모퉁이의 버려진 돌조차도 작가에겐 귀히 쓰일 수 있는 소중한 지혜였습니다. 이것들이 작품 이곳저곳을 휘감아 돌면서 기적적인 방법으로 적재적소에 활용되고 있기에 말입니다.

가시적인 구체성에 목마른 세태 속에서 작가의 생각과 가치관 그리고 교육관은 진정한 의미의 오병이어가 되어 우리에게 다가옵니다.

사랑 – 애별리고

자전적 수필을 통해 그려지는 첫사랑 이야기는 단골 메뉴처럼 메인 주제로 장식되지만 그것이 어떠한 형태로 드러나는가는 실로 다양한 색깔로 채색되어 있기에 여간 주의 깊게 간파하지 않으면 안 될 것입니다.

타인을 내세워 자신을 대변하기도 하고 비언어적으로 슬쩍 간을 보기도 하기에 경우에 따라서는 프라이버시를 위해 감추기도 합니다만, 여기서는 작가의 글 자취를 따라 단서를 잡아보도록 하겠습니다.

그것은 흘러내리는 머리카락을 오른손으로 넘김과 동시에 얼굴을 오른쪽으로 40도 위쪽으로 30도 정도 틀었다가 되돌리는 독특한 습관이었다. 우리들은 선생님의 그런 행동을 볼 때마다, 너무 멋있어 죽는 줄 알았다.

작가는 위의 생생한 표현을 통해 여중생 시절을 재생하여 들려줍니다. 그야말로 낙엽 떨어지는 모습 하나에도 까르르 웃는 시절이 아닙니까?

아! 이 대목에 이르러 화성과 금성의 간극보다 더한 이국적인 거리감이 느껴지는 이유는 무엇일까요? 아마도 제가 남자라서 그런 걸까요? 작품을 통해 깨닫게 되는 여

성만의 감수성은 문학의 역할과 기여도에 대한 긍정적 신호이자 매우 바람직한 방향일 것입니다.

그렇습니다.

사랑은 실로 다양한 영역을 관할하며 묘약이나 신드롬처럼 현상을 굴절시키며 아름다운 오로라로 찬연하게 피어납니다. 사랑은 어떤 말과 상황과 행동에도 숨어있으며 노력 속에도 배어있습니다. 공부를 열심히 해서 선생님의 관심을 이끌어내고자 한 것은 매우 고차원적 사랑의 방식일 것입니다. 동경을 통해 얻어지는 향기입니다.

서로 경쟁하면서도 농사짓는 집 친구의 상황을 감안해서 자신의 집에서 함께 시험공부를 했던 내용이며, '산까치야'를 부르면 왠지 가슴이 설레고 쓰렸던 것과 이로 인해 무언지 모를 이유로 시큰하고 눈물이 나던 대목들은 모두 동시대를 보냈던 우리와 누이의 이야기들입니다.

사랑을 하면 헤어짐이 기다립니다. 헤어짐과 사랑은 하나의 세트라는 틀에서 서로가 서로를 규정하기 때문이지요.

헤어짐이 없는 사랑은 가볍습니다. 사랑 없는 헤어짐은 공허합니다. 이 둘은 서로가 서로를 돋보이게 하고 가치있게 지지해 줍니다. 그래서 작가는 헤어짐을 앞에 둔 가슴이 감당해야 했던 쓰라림을 직설하고 있는 것이지요.

오래된 장면과 이야기가 왜 어제의 일처럼 생생할까요?

반대로 바로 어제 이야기는 왜 잊고 싶기도 할까요?

우리는 젊기 때문일 것입니다.

젊기에, 온몸으로 받아들인 기억이 파편이나 장면이 되어 영원히 남아 살아 숨쉬기 때문일 것입니다.

다니엘 핑크와 작가

다니엘 핑크는 『새로운 미래가 온다』에서 미래 인재의 조건을 '디자인, 스토리, 조화, 공감, 유희, 의미'라고 말합니다. 또한 '예술적이고 감성적인 아름다움을 창조하는 컨셉력'을 주창합니다.

이제 작품을 통해 작가의 삶을 접하게 되면 자연스럽게 다니엘 핑크가 위에서 말하는 내용이 접목되어 떠오릅니다.

『우리의 사랑법』 속에는 위에서 말하는 미래 인재의 조건들이 녹아 흐르고 있습니다. 작가는 사람의 미묘한 감정을 이해하고 표현하여 공감을 이끌어 내고 있는 것입니다. 생활인과 교육자로서의 작가의 일상은 유리벽을 깨고 넘는 다름을 생각할 수 없는 시간이었으면서도, 한편 다중다층으로 중첩된 삶을 통해 다양한 페르조나를 안고 살 수밖에 없는 현실을 배태하였습니다.

겨울 산에서 홀로 느껴보는 이러한 상념들이 비약이기만 할까?

나도 이제 자연과 벗하고 싶은 나이가 되었다. 그리고 그 속에서 지나간 일들을 꺼내어 되뇌고 싶어 하는 나이가 되었다.

나는 숲 속 산마루쉼터에 지금까지도 이렇게 앉아 있다.

작가는 이제 산마루에 앉아, 긴 세월 속에서의 육아와 가정생활과 직장일과 봉사 활동 등을 끄집어내어 그만의 개성으로 훌륭한 스토리를 만들어냅니다.

스토리는 아이디어와 결합되어 목표와 공감과 의미를 이끕니다. 그리고 이성과 감성과의 절묘한 연합을 통해 '호모 루덴스'라는 행복감을 보너스로 선사합니다. 이것이 이 책이 주는 묘미 중의 묘미라고 의미지어 봅니다.

낙타와 사자와 어린아이

작품 속에 나타난 작가의 삶을 오병이어로 표현할 수도 있지만, 니체가 말한 '낙타와 사자와 어린아이'의 단계에 따른 삶에 비유하여도 매우 적절하다고 봅니다.

작품에 명시된 내용과 암시적 진행에 있어 작가의 자취를 간파하는 것은 여간 흥미로운 일이 아니며 동시에 매우 어려운 일이기도 합니다.

가장 작은 것조차도 크게 쓰임 받고 가치 있게 승격시키는 작가만의 놀라운 능력은 지금의 위치에 있기까지 숨 가쁘게 진행되었습니다. 자신의 어릴 적 이야기와 가정과 육아의 상황에서도, 교육현장에서 마주하는 역기능적 현상에 대응하는 중에서도, 문학회와 자율적 활동과 다국적 봉사활동에서도, 작가는 꾸준히 작은 밀알을 종자 삼아 거목을 키워냅니다. 또한 작가는 집중과 관찰과 지혜를 가지고 주어진 상황들을 어떻게 활용할 것인가를 끊임없이 생각하고 실천해 갑니다.

그리하여 작가는 낙타의 인고를 거치고 사자의 단계를 지나 이제는 어린아이의 평정심을 가지고, 공동체와 개인의 향상을 향해 오늘도 걸어가고 있는 것입니다.

작가의 성경공부는 마음을 잡고 신앙의 자리를 지켜내는 낙타의 인내입니다. 터널 속 3년 또한 살아감과 학업이 주는 힘겨움과 무게가 짓누르는 낙타의 길이지요.

글쓰기는 낙타의 시기를 말없이 묵언수행하며 기도로 지켜낸 후에 터뜨린, 세상을 향한 사자의 포효입니다. 수많은 맥락과 단락으로 채워진 세상의 일상사와 이치에 맞서 나름의 언어와 관점과 철학으로 채색하는 일은 작가 안에 있는 사자의 심장이지요.

봉사활동은 어린아이의 중용이자 기독교적 아가페의

원형입니다.

니체에 의하면 어린아이는 모래성을 다시 쌓으면서도 아무런 불평을 하지 않습니다. 어린아이는 물살이 무너뜨린 모래성을 다시 쌓고 포탄이 쏟아지는 속에서도 깊은 잠을 누리며 세상을 놀이터로 만듭니다.

작가 자신만을 위한 잉여분도 채 부족할진대 타인과 그 복지를 위해 시간과 노력을 나누는 봉사활동은 바로 어린아이의 성정 없이는 불가능할 것입니다.

낙타와 사자와 어린아이, 이 셋은 실상 하나로 어우러짐과 동시에 현재형으로 진행되는 공전의 삶을 의미할 것입니다. 무엇 하나 의미 없거나 소홀히 할 수 없는 일들 앞에서 작가는 늘 새로운 지면을 펼치고 쓰기를 반복할 것입니다.

다음주 토요일에 나는 씨엠립행 비행기를 탈 것이다.
그리고 그곳에서 '흘려보냄'을 행하게 될 것이다.

이제 어린아이의 시기에 들어서서, 봉사활동이라는 성직을 봉분으로 받고 또 제2막을 여는 그 마음이 고스란히 담겨있는 작품집 『우리의 사랑법』을 출간한 작가의 사랑법이 앞으로 어떻게 전개될지 흥미진진하기만 합니다.

이것이 작가의 출간에 감사와 축하를 소홀히 할 수 없는 이유입니다.

우리의 사랑법 - 메디슨 카운티의 다리

서양에서는 사랑을 언어로 표현하기를 즐기며, 동양에서는 도가도 비상도道可道 非常道라 하여 아예 사랑을 말이나 글로 설명할 수 없는 것이라고 말합니다.

이는 사랑을 논하는 것에 대한 동서양의 문화적 차이이지요.

도를 도라고 말하는 순간 없어져 버리는 알 수 없는 공간과 시간 속에서, 의무와 책임만이 남는 상황을 겪으며 우리는 살아가고 있습니다. 또한 사랑을 사랑이라고 말하는 순간 이미 그것은 오래 전의 일이 되고 마는 허무 속에서 우리는 살아가고 있습니다.

우리가 함께했던 날들은 사실이지만 사실 이상으로 진실이고 싶었다.
기다림의 또 한끝 침묵이었다. 그럼으로써만 헤어지고 그럼으로써만 살아가야 했다. 우리는 그렇게 사랑하였다.
그리고 이제, 젊은 날의 우리의 사랑법은 한 편의 글로서만 족한 일이 되고 말았다.

그렇다면 작가에게 사랑은 어떤 모양과 색깔을 지니고 있을까요?

중요한 것은 사랑했던 시절의 원형처럼 남아있는 '메디슨 카운티의 다리'가 지금도 그의 글 속에 존재한다는 것입니다.

『우리의 사랑법』은 말로 표현할 수 없는 영역에 자리한 진실한 사랑을 가장 절제된 언어와 몸짓으로 엮어내고 있습니다. 또한 말보다 촉감으로 촉감보다 형상으로 다가오는 진실한 사랑의 모습을 그려내고 있습니다.

사랑의 사실보다 사랑의 진실을 구가했던, 그 진실에 대한 참나*가 어쩌면 작가로 하여금 오늘 이 글들을 쓰게 한 원동력이 되었을 것입니다.

남영은 작가의 출간을 진심으로 축하하며 아울러 작가의 새로운 시선과 발걸음이 계속하여 이어지기를 기원합니다.